Las cosas importan

MIKI T. ROBBINSON

Novela juvenil de romance lésbico

Todos los derechos reservados.
Safe Creative
Las cosas que importan
©Miki T. Robbinson, 2017.

Diseño de portada: Miki T. Robbinson

Editora de contenido: Jennifer Hrastoviak

Esta obra no puede ser reproducida o transmitida, total o parcialmente, en ningún tipo de formato electrónico, mecánico o impreso, incluyendo fotocopias, grabaciones, o cualquier tipo de procedimiento informático; así como el alquiler o cualquier otro tipo de cesión, sin la autorización previa y por escrito de los titulares del copyright.

Esta es una obra de ficción. Los nombres, personajes, empresas, organizaciones, lugares, acontecimientos y hechos que aparecen en la misma son producto de la imaginación de la autora o bien se usan en el marco de la ficción. Cualquier parecido con personas (vivas o muertas) o hechos reales, es pura coincidencia.

Dedicatoria y Agradecimientos:

Deseo dedicar esta historia a la comunidad LGBT+, en especial, a todas aquellas personas que aún sienten miedo de salir del armario. También quiero dedicarla a los padres de hijos homosexuales, quienes ahora se debaten entre el amor que sienten por ellos y la aceptación de su sexualidad. Espero que encuentren en esta historia una razón para reconciliarse con ustedes mismos y con sus seres queridos, para aceptarse como son, para comprender... las cosas que importan.

Gracias a mi editora de contenido, Jennifer Hrastoviak; a mis lectoras beta, Ingrid y Coral, por todos sus valiosos consejos y críticas constructivas.

Miki T. Robbinson

Las cosas que importan...

"*Y cuando ese día te llegue, debes dar tu regalo a alguien que sepas que lo usará bien, y que pueda aprender que las únicas cosas que importan son las que están hechas de verdad y alegría y no de latón y vidrio*".

Richard Bach. 1979. Ningún lugar está lejos.

Prefacio

Shannon

Aquel 4 de julio en Washington D.C., en esa noche llena de estrellas y luces de colores, al escuchar el mensaje que estaba esperando, aparté la vista del cielo y me concentré en buscar a Victoria con la mirada.

Cuando la vi, solté la mano de Brian y corrí para encontrarme con ella...

Lo que no estaba en capacidad de adivinar es que ese momento en particular, intrascendente en apariencia, marcaría un antes y un después, aquello que haría salir a la luz algunas de las cosas más importantes de mi vida, las que había mantenido tan ocultas dentro de mí que ni siquiera yo misma había sido capaz de reconocer que existían...

Seis semanas antes...

Capítulo Uno

Victoria

Sabía que Shannon reconocería mi llamada de inmediato no sólo por la imagen de mi rostro parpadeando en la pantalla de su móvil, sino porque ella había configurado un tono especial, exclusivo para mí.

Después del segundo repique, escuché su voz:

—Hola Vic.

No podía verla, pero sabía que ella estaba sonriendo; la sonrisa de ambas es, con toda certeza, el efecto secundario inevitable al percatarnos que hablaríamos por teléfono. Decidí tontear con ella y alteré un poco mi tono de voz para parecer más formal:

—Buenas tardes. ¿Hablo con el Departamento de Personas Desaparecidas de Washington D.C.? Deseo reportar a mi mejor amiga, quien lleva varios días sin dar señales de vida.

Escuché su risa y me respondió en un tono de fingida seriedad:

—Buenas tardes señora. ¿Cuál es su nombre y de dónde nos llama?

—Mi nombre es Victoria Bettley y estoy llamando desde Nueva York.

—Para procesar su solicitud necesitamos los datos básicos de su amiga: nombre, edad, descripción física...

—Se llama Shannon Leger, tiene 20 años, aunque dentro de cuatro días será su cumpleaños; ella es una chica linda, muy linda Oficial, alta... 1,74 metros de estatura, esbelta y con un cuerpo espectacular. Tiene cara de ángel, cabello castaño claro, liso y largo, nariz fina y perfilada, unos ojos verdes preciosos con una mirada subyugante y unos labios pequeños que seducen a cualquiera, en especial cuando sonríe, cosa que hace con bastante frecuencia.

— ¿Qué es lo que hace con frecuencia, seducir o sonreír?
—Ambas, las dos cosas vienen en el mismo paquete.
Shannon soltó una pequeña carcajada y dijo:
—Parece una chica simpática. Dígame ¿tiene alguna seña particular, algo que permita reconocerla?
—En preparatoria usaba aparatos en los dientes, pero ya no; usaba gafas, pero ya no; una vez me confesó en secreto que odiaba esas gafas y esos *brackets* y yo le confesé que, aun con ellos, era la chica más linda de la escuela; opinión que mantengo, mucho más ahora Oficial, ella parece la princesa de un cuento de hadas.
—Me vas a hacer sonrojar —dijo Shannon, pero retomando su papel cambió la inflexión en su voz y preguntó:
— ¿Cuánto tiempo lleva desaparecida?
—Tres días.
—Lamento informarle que aún no podemos procesar su caso, este departamento no considera a una persona desaparecida hasta pasados los primeros cuatro días; me temo que llamó un día antes. Quizás su amiga ha estado ocupada en asuntos que escapan de su voluntad y por eso no ha llamado, pero estoy segura que ella la ha echado de menos.
— ¿En serio?
Retomando su tono de voz habitual, Shannon respondió:
—En serio, tonta. Te he echado de menos un montón, pero no he podido llamarte porque he estado ayudando a mi madre, a ella se le ocurrió hacer limpieza general en la casa, con venta de garaje incluida. Por fortuna ya estamos terminando. Estoy molida.
—Me lo imagino Shanie, cuando a la Sra. Sara Leger se le ocurre hacer limpieza general no se le escapa ni el gato.
—Exacto.
— ¿Cómo te preparas para tu cumple?
— ¡Bah!, nada en especial, no he hecho ningún plan.
— ¡Perfecto!
— ¿Cómo que perfecto?
—Porque yo si tengo un plan y necesito que usted me ayude

señorita.

—¿Ayudarte en qué? ¿Qué plan es ese?

—Para comenzar, necesito hacer una reservación.

—¿Vas a venir? —me preguntó emocionada. Estoy segura que la sonrisa se agrandó en su rostro.

—Por supuesto, eso ni se pregunta. Tú y yo tenemos un pacto, sea como sea, estemos donde estemos, pasamos nuestros cumpleaños juntas… siempre.

—En ese caso, no necesitas hacer ninguna reservación. No quiero lujos, ni restaurantes caros ni nada de eso, sólo te quiero aquí… conmigo.

Y yo a ti…

—Lo siento, pero insisto, necesito hacer esa reservación.

—Vaya que eres terca, tú no cambias Vic.

—Anda, compláceme —dije, con mi cara de cachorrito perdido.

—Apuesto que dijiste eso con esa carita de lástima que no me permite negarme a nada de lo que pides.

—Pues sí —respondí sonriendo. *¡Por Dios! es impresionante cuánto me conoces.*

Ella se rio y me respondió:

—Lo sabía… Y ahora dime, ¿dónde quieres hacer esa reservación?

—No es un "dónde", de hecho, el lugar ya está listo… o casi; la reservación que necesito hacer es de un "quién".

—¿*What*?

Solté una pequeña carcajada por esa pregunta y por la expresión en su rostro que sabía tenía ahora.

—Tonta… Necesito reservar a Shannon Leger, a mi mejor amiga. El día de tu cumple no te quiero compartir con nadie, ni siquiera con tu novio. Te quiero sólo para mí… todo el día.

—¿Qué estás tramando Victoria Bettley? ¿Piensas secuestrarme el día de mi cumpleaños? —me preguntó riendo.

—Que yo sepa, los secuestros no suelen ser consensuales Shanie, ese crimen se comete en contra de la voluntad de la víctima y no se avisa con antelación... El factor sorpresa es básico en una situación como esa.

—En eso tienes razón, mi futura juez de la Suprema Corte de los Estados Unidos.

—Creo que me confundes con mi madre, yo sólo soy una pichona, una simple estudiante de Ciencias Políticas, que aspira graduarse para poder entrar a la Escuela de Leyes y convertirse en abogada.

—Por ahora Vic..., por ahora. Estoy segura que tu futuro profesional será brillante... como tú.

—Gracias por tus palabras pero creo que nos hemos desviado del tema. ¿Entonces, aceptas mi propuesta de secuestro consensual?

—Creo que a Brian no le gustará mucho la idea, pero a mí me encanta.

— ¿Eso es un sí? —le pregunté, sonriendo de oreja a oreja.

—Por supuesto que un sí, desde ahora estaré contando las horas. Quiero ver esos ojos azules y esa sonrisa tuya que me matan.

Aunque no podía ver mi propio rostro, estoy segura que me sonrojé con esa última frase. Obvio, no dije nada, disimulé... como siempre. Si bien es cierto que como estudiante universitaria soy sólo una principiante en proceso de aprendizaje, en el arte de disimular mis sentimientos me he convertido en toda una experta... con varios años de práctica.

— ¡Yes!, entonces ¿es un trato?

—Sí Vic, es un trato. ¿Cuándo viajarás?

—El sábado en la mañana; la idea es pasar el fin de semana en D.C., celebrar contigo tu cumpleaños el domingo y regresar a Nueva York el lunes a primera hora.

— ¿Eso significa que te puedo secuestrar el sábado yo a ti?

—Desde que aterrice en el aeropuerto hasta que despegue en el avión, nos podemos secuestrar mutuamente, si tú quieres... ¿Quieres?

—Claro que quiero, eso ni se pregunta.

— ¿Y Brian?

—Hablaré con Brian hoy mismo; esta noche iremos al cine.

— ¿Y piensas ver la película o…? *Vic, ¡cállate! o se dará cuenta que estás celosa, pero claro, ¿cómo evitarlo?, aunque yo sé que mis labios nunca tocarán los suyos, imaginarla besándose con Brian, o con quién sea, tiene en mi sangre el mismo efecto que se produce en el agua cuando su temperatura supera los cien grados centígrados.*

—Voy a ver la película tonta, no tengo ninguna otra intención. Además, ya sabes que a Brian y a mí nos gusta ver películas y mientras más viejitas mejor… Eres una mal pensada.

—Un poquito… a veces —reconocí y para cerrar el tema y mis pensamientos, por añadidura, le dije—. Nos vemos el sábado.

— ¿A qué hora llegará el vuelo?

—7:00 a.m.

—Te iré a buscar al aeropuerto.

—No hace falta, puedo irme en taxi.

—Ni lo sueñes, como dice aquél chiste: "secuestro es secuestro", bueno creo que es "atraco es atraco" pero da igual —dijo riendo.

— ¿Qué chiste?

—Después te lo cuento, mi señora madre me está reclamando con señas, dejé desatendido mi puesto de "vendedora de garaje".

—Ok.

— ¿Sabes? Estoy feliz porque vas a venir.

—También yo. Anda, ve a atender tu puesto.

—Ok. Nos vemos pasado mañana.

—Hasta el sábado Shanie. Saluda a tus padres de mi parte… y a Brian. *A él lo agregué por simple cortesía. Es un buen muchacho, lo reconozco. Además, muy bien parecido, con sus casi 1,85 metros de estatura y con ese cuerpo atlético moldeado por su incansable práctica en el equipo estatal de futbol soccer. Por otra parte, creo que en verdad ama a Shannon, no es su culpa que yo…, en fin, esto no se trata de culpas, se trata de un "así es la vida"… Victoria, por favor, ¿podrías hacerte el favor de dejar de pensar en eso?*

—Lo haré, les daré tus saludos. Ah, y gracias.

— ¿Por qué me das las gracias, tontuela?

—Por estar siempre ahí, por ser mi mejor amiga…, en fin, por ser cómo eres Victoria Bettley.

Detecté nostalgia en esa frase.

—En ese caso gracias a ti también, por las mismas razones, Shannon Leger. Y ahora sí, nos vemos.

—Ok, hasta el sábado.

—Hasta el sábado.

…

Cuando yo tenía 8 años y comencé el tercer grado en la escuela elemental en Boston, la maestra nos presentó a una chica muy linda, recién mudada a la ciudad, quien se incorporaría a nuestra clase a partir de ese día. Su nombre, Mary Rose; recuerdo que era alta, bastante alta para su edad. De cabello y ojos negros, tenía una mirada brillante y sonreía, quizás estaba nerviosa pero, aun así, sonreía. Por su estatura, la maestra le asignó un puesto ubicado en la última fila del salón. Me hubiera gustado mucho tenerla cerca, pero eso no fue posible; debido a mi estatura de aquella época yo ocupaba un puesto en la segunda fila, casi al frente del escritorio de la maestra.

Por la distancia que nos separaba, sólo podía verla cuando ella entraba en las mañanas al salón de clases; yo esperaba ese momento cada día, ese pequeño instante es que su falda corta rozaba mi brazo. Al poco tiempo Mary Rose inició una amistad con Stephanie, la niña que se sentaba a su lado. Cuando salíamos al recreo ambas reían y bromeaban, y así, poco a poco, se convirtieron en las mejores amigas. Yo la observaba cada vez que podía pero si en algún momento, por pura casualidad, sus ojos se cruzaban con la míos, yo disimulaba y evadía su mirada.

Recuerdo que un día comenzaron a bromear y a reír dentro del salón, cuando la maestra impartía sus clases, ella les ordenó silencio y que mantuvieran el orden, lo hicieron, pero pasados unos minutos volvieron a reír. La maestra le exigió a Stephanie que cambiara de lugar con un compañero de clases que se sentaba en la tercera fila. Mary Rose reaccionó de inmediato, se levantó de su asiento y caminó hacia donde se encontraba la maestra para pedirle llorando que por favor no cambiara a su amiga de puesto, prometiéndole que ambas se portarían mejor. La maestra cedió a su petición y ella pasó a mi lado sonriendo, feliz, porque no la separarían de su amiga.

Instantes después, yo le pedí permiso a la maestra para retirarme del salón con la excusa que necesitaba ir al baño. Ella me lo concedió y yo, en efecto, fui al baño; me encerré en unos de los cubículos y comencé a llorar en silencio; yo era apenas una niña de 8 años y a esa edad, supe por primera vez lo que era amar en soledad, amar a alguien sabiendo que jamás me correspondería, porque yo ni siquiera me atrevía a expresar en voz alta lo que sentía; sabía que algo malo había en mí y por eso tenía que guardar el secreto. Sólo yo lo sabría.

Algunos meses después de cumplir doce años, a mi madre la nombraron juez de la Suprema Corte de Estados Unidos y se hizo necesario mudarnos a Washington D.C.. Mi padre había fallecido de un paro respiratorio un año antes. La pérdida de mi padre y la mudanza inminente a una nueva ciudad me afectaron mucho pero, como reza aquel dicho: "nunca se cierra una puerta sin que se abra otra"… Y cuando entré a la preparatoria y conocí a Shannon Leger, supe que esa puerta se había abierto para mí.

El primer día de clases no conocía a nadie, aunque para mi consuelo estaba en la misma situación de casi todos los estudiantes del curso. Cuando salimos al primer receso, me senté sola en un banco del patio, yo seguía siendo una chica tímida que guardaba un secreto. No miré a nadie, bajé la cabeza y me concentré en abrir el envoltorio de papel que contenía el sándwich que mi madre me había preparado en la mañana. Me sorprendí un poco cuando escuché, muy cerca de mí, la voz de una chica diciéndome "Hola". Levanté la vista y entonces la vi, la miré a los ojos y ella me sonrió mientras me preguntaba si podía sentarse a mi lado para comer su propio sándwich. Yo también le sonreí y le indiqué con un gesto que sí, que podía sentarse. Ella usaba gafas y tenía aparatos dentales, pero eso no me importó, detrás de esas gafas se encontraban los ojos verdes más bellos y expresivos que había visto en mi vida; detrás de los *brackets*, se asomaba una sonrisa sincera y una risa espontánea que, pronto supe, era capaz de contagiar a cualquiera.

No estoy muy segura si existe o no eso que algunos llaman aura, pero sí creo que las personas, al igual que todos los seres vivos, transmiten energía. Algunos emiten algo negativo, oscuro, pero otros son capaces de hacer que de inmediato te sientas a gusto en su presencia, de iluminar con su luz todo cuanto les rodea. Quizás fue por esa energía invisible que transmitía, que irradiaba a través de su mirada y de su sonrisa, tal vez fue por su carita de ángel, no lo sé, lo único que sé es que me pareció la chica más hermosa que había visto en toda mi vida, y no me refiero únicamente a su aspecto físico, sino a esa energía, a esa luz que tan solo con su presencia es capaz de transmitir.

Me enamoré sola y en secreto… de nuevo, pero esta vez tuve un poco de suerte porque no me enamoré de la amiga de otra chica, sino de mi mejor amiga. Sin embargo, tener esa suerte no me ha eximido de la parte más difícil de una situación como esa, en especial cuando ella comenzó a salir con chicos, eliminando de raíz cualquier esperanza, por pequeña que fuera, de ser correspondida alguna vez en este amor que se ha hecho más fuerte cada día, al igual que nuestra amistad.

Ahora, sin gafas en los ojos y sin aparatos en los dientes, Shannon Leger se ha convertido en la mujer más hermosa del planeta, al menos es la mujer más hermosa del planeta para mí. Mi mundo gira a su alrededor; yo soy, aunque ella lo ignore, su planeta, ella, el sol de mi existencia; no importa cuántos kilómetros nos separen ahora, no importa cuántos novios haya tenido y siga teniendo, Shannon siempre ha encontrado la forma de no desplazarme, de hacerme sentir importante y necesaria en su mundo, de ser la mejor amiga que cualquiera quisiera tener. A pesar de la tristeza que me invade por momentos, ella es y sigue siendo mi mayor razón para sonreír, para no sentirme tan sola en este pacto secreto que yo he sellado, un pacto en el que ella me entrega su amistad sincera, su sonrisa y su luz, mientras yo la amo en silencio y sin condiciones, y trato de ser para ella lo único que puedo ser: su mejor amiga.

...

Creo que ya todo está listo para darle a Shannon esa sorpresa de cumpleaños, sé que no le agradan las sorpresas, pero algo me dice que ésta le gustará..., eso espero.

Capítulo Dos

Shannon

Cuando salimos del cine ya había anochecido, las luces de la ciudad se reflejaban sobre el pavimento mojado y los diminutos charcos producidos por la lluvia, que parecía haber cesado apenas algunos minutos antes. El calor y la humedad de los últimos días, y en especial de esta cálida noche de finales de mayo, presagiaban un verano intenso y sofocante que obligaría a todos los habitantes de Washington D.C. a guardar sus abrigos y sustituirlos por vestimentas más ligeras. Supongo que debido al clima Brian decidió tomarme de la mano, en lugar de posar su brazo sobre mi hombro, para acompañarme hasta mi casa, ubicada tan sólo a unas cuantas manzanas en la calle O noroeste en Georgetown.

Caminamos en silencio por unos minutos hasta que él dijo:

—El domingo será tu cumpleaños. ¿Tienes pensado celebrarlo en casa o fuera? Sé que no eres muy amiga de las sorpresas, así que te lo digo de una vez, me gustaría llevarte a cenar a algún lugar agradable; después, podríamos ir a bailar.

Aspiré una bocanada de aire antes de contestar, sabiendo de antemano que mi respuesta no le agradaría:

—Estaba esperando que saliéramos del cine para hablar de esto contigo. Victoria vendrá desde Nueva York, sólo para estar conmigo por mi cumpleaños. Creo que necesitaré un poco de espacio.

—¿Qué significa eso de "un poco de espacio"?

—Deseo compartir el fin de semana… sólo con ella.

—¿Todo el fin de semana?

—Sí.

Brian guardó silencio, llevó hacia atrás los rizos castaños de su cabello y con sutileza movió su cabeza de un lado a otro; su lenguaje corporal me indicó que la idea no le agradaba, tal como yo lo había previsto. Para intentar convencerlo, antes de que sus gestos se convirtieran en palabras, agregué:

»Tú y yo podemos vernos todos los días, en cambio a ella... Éramos inseparables, pasar dos o tres días lejos una de la otra parecía algo inconcebible, pero ahora... —Me detuve por un momento, lo miré a los ojos, a sus grandes y expresivos ojos ambarinos, y le dije—. En verdad necesito esto Brian.

— ¿Tanto la echas de menos? —su tono no era de protesta, más bien parecía una mezcla de tristeza y de algo más, que no pude definir.

Para responderle no dije una palabra, sólo asentí. Entonces, él agregó:

»Espero que cuando logres reunir el dinero que te falta para estudiar literatura en alguna universidad, lejos de aquí, me extrañes tanto como a ella.

—Queda mucho tiempo para algo así, es más, estoy comenzando a entender que nunca lo lograré. Cada semestre cuesta más de treinta mil dólares, ¡cada semestre, Brian! En los últimos tres años, mis padres y yo no hemos reunido ni la mitad de eso. De modo que no te preocupes por mi partida, esto llevará tiempo, más tiempo del que quisiera en realidad.

—Parece que estás ansiosa por irte y dejarme atrás —el tono de tristeza se había ido, esta vez sólo detecté reproche en sus palabras.

—Esto no tiene nada que ver contigo y lo sabes, mi sueño es ser escritora, pero me gustaría prepararme para ello, eso es todo.

— ¿Estás segura de que eso es todo? Sé que tus planes eran otros, planes que incluían a Victoria, porque tú misma me lo contaste: antes de que tu padre enfermara, tu intención era solicitar un cupo en la Universidad de Columbia, ubicada ¿dónde?... Sí, en Nueva York. De todas las ciudades de Estados Unidos querías estudiar en Nueva York, y de todas las universidades de Nueva York ¿cuál preferías?, obvio, la Universidad de Columbia... Eso no me parece una casualidad.

—Pues sí, no es casualidad Brian —respondí molesta. Si hay algo que odio son los celos y si hay algo que odio aún más es que vayan dirigidos a mi amistad con Victoria.

Creo que Brian detectó mi incomodidad porque cambió su tono de voz y me dijo, quizás para cambiar de tema o, al menos, para enfocarlo hacia otra dirección:

—Supongo que si tu padre no hubiera enfermado ya estarías estudiando.

—No me gustan los "hubiera". Bien lo sabes, cuando él enfermó y la cobertura de su seguro médico se consumió, mis padres tuvieron que hipotecar la casa; después, al agotarse esos fondos, pensaron en solicitar una segunda hipoteca y fue en ese momento cuando…

—Ofreciste el dinero que ellos habían ahorrado para tus estudios, sí, lo sé.

—Así es y ¿sabes algo?... Valió la pena, mi padre está bien ahora, está vivo. Es lo que importa, aunque eso no significa que yo haya olvidado mis sueños… *Quizás debería, tal como están las cosas.*

Ahora sí, en un tono mucho más calmado y tranquilo, conciliador diría yo, Brian señaló:

—Está bien, disfruta el fin de semana con tu amiga Victoria, espero que la pases bien… Lo digo en serio.

Sonreí porque él también lo hizo y le dije con sinceridad:

—Gracias.

Nos detuvimos cerca de la valla de madera blanca, al frente de mi casa:

—¿Al menos podré llamarte por teléfono para felicitarte, verdad?

—Claro que sí, me molestaría mucho contigo si no lo haces.

Él sonrió, me dio un beso breve en los labios y dio un paso atrás, dispuesto a marcharse.

—¿Quieres pasar? —le pregunté, más por cortesía que por otra cosa. Creo que yo necesitaba un tiempo a solas.

—No, hoy no. Mañana tengo práctica de futbol y debo levantarme muy temprano.

—Ok, trata de no lastimarte.

—Lo intentaré —me dijo sonriendo, mientras se alejaba. Esperé hasta que él cruzara la esquina. Cuando lo perdí de vista, entré a mi casa.

...

Por fin llegó el sábado, el día que estaba esperando desde que Victoria me anunció que vendría. La noche anterior había configurado el reloj despertador a las 05:50 a.m. para tener suficiente tiempo, tomar una ducha, vestirme y salir a buscarla al aeropuerto en el coche de mis padres; sin embargo, yo estaba tan emocionada por ese encuentro que no hizo falta la alarma, desperté casi media hora antes. Nos habíamos visto por última vez en las fiestas de Navidad y Año Nuevo, pero es cierto, la echo de menos. Por mucho que eso me moleste, creo que Brian tiene un poco de razón al sentir celos, nunca lo he dicho en voz alta, ni siquiera se lo he dicho a ella, pero si algo he entendido en estos tres años es que no hay nadie en el mundo con quien me sienta más a gusto que con ella, y me parece que el sentimiento es mutuo. Hay algo que va más allá de nosotras, una especie de fuerza de atracción que nos impide alejarnos, a pesar de la distancia real y tangible que nos separa ahora.

Por supuesto, cuando estudiábamos en la misma escuela, cuando vivíamos en la misma ciudad, tan solo a unas calles de distancia, vernos casi todos los días, hacer travesuras juntas o simplemente tontear como lo hace cualquier par de buenas amigas, era para mí lo más normal del mundo, no me había dado cuenta de la magnitud, de la importancia que Victoria tenía en mi vida, pero ahora, que cientos de kilómetros nos separan, ahora lo sé, lo supe desde aquella mañana al despedirnos en el aeropuerto, cuando ella tomó por primera vez el vuelo con destino a Nueva York para iniciar sus estudios universitarios.

Nunca me han gustado las despedidas y esa, en especial, me afectó. Cuando la vi alejarse percibí un vacío que nunca antes había experimentado, un vacío que jamás me ha abandonado del todo y que sólo dejo de sentir cuando la veo.

...

Me vestí con una camiseta sin mangas, pantalones vaqueros y zapatos deportivos. Cuando bajé por las escaleras encontré a mi madre en la cocina preparando café, nos dimos los buenos días y ella me preguntó si quería desayunar, le respondí que no, que estaba algo apurada porque iría al aeropuerto a buscar a Victoria. Ella asintió y me aconsejó que tuviera cuidado al manejar. Le di un beso en la mejilla, tomé las llaves del auto y salí de la casa.

Los rayos del sol iluminaban la calle, la silueta de los coches y de las casas vecinas parpadeaban a contraluz, anunciando la posibilidad de un día radiante, ajeno a la lluvia. Encendí el coche y partí rumbo al aeropuerto. Una sonrisa se asomó en mi cara al darme cuenta que al menos durante este fin de semana no sentiría aquél vacío, Victoria lo llenaría con su presencia, con esa sonrisa que tanto me gusta ver porque es capaz de iluminar todo a su alrededor, tal como lo hace el sol justo ahora, irradiando su luz sobre la misma ciudad que, años atrás, vio nacer una hermosa amistad que yo espero dure para siempre.

Capítulo Tres

Victoria

Si la sonrisa es el efecto secundario al saber que hablaríamos por teléfono, en mi caso, esa misma sonrisa se une a un aparatoso estallido en mi pecho, provocado por los latidos de mi corazón que se aceleran tan solo con la idea de verla de nuevo. Salí del avión a paso ligero e incrementé mi velocidad a medida que me acercaba al lugar donde ella siempre me espera. Mi sonrisa se amplió aún más cuando la vi, buscándome con la mirada entre la multitud de personas que me rodeaban caminando de un lado a otro en todas direcciones. Se veía radiante y hermosa, con su cabello de hebras doradas y castaño oscuro sujeto de forma parcial por las gafas de sol que había colocado sobre su cabeza; vestía con una camiseta que apenas asomaba la sensual línea de su busto, pero que era suficiente para hacer volar mi imaginación, tal como los hacían esos ceñidos pantalones vaqueros que me obligué a no detallar demasiado, porque revelaban esa figura encantadora que no sólo era fuente de inspiración para mi imaginación, sino para algo más que rayaba casi en la locura.

Cuando por fin me vio, fijó su vista en mí y me regaló su maravillosa sonrisa, dando pequeños saltitos sobre sus pies; no sé si a ella le latía el corazón como a mí, pero lo que sí me quedó muy claro por su reacción era lo feliz que la hacía verme de nuevo.

Ambas nos abrimos paso entre la gente tratando de no tropezar a nadie y cuando quedamos frente a frente, nos vimos a los ojos por un instante, sonreímos y nos abrazamos.

Cuando nos separamos para vernos a los ojos otra vez, Shannon me alborotó el cabello como suele hacer y me preguntó con una sonrisa de oreja a oreja:

— ¿Cómo estuvo el vuelo Pitufa?

Me reí aún más ante la mención de ese apodo, sólo Shannon me llama así. A pesar de ser casi un año mayor que ella, cuando nos conocimos en la preparatoria mi estatura era bastante menor, creo que en aquel entonces su altura superaba a la mía por unos doce o quince centímetros. Lo gracioso del asunto es que ella me siguió llamando así siempre, pese a que en algún momento de mi adolescencia mi cuerpo dio un estirón y terminé siendo más alta; ahora soy yo, quien con mis casi 1,80 metros de estatura, supero la suya por algo más de cinco centímetros.

—Muy bien —respondí, mientras colocaba mi brazo derecho alrededor de su cintura para emprender nuestra caminata hacia la salida del aeropuerto—. ¿Ya tienes planificada toda la agenda para secuestrarme el día de hoy? Te lo pregunto porque, en lo que a mí concierne, sólo me falta ultimar algunos detalles con mi madre, quien ha sido, esta vez, mi cómplice para que mis planes de secuestro de mañana resulten exitosos.

— ¿Ultimar detalles con tu madre? ¡Ah no, eso no se vale! ¿Cómo voy a poder secuestrarte todo el día de hoy si tienes que hablar con tu madre?

Me reí ante su expresión de fingida molestia y respondí:

—Tranquila, sólo serán unos minutos; al salir de aquí me dejarás en casa para hablar con ella, después me acercaré a la tuya y podremos pasar todo el día juntas, ¿está bien?

—Ok, siempre y cuando me acompañes antes a desayunar, salí muy temprano y ahora muero de hambre.

—Perfecto, yo invito.

—Siempre invitas tú, déjame a mí esta vez.

—Pero…

—Nada de peros, yo invito.

—Ok, pero…

Shannon me interrumpió, señalando con su mirada a una pareja de chicos que caminaban hacia nosotras tomados de la mano; todavía no nos habían visto, estaban muy animados riendo y conversando entre ellos para fijarse en todo cuanto les rodeaba. Shannon me preguntó:

— ¿Ese no es Scott Ferguson, el chico que estudiaba con nosotras en la preparatoria? —Enfocando su vista en las manos entrelazadas con el joven que lo acompañaba, Shannon agregó en un tono neutro, que no me permitió saber si algo así le molestaba, le agradaba o le resultaba indiferente—. No sabía que era gay.

Yo suelo evadir este tipo de temas con Shannon, cualquier cosa que pueda delatarme, sin embargo, en esta oportunidad no pude o no quise evitarlo, de modo que le pregunté:

— ¿Te molesta algo así?

Ella se detuvo por un instante, me miró a los ojos y me dijo:

—No…, no exactamente, pero estoy sorprendida. No sabía que Scott era gay.

—Yo sí.

Shannon se detuvo otra vez, me miró perpleja y preguntó:

— ¿Tú ya lo sabías?… ¿Cómo?… ¿Desde cuándo?

—Un día en la escuela lo sorprendí besando a otro chico. Has debido ver su cara de espanto cuando se dio cuenta que yo lo había visto. Yo di media vuelta dispuesta a alejarme, pero él corrió tras de mí y me rogó, me suplicó, casi llorando, que no le dijera a nadie lo que acababa de ver, que le guardara el secreto. Me dijo que nadie lo sabía, que sus padres lo matarían si se enteraban de algo así.

— ¿Y tú, qué hiciste?

—Le guardé el secreto, tal como él me pidió. Nunca lo comenté con nadie. Es más, algunas veces le serví de tapadera.

— ¡Wow!… pero parece que ya salió del armario, quiero decir, por su actitud; él está rodeado de gente en estos momentos y va tomado de la mano con su chico, como si nada.

Parecía cierto, Scott era un joven guapo, de piel canela, ojos y cabello negro, grandes pectorales que ahora parecían más amplios todavía. El chico que lo acompañaba era un poco más bajo que él, menos musculoso pero también con un cuerpo que parecía esculpido tras largas horas de ejercicio, de tez blanca y ojos verdes, bastante atractivo en verdad.

Me dispuse a responderle a Shannon pero no me dio tiempo de decir nada más porque, justo en ese momento, Scott nos vio; resultó obvio, por la sonrisa que se asomó en su rostro al verme, que me había reconocido, cosa que no era nada difícil en verdad, aunque ahora yo era mucho más alta que en aquel entonces, mis facciones eran casi idénticas. Supuse que a quien no había reconocido todavía era a Shannon, ella si había cambiado, bastante diría yo, tras superar su adolescencia, los brackets y las gafas, que abandonó después de someterse a una cirugía con láser.

Al tiempo que Scott se acercaba caminando al lado de su chico, sonriendo, sin inmutarse, sin soltar su mano, supuse que las cosas habían cambiado para él, tal como Shannon acababa de comentar.

En cuanto estuvimos cerca lo suficiente, Scott, sin dejar de sonreír, me abrazó con cariño y dijo, con evidente galantería:

— ¡Victoria Bettley, te has convertido en una diva! ¿Verdad que sí? —Agregó, mirando al chico que lo acompañaba—. ¡Divina! —exclamó, mirándome otra vez de arriba a abajo.

—Basta de halagos. Dime Scott, ¿cómo están las cosas? Me da la impresión que saliste del armario, ¿me equivoco?

—No Victoria, no te equivocas, pagué un precio por supuesto, mis padres no me dirigen la palabra, pero creo que estoy mejor así, al menos puedo ser yo mismo.

—Me alegro.

—Yo también… Por cierto, nunca tuve oportunidad de agradecerte tu discreción y apoyo en aquellos aciagos días de la preparatoria, de modo que lo haré ahora —Scott me abrazó de nuevo y me dijo al oído—. Gracias.

Yo respondí al abrazo y al separarnos, le dije:

—Bueno, siendo así, preséntanos.

— ¡Oh, por supuesto! Que despistado soy —señalando al joven que lo acompañaba, Scott dijo—. Él es mi novio, Jean Paul.

—Mucho gusto Jean Paul —le dije sonriendo al tiempo que él tomaba mi mano para saludarme, gesto que imitó a continuación con Shannon.

Cuando reparé en ella, le pregunté a Scott:

— ¿No la reconoces, verdad?

Scott observó a Shannon por unos segundos, haciendo un esfuerzo evidente por tratar de reconocerla, de pronto abrió los ojos y exclamó:

— ¡Por Dios! Eres Shannon, Shannon Leger. Juro que no te reconocí. ¿Qué ha pasado aquí? ¿Se abrió un hueco en el cielo y están cayendo los ángeles? Te ves espectacular.

Con cierta timidez, bastante inusual en ella, Shannon ofreció su mano para saludarlo y dijo:

—Gracias.

Scott miró la hora en su reloj de pulsera y le dijo a Jean Paul:

—Creo que es hora de irnos, se nos está haciendo tarde; pero antes, permítanme decirles a ustedes, par de ángeles, que ha sido un verdadero placer verlas después de tanto tiempo; ya veo que siguen siendo las mejores amigas —Dirigiendo su mirada hacia Shannon, él agregó—. Debo confesar que en parte te reconocí a ti por eso, ustedes dos eran inseparables en preparatoria y por lo que veo, lo siguen siendo. Es hermoso ser testigo de una amistad que el tiempo no logra menguar.

—Así es —le dijo Shannon.

Los cuatro nos despedimos y retomamos nuestros caminos. Shannon y yo guardamos silencio, ella se mostraba pensativa, supuse que estaba analizando algo relacionado con nuestro encuentro casual con Scott y su novio, pero yo no me atreví a hacer comentario alguno. Cuando llegamos al auto, Shannon salió de sus pensamientos y me preguntó:

— ¿A dónde quieres ir a desayunar?

—Sorpréndeme, con tal de desayunar a tu lado, no me importa el dónde sino el quién.

—Eso me recordó la reservación que hiciste hace poco.

—Así es, mi plan de secuestro para darte mi sorpresa de cumpleaños.

—Me tienes en ascuas con esa sorpresa.

—Y así será hasta mañana, lo cual me recuerda que no me respondiste acerca de tus propios planes de secuestro.

—Después de desayunar te dejaré…, por unos minutos —acotó Shannon para recordarme mis palabras—, con tu madre. Después saldremos a pasear y cerca de las siete de la noche volveremos a casa. Hice una cita con Brandon y con Rebeca para jugar en línea, iniciar los golpes en orden y sin que nadie muera…, eso espero, averiguar si esta vez podemos completar el desafío de élite y ganar los dichosos diez millones de dólares virtuales del juego.

— ¿De modo que te has confabulado con nuestros amigos mutuos de la preparatoria para jugar en línea las misiones de los golpes de nuestro videojuego favorito? Debo admitirlo, es una manera de divertirnos juntos…, a pesar de la distancia que ahora nos separa.

—Exacto, desde que todos se marcharon para estudiar en sus respectivas universidades, Brandon a Baltimore, Rebeca a Boston y tú a Nueva York, esa fue la forma que se me ocurrió para compartir un rato, todos juntos, aunque sea al escucharnos mutuamente a través de los auriculares. Sin embargo, como esta vez tú y yo vamos a jugar aquí —aclaró Shannon, con una gran sonrisa de satisfacción—, le pedí prestado a mis padres el televisor de su habitación, lo instalé al lado del que está en el salón de mi casa y le pedí a tu madre tu *PS4*. Ya todo está listo, tú y yo comenzaremos con el primer atraco y le avisaremos a Brandon y a Rebeca cuando lo hayamos completado, para unirnos en línea y seguir los cuatro con el resto. Obvio, no creo que podamos completarlos todos, el mismo día, pero a ellos les pareció una buena idea que nos den las doce de la noche jugando y así, felicitarme en línea por mi cumpleaños.

—Brillante idea, aunque algo me dice que hoy dormiremos muy poco.

—Secuestro es secuestro —dijo Shannon riendo.

—Aún me debes ese chiste, pero vamos, me lo cuentas por el camino —le dije mientras me subía al coche.

Shannon me llevó a desayunar a uno de mis lugares preferidos, el local donde preparan los *bagels* más deliciosos en D.C., ubicado en la avenida Connecticut en Dupont Circle. Cuando me estaba comiendo mi tercera rosquilla, rellena con salmón y queso crema, ella me dijo:

—En verdad tenías hambre, es obvio que no comiste en el avión.

—Sabes que odio la comida de los aviones.

—Así es, pero ten cuidado, podría no caerte bien tanta comida, en especial si venías con el estómago vacío.

—Sí, lo sé, pero en verdad llegué con mucho apetito.

—Eso es evidente... —Noté que Shannon hizo una pausa, como si estuviera pensando lo que iba a decir a continuación, por fin dijo—. Hace unos minutos, cuando vimos a Scott con su chico, me preguntaste si eso me molestaba. La verdad es que nunca me ha molestado algo así, pero debo confesarte que tengo sentimientos encontrados y bastante contradictorios al respecto; por un lado, me hace experimentar cierto tipo de incomodidad, aunque la palabra correcta no sería esa, creo que me siento cohibida; por otro lado, siento admiración por personas como Scott. Es un poco loco, ¿verdad?

Tragué de una sola vez el gran bocado que tenía dentro de mi boca; sentí temor de adentrarme en un tema como éste con Shannon, pero más pudo mi curiosidad:

—Mezclar las palabras "admiración" e "incomodidad" al referirte a una persona gay sin duda es contradictorio, de modo que te lo haré más fácil e iremos por partes... ¿Qué te hace sentir incómoda o cohibida?

—No lo sé con exactitud... ¿Recuerdas aquella vez, en la preparatoria, cuando un grupo de niños con Síndrome de Down realizaron una visita guiada a nuestra escuela?

—Sí, lo recuerdo, pero...

—También me sentí cohibida en su presencia, mi reacción fue la misma...; la verdad es que no sé cómo tratarlos. Nunca he tenido un amigo gay.

Eso es lo que tú crees.

—Shannon, los niños con Síndrome de Down son niños, como cualquier otro, sólo tienen una condición que los hace especiales... En cuanto a los gays, ni siquiera se puede hablar que tengan una "condición", son personas, seres humanos con preferencias sexuales distintas a los heterosexuales, eso es todo.

—Lo sé. No estoy comparando a los gays con los niños que padecen Síndrome de Down y tampoco estoy insinuando que los gays tengan una "condición", lo único que estoy diciendo es que ante unos y otros siento el mismo tipo de incomodidad, me siento cohibida en su presencia.

— ¿Y no tienes ni idea de por qué te sientes así?, ¿correcto?

—Correcto.

— ¿No será por los prejuicios, por lo que el mundo en general dicta como normal o no?

—No soy homofóbica Vic, no podría serlo y al mismo tiempo admirar a una persona gay, como Scott, ¿no crees?

—Sí, estoy de acuerdo, no es homofobia... *Doy gracias por ello.*

—Creo que siempre ha sido muy difícil para alguien ser gay; la sociedad, el mundo, la religión, los prejuicios, la familia..., en fin, como bien lo acabas de decir, los gay son seres humanos como cualquier otro, pero ellos suelen tener todo en contra y aun así, personas como Scott tienen el valor de salir del armario, enfrentarse a sus padres so pena de recibir a cambio el rechazo, de ver la decepción reflejada en sus miradas; él mencionó que pagó un precio por ser él mismo, dijo que sus padres no le hablan por ello.

— ¿Es eso lo que admiras en personas como Scott? ¿Su valor por enfrentarse a un mundo que está en contra?

—Sí, creo que sí.

—No siempre ocurre de ese modo ¿sabes? Hay padres que lo entienden o que a la larga lo comprenden... *Mi madre, por ejemplo.*

—Supongo que cada caso particular es distinto, pero el prejuicio existe, no en mi caso —aclaró Shannon—, el mundo ha avanzado en ese sentido, pero aún no hemos llegado a un nivel de comprensión o de tolerancia que se acerque siquiera a lo aceptable. Sé que no todo el mundo es intransigente al respecto, hay excepciones pero no es la regla general, siguen siendo excepciones y eso es lo grave… Tú, por ejemplo, eres una de esas excepciones; la verdad no me sorprendió saber que habías ayudado a Scott. Dime, ¿cómo es eso que fuiste su tapadera?

Sonreír al recordarlo:

—A veces, cuando Scott quería salir con ese chico de la preparatoria, él me avisaba para decirme que le había dicho a sus padres que iría a mi casa a estudiar. En el caso de que ellos lo llamaran, yo tenía preparada una excusa, les diría que Scott estaba en el baño o que recién había salido. Entonces yo lo llamaría a él para avisarle. De ese modo, nunca lo descubrirían. Aunque en verdad sólo una vez lo llamaron, pero fue una forma de ayudarlo a mantener su secreto.

—Ese es el punto, y esa parte no me genera incomodidad ni admiración, esa parte me enoja, me refiero a la necesidad de mantener un secreto. Algo en el mundo debe estar muy mal si un joven de trece o catorce años siente miedo, vergüenza o culpa por amar y debe mantenerlo en secreto. Creo que es injusto que las personas, por ser gays, se vean obligadas a mantener su vida, su propio ser, en secreto, todo para complacer a las personas que los rodean; por lo menos esa es mi opinión.

A veces no se guarda el secreto por eso Shannon, sino porque te enamoras de alguien que sabes no te va a corresponder…, pero ¿qué se le va a hacer? Tú eres hetero, yo soy gay, ¿qué sentido tendría confesarte lo que siento? Ninguno ¿Verdad?... Mejor cambio el tema, mientras más me involucre más riesgos corro de meter la pata. Así que, Victoria, hazte el favor de pensar en algún modo de evadir este asunto.

—Salvo en tu sentimiento de "incomodidad", comparto contigo todo lo que has dicho Shanie, pero dejemos de filosofar y concentrémonos en nuestro fin de semana. Anda, llévame a casa para poder hablar con mi madre.

Shannon pidió la cuenta, la pagó y salimos del restaurant. Mientras caminábamos en dirección al coche, sentí una molestia en el estómago, creo que ella tuvo razón al advertirme por comer demasiado con el estómago vacío.

Unas cuadras antes de llegar a mi casa, bajé el vidrio de la ventanilla y le pedí a Shannon que también lo hiciera. Ella me miró a la cara y mientras me imitaba, bajando su vidrio, me preguntó:

— ¿Qué te ocurre? Estás pálida.

—Tenías razón, creo que comí demasiado y ahora tengo un gas atravesado.

— ¡Oh, oh! —exclamó ella riendo—. Creo que acabo de deducir por qué pediste abrir las ventanas del coche.

No le respondí y me sentí aliviada cuando pude liberarme de la opresión que sentía en el bajo vientre. Haciendo un gesto con su mano libre, tratando de alejar de su nariz el hedor que la rodeaba, Shannon agregó:

» ¡Por Dios!, eso no fue un gas, es una bomba atómica.

—Lo lamento, tenía que sacarlo; ahora me siento mejor.

Shannon no dijo nada, en su lugar soltó una enorme carcajada que, como siempre, me contagió. Cuando ella detuvo el coche frente a mi casa aún seguíamos riendo; me dolía el estómago ya no por haber comido demasiado, sino de tanto reír. Antes de bajar del auto, le dije:

—Pasaré a buscarte en mi coche, así podrás devolverle éste a tus padres en caso de que ellos quieran salir. Como te dije, sólo hablaré con mi madre por unos minutos, pero necesitaré un tiempo extra para ir al baño.

—Tiempo extra concedido, no deseo que te estés tirando "gases" todo el día.

—*Ooops*, lo siento.

— ¡Bah! No es nada, tú y yo hemos compartido algo más que flatulencias en todos estos años.

—Así es —reconocí con una sonrisa.

Es cierto, creo que no hay nada que no hayamos vivido o compartido... Ella sentada al lado de mi cama tratando de distraerme para que no me rascara, mientras yo, con mi cuerpo lleno de manchas rojas y ampollas, me recuperaba de la varicela... Yo recogiendo su cabello mientras ella descargaba su estómago sobre el inodoro tras haberse embriagado por accidente en una fiesta, al beber de un ponche que, muy tarde descubrimos, contenía alcohol... Ambas mareadas y tosiendo como un par de tísicas después haber aspirado, por pura curiosidad, nuestro primer y único cigarrillo... En fin, demasiadas anécdotas, demasiadas vivencias compartidas que hicieron de nosotras lo que somos ahora, lo que por nada de este mundo quiero perder.

Le di un beso en la mejilla antes de bajar del auto y después caminé hacia la puerta de mi casa. Antes de entrar me giré para verla, la despedí con mi mano, ella me sonrió y arrancó en el coche.

Cuando entré a la casa me dirigí hacia el estudio. Aunque era sábado supuse que encontraría a mi madre allí, repasando alguno de sus casos. En efecto, así fue, una vez que toqué la puerta y ella concedió su permiso, la encontré sentada detrás de su escritorio; sobre éste reposaban decenas de documentos y libros, algunos estaban abiertos, otros cerrados pero marcados en muchas de sus páginas con pequeñas tiras de papel de diferentes colores.

Ella levantó la vista para mirarme, me sonrió y se levantó de su asiento para acercarse a mí y abrazarme. Verónica Bettley se parece muchísimo a mí, o quizás lo correcto sea decir que soy yo quien me parezco a ella; a pesar de la obvia diferencia de edad, nuestros rostros y la silueta de nuestros cuerpos son muy similares, ambas con los mismos ojos azules, ambas con el cabello negro, aunque el de ella apenas roza sus hombros mientras que él mío lo llevo un poco más largo, casi hasta la mitad de la espalda.

Sin dejar de abrazarnos, ella me preguntó con una sonrisa en sus labios:

— ¿Cómo estuvo el viaje?

—Todo bien mamá.

—Me alegro; te esperaba un poco antes —me dijo, mientras

soltaba un poco el abrazo para verme a los ojos.

—Es que fui a desayunar con Shannon, lo cual me recuerda que debo ir al baño, creo que comí demasiado.

—En ese caso ve primero y después hablaremos, ¿quieres?

—Sí mamá, ya vuelvo.

—Ok, anda.

Cuando regresé al estudio mi madre ya estaba sentada en su lugar, ojeando uno de sus libros, yo me senté en una silla frente a ella y le pregunté:

— ¿Está ya todo listo para la sorpresa de cumpleaños que quiero darle a Shannon mañana?

—Sí hija, te contaré los detalles, pero antes quiero hacerte una pregunta.

—Dime.

— ¿Estás segura de este paso que vas a dar? Yo respeto tu decisión pero no lo voy a negar, estoy un poco preocupada por ti.

— ¿Por qué? —le pregunté, aunque en el fondo yo conocía la respuesta.

—Hija, debo confesarte que cuando te marchaste a Nueva York sentí cierto alivio, pensé que esa sería una buena oportunidad para tratar de olvidar a Shannon y que pudieras encontrar a alguna chica a quien amar y a quien tu amaras también, pero ahora…

—Lo sé mamá, sé a qué te refieres, me imagino que esto no será fácil para mí pero, a pesar de mis dudas, lo he decidido. Estoy segura que más pronto que tarde la perderé, ella se casará con algún chico, iniciará su propia familia y yo… Bueno, eso sellará la derrota en una batalla que nunca inicié.

—Tal vez en eso tienes razón —dijo mi madre.

—Además —agregué—, con independencia de mis sentimientos por Shannon, ella sigue siendo mi mejor amiga…, quiero ayudarla.

—Lo sé mi amor, sé que tus intenciones son las mejores, aunque eso no es óbice para dejar de preocuparme por ti.

—Sé que no será fácil, y no te lo niego, pensé mucho en esto antes de decidirlo, pero creo que es lo correcto y lo haré.

—Ok, espero que todo salga bien… para ambas. Y respondiendo a tu pregunta, sí, ya todo está listo para esa sorpresa, contraté a un chef quien se ocupará de preparar la comida, la preferida de ambas, un par de mesoneros y algunos decoradores para encargarse de los arreglos en el jardín, quienes llegaron hoy bastante temprano para ocuparse del trabajo que les encomendé, tal como me lo pediste.

—Gracias mamá, por toda tu ayuda. Ahora, si me lo permites, voy a buscar el coche. Saldré a pasear con Shannon y después iremos a su casa, ella desea que nos conectemos en línea con Brandon y con Rebeca para jugar más tarde.

—Sí, lo sé. Shannon vino a casa hace poco para pedirme prestado tu *PS4*.

—Bien mamá —le dije mientras me paraba de mi asiento. Le di un abrazo y un beso en la mejilla y me dispuse a salir del estudio. Antes de cerrar la puerta vi a mi madre a los ojos, ella me sonrió con ternura y yo le devolví la sonrisa, agradeciendo de nuevo, en silencio, mi gran fortuna.

Tener una madre como Verónica Bettley es una de las mayores bendiciones que una persona, como yo, puede recibir. Jamás me atreví a contarle a nadie mi secreto pero con ella no hizo falta. Cuando yo tenía 14 años, después de haber compartido en casa toda la tarde con Shannon, mi madre debió haber notado algo en mi mirada cuando me despedía de mi amiga con la mano, mientras ella se alejaba caminando. Mi madre se acercó a mí, me pasó el brazo con ternura sobre mi hombro y me preguntó:

— ¿Estás enamorada de ella, verdad?

Yo me quedé helada, petrificada, sin atreverme a mirarla, tenía miedo de hacerlo, miedo de que ella me dijera que eso estaba mal, miedo de que me rechazara por ser un "bicho raro", como yo me consideraba a mí misma en ese entonces. En vista de que yo no me movía, mi madre se agachó un poco para verme a los ojos, me tocó los hombros con sus dos manos y me dijo con dulzura:

»No hay malo en ti hija, yo te amo y puedes jurar que no te juzgo ni te condeno. Lo único que en verdad me entristece es que ella no te corresponda, al menos no como tú quisieras. Es muy duro amar en soledad.

Todas las lágrimas que había logrado contener en tantos años, la soledad, el miedo, todo el dolor de creerme sola en un mundo que juzga muy rápido y entiende muy poco, se acumularon en medio de mi pecho y se asomaron en mis ojos; abracé a mi madre con todas mis fuerzas y me refugié en sus brazos para llorar como nunca antes lo había hecho. Empapé con mis lágrimas el hombro de su chaqueta mientras sus brazos me sostenían, esos brazos que, a pesar de todo, nunca han permitido que me rinda, que me han levantado después de caer y que me mostraron que quizás, algún día, podré amar y a ser amada sin dejar de ser quien soy ni sentir culpa por ello.

Ella lloró conmigo y en algún momento percibí como una parte de mi dolor se transformaba en alegría; supe que no estaba tan sola como yo creía, que había alguien que me entendía y que ese alguien era, nada más y nada menos, que mi propia madre. Cuando la miré a los ojos, sonreí en medio de mis lágrimas y la abracé de nuevo. Me sentí agradecida con la vida como nunca antes. Desde ese instante ella me enseñó a no sentirme como un "bicho raro", me enseñó que no había nada malo en mí y, lo más importante, a nunca más avergonzarme o sentir miedo por ser lo que soy.

La única razón por la que no he revelado mi verdad ante el mundo no ha sido por vergüenza, sino porque es una verdad compuesta por dos secretos: soy lesbiana y estoy enamorada de mi mejor amiga; entre ambos, el que más tiene peso para mí es el segundo. No quiero que Shannon sepa que estoy enamorada de ella, no quiero perderla como amiga por eso; el miedo a perderla ha sido la razón por la que he callado. Si le confieso que soy lesbiana, creo que mi forma de mirarla, creo que el amor que siento por ella sería demasiado evidente. Ocultarlo se ha convertido para mí en una especie de muro que me protege de perderla como amiga.

Estoy casi segura que no me juzgaría ni me rechazaría por ser gay, tras superar lo que ella misma definió como "incomodidad", apenas un rato antes; pero que ella sepa lo que siento y reconozca su incapacidad para corresponderme sería demasiado incómodo, algo así mermaría nuestra amistad y eso es lo último que deseo.

Hace tres años, cuando me admitieron en la Universidad de Columbia para estudiar Ciencias Políticas y me mudé a Nueva York, mi madre me aconsejó que intentara encontrar a una chica, que intentará olvidar a Shannon y, a decir verdad, lo hice. Conocí a Lisa, una estudiante de segundo año en la misma carrera y universidad. Lisa es una chica agradable, de buen carácter, alegre y divertida, a quien le encantan las fiestas. También, debo reconocer, es muy linda, de cabello y ojos negros; cuando la vi por primera vez me recordó un poco a Mary Rose, aquella niña de quien me enamoré en la escuela. Comenzamos a salir en secreto, aunque ella es abiertamente lesbiana, yo le mentí diciendo que aún estaba dentro del armario, bueno, quizás no mentí del todo porque en la universidad sólo ella lo sabe. Descubrí un mundo que hasta ese momento ignoraba, me refiero al sexo, nos acostamos varias veces, tuve mi primer orgasmo... después de varios intentos fallidos, pero pasado el encanto de los primeros encuentros comencé a sentir una espacie de vacío, era sólo sexo sin sentimientos de por medio, no era el caso de Lisa y tampoco el mío, y cuando comencé a imaginar en la cama a Shannon mientras estaba con ella supe que era el momento de acabar con esa relación.

Después de eso no quise intentarlo de nuevo, quedarme sola es sin duda una enorme posibilidad para mí, pero hasta que no encuentre a alguien por quien sea capaz de sentir algo más que atracción física, prefiero seguir como estoy, prefiero seguir siendo lo que soy: una lesbiana enamorada en secreto de su mejor amiga, una lesbiana que no se avergüenza de serlo y cuya madre la ayudó a ver el mundo con la frente en alto, una lesbiana que decidió vivir no dentro de un armario, sino detrás de un pequeño muro de piedra que ella misma se construyó, un muro que le permite asomarse al mundo y mostrarle tan solo lo que ella desea enseñar, mientras sus sentimientos quedan ocultos donde nadie más puede verlos.

Capítulo Cuatro

Shannon

Victoria tuvo razón, cuando llegue a casa, mis padres estaban esperando el auto para salir al supermercado y hacer las compras de la semana.

No esperé demasiado, mi amiga sólo demoró media hora desde el momento en que la dejé en su casa y el instante en que escuché la bocina de su coche para avisarme que estaba afuera, esperándome. Tomé mi bolso y salí a la calle; por fortuna, el sol seguía allí, aunque la humedad y el calor comenzaban a sentirse.

En cuanto me subí al auto, pregunté:

— ¿Tendremos un sábado libre de gases y explosiones atómicas?

Victoria se rio y me respondió:

—Así es, ya solté esa bomba.

Me reí también y le dije:

—Muy bien, ¿a dónde quieres ir?

— ¡Vaya!, este es un secuestro interesante. La secuestrada es la que decidirá a dónde iremos.

—La secuestradora vive aquí, así que…

—Me encantaría pasear por el *National Mall* y más tarde podríamos ir a jugar pool. ¿Qué te parece?

—Ok, esa es una buena idea —respondí.

—Entonces vamos —dijo Victoria mientras arrancaba el coche en dirección al centro.

Después de caminar un buen rato alrededor del *National Mall*, Victoria me invitó a almorzar. A pesar del atracón de la mañana ella sintió apetito de nuevo, me dijo que estaba antojada de comer un buen pedazo de carne a la parrilla acompañado con alguna apetitosa ensalada. Sonreí al escucharla y le dije:

—A pesar de que estamos acostumbradas a ejercitarnos y solemos salir a trotar todas las mañanas, algo que antes hacíamos juntas y ahora por separado, innumerables veces me he preguntado cómo puedes comer tanta comida sin ganar un solo gramo, conservando siempre tu figura.

—Tú lo has dicho, estamos acostumbradas a ejercitarnos.

—Mucho antes de adquirir ese hábito tú siempre has tenido un apetito voraz y siempre has sido delgada. Ese no es mi caso, si me excedo con la comida tiendo a engordar, supongo que es algo genético, lo mismo le ocurre a mi madre, quien ha ganado algo de peso en los últimos años, no demasiado, no podría decir que está obesa pero si algo rellenita. Es obvio que en ese aspecto no heredé los genes de mi padre, ya que él siempre ha sido de contextura delgada.

Victoria se echó a reír y me preguntó:

— ¿Eso significa que cuando nos hagamos mayores vas a comenzar a rezar?

Intrigada por esa pregunta, exclamé:

— ¡Rezar! ¿De qué hablas?

—Algo así como: "Dios, si no puedo adelgazar, haz que mis amigas engorden".

Solté una carcajada por la ocurrencia, le di a Victoria un ligero empujón con mi cuerpo y le dije:

—Suelo comer alimentos balanceados en cantidades razonables, mi apetito nunca ha superado el tuyo pero, bien lo sabes, tengo defectos como cualquier ser humano, por fortuna, la envidia jamás ha sido uno de ellos, mucho menos tratándose de ti. Aunque suene a frase hecha, entre nosotras eso de "tus triunfos serán mis triunfos y tus fracasos serán mis fracasos" es algo casi literal; no creo que hubiéramos podido crear un vínculo de amistad tan fuerte entre nosotras si alguna de las dos pensara o sintiera lo contrario.

Victoria rodeó mi cintura con su brazo derecho y me dijo sonriendo:

—Así es Shanie, tú y yo somos con las dos mosqueteras: "todas para una y una para todas".

—Creo que eran los tres mosqueteros.

—Dos son compañía, tres son multitud —aclaró Victoria, sin dejar de sonreír, en el momento en que llegamos al restaurant. Elegimos una mesa y examinamos la carta. Una vez que ordenamos, le dije:

— ¿Por eso me querías este fin de semana sólo para ti, verdad?... Por aquello de que dos son compañía y tres son multitud.

—No sólo este fin de semana, si pudiera secuestrarte de forma permanente lo haría.

— ¿En serio? —le pregunté, sintiendo algo que se expandía en medio de mi pecho, quizás porque yo deseaba lo mismo. Como si hubiera anticipado mis pensamientos, me miró a los ojos y me respondió solemne:

—En serio Shanie.

Supongo que Victoria percibió la melancolía que amenazaba con enturbiar el momento porque ella cambió su expresión y agregó con una sonrisa:

»No vamos a hablar de cosas tristes en la víspera de tu cumpleaños. Necesito preguntarte algo.

—Dime.

—Tengo un pequeño problema con una materia que cursaré en el próximo semestre y creo que sólo tú podrías ayudarme, el asunto es que aún no sé cómo, me refiero a la logística.

— ¿De qué se trata?

—Verás, el próximo semestre debo cursar una materia, Política Internacional. Uno de los profesores del semestre actual nos informó que gran parte de la bibliografía de consulta y de investigación para esa materia proviene de unos grandes tomos de libros que fueron traducidos a nuestro idioma, sin embargo, el profesor aclaró que la traducción no es muy buena y nos recomendó consultar los libros en su idioma original... y ese es el problema.

—Apuesto que el idioma original de esos libros es el italiano o el francés.

—Ambos —acotó Victoria al tiempo que estiró sus labios y cerró uno de sus ojos. Reconocí de inmediato ese gesto, el que suele usar para lanzar una pequeña bomba y esperar mi reacción ante ella.

Sonreí al ver esa mueca tan cómica en su cara y le dije:

—Algo me dice que tendré que estudiar Política Internacional contigo.

—Así es —me respondió con una sonrisa—. Aunque, por ahora, no sé cómo lo lograremos. Lo ideal sería que practicaras conmigo ambos idiomas, ya que tú los dominas y yo no, no tanto como tú; en su defecto, te voy a necesitar para la traducción parcial de los libros. El problema es que éstos reposan en la biblioteca de mi universidad. En todo caso, quiero saber si puedo contar contigo, al menos para traducir lo que sea necesario.

—Por supuesto —afirmé—. Creo que podría averiguar si los mismos libros reposan en alguna biblioteca ubicada aquí, en D.C., a fin de traducir para ti lo que haga falta. Quizás así podría ayudarte. ¿Te parece?

—Quizás —repitió ella con una sonrisa demasiado pícara. Su gesto me hizo presumir que algo se traía entre manos; por ello, afirmé:

—Tú estás tramando algo Vic...

— ¿Yo?... que va —se negó en redondo sin dejar de sonreír, pero no logró engañarme, sin embargo, la salvó la campana o mejor dicho, el mesonero, quien depósito la orden sobre la mesa. Comenzamos a comer intercambiando sonrisas y miradas, pero yo no insistí, sabía que no serviría de nada hacerlo, yo sólo sabría qué estaba maquinando mi amiga cuando ella lo decidiera, no antes.

Al terminar de comer, caminamos un rato más y después nos dirigimos al bar para jugar pool. El lugar se encontraba bastante concurrido, pero tuvimos suerte, una de las mesas estaba disponible, de modo que me enfilé directo hacia allí al tiempo que Victoria se dirigió al mostrador para pedir una cerveza para ella y una soda para mí. Cuando terminé de colocar las bolas dentro del rack de diamante, Victoria esperó a que lo levantara de la mesa para ofrecerme la bebida que traía en sus manos, brindamos y comenzamos a jugar.

En verdad nos divertimos mucho en ese rato que compartimos jugando pool. Yo gané el primer juego, ella ganó el segundo y quedó pendiente un tercero a fin de lograr el desempate, pero ya era hora de ir a casa y conectarnos en línea.

Cuando llegamos, supe que mis padres habían regresado de su día de compras porque el coche se encontraba aparcado frente al garaje de la casa. En cuanto abrí la puerta, mi padre, quien se encontraba sentado en el salón leyendo la prensa, se levantó con una sonrisa de oreja a oreja, me saludó con una mirada dulce y abrió sus brazos para recibir a Victoria. Ambos habían logrado desarrollar una relación bastante estrecha en el transcurso de los últimos años, en parte porque mi padre, desde el principio, supo que mi amiga había perdido al suyo a una edad muy temprana, en consecuencia, él siempre le ha demostrado afecto y empatía. Es muy evidente que ambos se profesan un gran cariño, algo que a mí me alegra muchísimo.

Ese no es el caso de mi madre. Cuando ella escuchó nuestras voces, salió de la cocina y saludó a Victoria desde el umbral de la puerta, sin acercarse como lo había hecho mi padre. Fue… política, como siempre. Por algún motivo que nunca he logrado descifrar, Sara Leger trata a Victoria manteniendo siempre cierta distancia, como si no le agradara del todo. Por supuesto, ha sido bastante hábil para ocultar esa especie de desapego que ella le inspira, pero en momentos como éste, la disparidad que existe en el trato de mis padres hacia mi amiga se hizo bastante notoria, al menos para mí, que conozco muy bien a mi madre.

A diferencia de mi padre, quien siempre ha sido una persona afectuosa, con un carácter dulce y apacible, mi madre es una persona con un carácter fuerte, a quien la sonrisas no se le dan fácil así como tampoco las expresiones de afecto o de cariño, sin embargo, en el caso específico de Victoria siempre he creído que hay algo más, en especial cuando lo comparo con la manera en que trata a Brian, por ejemplo. Con él, ella se desvive por atenderlo, por mostrarse cordial y por hacerlo sentir bienvenido cuando me visita en casa, en cambio con Victoria siempre ha sido fría, distante.

No sé si mi amiga se ha dado cuenta de eso o no, porque nunca hemos hablado del asunto, quizás lo haya notado pero nunca me lo ha comentado y yo prefiero no ahondar en el tema, sería algo desagradable para ambas y no creo que haya necesidad de algo así.

Cuando mi madre entró a la cocina de nuevo, yo me dirigí hacia los equipos que había instalado en el salón para jugar en línea, al tiempo que mi padre tomó la mano de Victoria, la llevó con él hasta el sofá y la invitó a sentarse a su lado. Sin dejar de sonreír, él le dijo:

—Cuéntame Vic, ¿cómo te va en la universidad?

—Muy bien Sr. Paul, de hecho les tengo una buena noticia —respondió Victoria alzando su voz a fin de captar mi atención. Interrumpí lo que estaba haciendo y la miré mientras ella agregaba—, he sido elegida como una de los diez aspirantes de la Universidad de Columbia para optar por una pasantía en *"Fletcher, Coleman & McKenzie"*, una de las firmas de abogados más prestigiosa de Nueva York.

— ¡Felicitaciones! ¡Eso sería excelente para tus planes de carrera! —exclamó mi padre al tiempo que yo, luego de escuchar semejante novedad, abandoné por completo lo que estaba haciendo, me senté al lado de Victoria y exclamé:

— ¡Enhorabuena!, es una excelente noticia. ¿Por qué no me lo habías contado?

—No habíamos hablado de eso..., bueno, en realidad no lo comenté contigo porque la buena noticia viene acompañada de otra... no tan buena —aclaró Victoria.

— ¿Qué cosa? —le pregunté, con cierto temor de saber de qué trataba la parte "no tan buena" de esa noticia, aunque supongo que lo intuí.

Victoria me miró a los ojos, creo que para observar mi reacción y respondió:

—No podré venir en verano, debo tomar algunos cursos y prepararme para esa pasantía, en el caso de que logre ser seleccionada.

Me imagino que la decepción que sentí en ese momento se vio reflejada en mi rostro, porque enseguida Victoria tomó mis dos manos y agregó en un tono conciliador:

»Pero no te preocupes, hallaré la forma de vernos.

—Por supuesto que se verán—señaló mi padre, intentando alentarme también; él sabe cuánta falta me hace Victoria desde que ella se marchó; nunca se lo dije, pero me conoce lo suficiente para saberlo.

Victoria fue aún más enfática, sin dejar de envolver mis manos entre las suyas, ejerció una sutil presión y afirmó con seguridad:

—Lo haremos…, confía en mí ¿sí?

Detecté la misma mirada pícara que me había lanzado durante el almuerzo y no me quedó ni un resquicio de duda, ella estaba tramando algo. Como si leyera mis pensamientos otra vez, agregó:

»No hablaremos de cosas tristes hoy, anda a preparar lo necesario para jugar en línea. Nos van a dar las siete de la noche —señaló mirando su reloj— y aún tenemos que completar el primer golpe antes de conectarnos con Brandon y con Rebeca.

La miré fijo a los ojos, intentando descubrir qué pensamientos pasaban por su mente en ese instante, pero ella desvió la mirada y se dispuso a continuar la conversación que mantenía con mi padre. Fue una técnica evasiva, lo sé, pero no tenía sentido insistir, de modo de obedecí y me levanté del sofá para continuar con la conexión de los equipos y gestionar el acceso de nuestras respectivos personajes a una sesión en línea del videojuego.

Cuando todo estuvo listo, mi padre se retiró del salón, él sabía que, una vez conectadas y con los audífonos colocados, nos olvidaríamos del mundo real para enfocarnos en el mundo virtual del videojuego. Cuando iniciamos el primer golpe, Victoria me dijo a través de los auriculares:

—En vista de que tú te encargarás de conducir el coche blindado, yo me ocuparé de conectar los circuitos para *hackear* el sistema y abrir la bóveda, pero cuando logremos entrar al banco me gustaría que intercambiemos nuestros controles, yo me encargaré de intimidar a los clientes y al cajero al tiempo que tú te ocupas de taladrar la caja de seguridad…; odio ese taladro, nunca le he agarrado el truco.

Sin mirarla, me reí y le dije:

—Pero si es fácil, presionas R2 a tope y mueves hacia adelante el *stick* izquierdo, pero sólo un poco, ese es el truco.

—Justo eso es lo que no me sale, termino recalentando el taladro y si nos pasamos de tiempo no podremos obtener la bonificación especial del golpe ni superar el desafío de élite, y ese es nuestro objetivo, ¿cierto?

—Ok, lo haremos así, será un buen modo de aprovechar que estamos jugando en la misma habitación—admití sonriendo.

Mientras Victoria disparaba a las paredes del banco evitando herir a los clientes y al cajero y yo me ocupaba de taladrar la bóveda, ella dijo:

— ¿Tienes idea de cuántos años de cárcel nos darían por un atraco como éste?... Por lo menos quince, sin derecho a libertad bajo palabra.

Me reí por su ocurrencia y respondí:

— Y por lo menos tres cadenas perpetuas por todos los golpes, pero tranquila Vic, sólo es un juego, cuando nos desconectemos y apaguemos las consolas seguiremos siendo las mismas niñas buenas de siempre.

Victoria se echó a reír y continuamos jugando. Cuando casi estábamos terminando de completar el golpe, mi madre se acercó y nos dejó sobre la mesa de centro una bandeja con varios emparedados y un par de jugos naturales; ella sabía de antemano que no pararíamos de jugar, ni siquiera para cenar. Victoria y yo comimos mientras le enviaba un mensaje por el móvil a Brandon y a Rebeca para avisarles que ya podían conectarse. Cuando lo hicieron, nos saludamos a través de los auriculares e iniciamos el segundo golpe.

Las horas pasaron volando, como es usual cada vez que nos dedicamos a jugar en línea. Cuando logramos sacar al reo de la prisión y estábamos sobrevolando la playa, a la espera de que desapareciera de la pantalla el nivel de búsqueda de la policía, escuché a Victoria cuando dijo a través de los auriculares:

—Ya es hora —Enseguida ella, acompañada por Brandon y Rebeca, comenzaron a cantar en coro la canción de cumpleaños feliz. Yo no me lo esperaba…, bueno, sí lo esperaba pero no me había percatado que ya era medianoche. Cuando terminaron de cantar, escuché a Brandon y a Rebeca felicitándome a través de los auriculares al tiempo que Victoria, mirándome a los ojos, me sonrió y se acercó para abrazarme y darme un beso en la mejilla, mientras me decía—. ¡Feliz Cumpleaños!

Yo también la abracé y sonreí, en verdad fue emocionante para mí escucharlos cantar en coro y, mucho más, tener a mi lado a Victoria justo en ese momento. Instantes después, Brandon dijo:

—Me hubiera encantado estar en D.C. para felicitarte en persona, pero me alegro haber podido hacerlo en el momento justo…

—Lo mismo digo —señaló Rebeca, quien agregó—. Por lo menos Victoria está contigo y mis fuentes me han dicho que ella te tiene preparada una sorpresa…

—Calla —dijo Victoria riendo—. Así es, pero me guardan el secreto…

— ¿De modo que todos ustedes saben de qué trata esa sorpresa, a excepción de mí? —pregunté riendo.

—Obvio —respondió Victoria—, de lo contrario dejaría de ser una sorpresa.

Todos reímos y continuamos jugando. Iniciamos el tercer golpe pero no completamos todas las misiones; cerca de las 3:00 a.m. Brandon dijo que ya era muy tarde y sugirió continuar el resto después. Todos concordamos y nos despedimos, no sin antes citarnos para jugar un rato más, alrededor de las 10:30 a.m., ese mismo día.

Victoria y yo nos dispusimos a apagar las consolas y ambos televisores, mientras lo hacíamos, le dije:

—Es bastante tarde, creo que deberías quedarte a dormir conmigo.

Su reacción ante mi propuesta me extrañó, parecía sorprendida y me atrevería a asegurar que hasta un poco atemorizada. Asombrada por su inusitada actitud, le pregunté:

— ¿Dije algo malo?

Ella reaccionó negando con la cabeza y sonriendo, mientras me respondía:

—No, sólo me sorprendí un poco. Vivimos bastante cerca y por lo general cada una acostumbra a dormir en su casa.

—Lo sé, pero… no quiero que te marches ahora… Por favor.

—Ante esa mirada tuya no podría negarme jamás. Ok, me quedaré a dormir aquí.

Sonreí de oreja a oreja y exclamé:

— ¡Perfecto!

Apagamos todas las luces del salón y subimos juntas a mi habitación. Hacía bastante calor, de modo que busqué en la gaveta del armario un par de camisetas cómodas y frescas y dos pantalones cortos. Le di un juego a Victoria y yo tomé el otro. Me cambié de ropa cerca de la cama; no me pareció necesario ocultarme de su vista, tenemos la confianza suficiente para no sentir ese tipo de pudor entre nosotras, sin embargo, la reacción de ella me sorprendió otra vez, rehuía la mirada y parecía sufrir de un raro caso de timidez. No quise preguntarle nada al respecto, me acosté sobre la cama y la invité con un gesto para que me acompañara. Ella se cambió de ropa a la velocidad del rayo y se acostó a mi lado dándome la espalda. Bostezó mientras me decía:

—Creo que tengo sueño, en verdad se hizo tarde.

—Así es —le respondí, al tiempo que comencé a acariciar los rizos de su cabello. Eso es algo que siempre me ha gustado hacer, en especial a Victoria. Podría jurar que ella se estremeció cuando la toqué pero, de nuevo, decidí no prestarle demasiada atención, quizás la timidez que la acompañó en su infancia y parte de su adolescencia había vuelto en estos tres años que hemos estado alejadas físicamente, además, yo no contaba con la energía suficiente para seguir preguntándome las razones, también tenía sueño, ni siquiera me percaté del momento exacto en que me quedé dormida.

...

Al despertar, a la mañana siguiente, resultó obvio para mí que tanto Victoria como yo nos habíamos movido mientras dormíamos, ella estaba boca arriba, profundamente dormida, respirando con tranquilidad; yo, acostada de medio lado... abrazándola, con la mitad de mi rostro reposando sobre su pecho. Levanté la vista para mirarla...

¡Por Dios! En verdad eres hermosa, a tal punto que si buscara la palabra "belleza" en algún diccionario no me extrañaría encontrar un único significado: "Victoria Bettley"... Tu cuerpo, trazado con todas las líneas en su justo lugar, en perfecta armonía. Tu rostro, tan hermoso que hubiera sido el deleite y a la vez el mayor desafío del escultor más experto, en su búsqueda por aproximarse, tan solo un poco, al exquisito contorno de tus ojos, de tu boca, de tus labios. Ni siquiera el propio Miguel Ángel hubiera sido capaz de reproducir la magia que genera tu sonrisa, la luz de tu mirada, el color alucinante de tus ojos, que no son de un azul cualquiera, es un azul brillante, intenso, quizás el resultado del acuerdo final entre el cielo y el mar que decidieron unirse para eclipsar al sol y enmarcar todos sus matices dentro de ese borde oscuro y difuso...

¿Qué me ocurre?, ¿por qué estoy pensando en ti de esta manera? y más importante todavía: ¿por qué no me quiero mover de aquí?, ¿por qué me siento tan absurdamente bien con mi rostro pegado a tu pecho mientras escucho el leve repiqueteo de los latidos de tu corazón?, ¿por qué siento esta especie de felicidad que sólo soy capaz de experimentar cuando estoy a tu lado?... ¿Qué me está pasando contigo Vic?...

Supongo que es porque te extraño, más ahora, después de saber que no podré verte durante el verano y que te echaré de menos todavía un poco más... Sí, debe ser eso. Por ahora no seguiré pensando, aún es temprano, aún puedo dormir un poco más y no me voy a mover... no todavía, quiero quedarme aquí, justo donde estoy ahora.

Capítulo Cinco

Victoria

Desperté al escuchar el sonido del agua, repicando sobre el suelo de la ducha, dentro del cuarto de baño de la habitación de Shannon. Cuando abrí los ojos y me di cuenta que ella no estaba a mi lado en la cama, sentí cierto alivio, ya había tenido suficientes razones para infartarme la noche anterior como para tener que enfrentarme a ellas por segunda vez.

Casi me desmayé cuando Shannon me pidió que me quedara a dormir, algo que suelo evitar siempre que puedo; ya es bastante duro disimular mis sentimientos (y mis apetencias) en situaciones normales como para verme obligada a enfrentar la proximidad inevitable que supone un espacio tan reducido como el de una cama individual, más aún con los agravantes que conlleva una situación así. Y por supuesto, tal como lo imaginé, esos agravantes sucedieron y casi me matan de un infarto, en especial cuando mi amiga decidió desvestirse frente a mí.

Intenté con todas mis fuerzas mirar hacia otro lado pero no pude... *¿o no quise?*... En fin, no lo evité y obvio, mi cuerpo reaccionó. Por fortuna suelo utilizar una toalla íntima siempre que voy a estar en compañía de Shannon, un truco que aprendí hace mucho para evitar la incomodidad que produce sentir mis bragas húmedas... todo el tiempo, pero en el momento en que la vi quitándose la ropa supe de inmediato que la toallita no resistiría semejante ataque, en consecuencia, no fue de mucha ayuda cuando mi amiga decidió acariciar mi cabello momentos después.

Fingí que me moría de sueño pero... *¡en serio!, ¿quién puede tener sueño en medio de una situación como esa?* Aguardé hasta que Shannon se quedara dormida, me levanté de la cama, me aseé y sustituí la toalla íntima, o lo que quedó de ella, con una nueva.

Ahora, ya despierta, solo espero que Shannon decida salir de la ducha vestida por completo, de lo contrario el destino de la toalla que tengo ahora será el mismo que el de su antecesora.

Mis tribulaciones quedaron relegadas en algún lugar de mi mente cuando me percaté de la presencia de una caja abierta, sobre el suelo de la habitación, que contenía varios cuadernos y libros de vieja data. Por pura curiosidad tomé uno de ellos y me di cuenta que se trataba de un cuaderno de Shannon. Sonreí al ver la etiqueta pegada en la cubierta, era su cuaderno de matemáticas de séptimo grado.

Sosteniéndolo en mi mano me acerqué a la puerta del cuarto de baño y alcé un poco la voz para que Shannon pudiera escucharme, por encima del sonido que producía el agua en la ducha:

— ¿Qué hace aquí esta caja de cuadernos y libros de la preparatoria?

— ¿Qué? Habla más fuerte, no te escuché.

Repetí la pregunta y ella me respondió:

—Ah sí, el día que hicimos limpieza general en la casa, mi madre encontró varios cuadernos y libros en diferentes lugares del garaje, de modo que los colocó todos juntos en esa caja. Se supone que debo revisarlos, pero no lo hecho. Creo que los tiraré sin mirarlos.

Al tiempo que Shannon me respondía desde el baño, hojeé el cuaderno que tenía en mi mano pasando las hojas con rapidez, pero me detuve cuando encontré dos o tres páginas que contenían lo que parecían garabatos o dibujos. Me sorprendí cuando los observé con mayor detenimiento. Las tres páginas estaban plagadas de dibujos de corazones y la misma palabra escrita de varias formas, en diferentes colores; la palabra en cuestión era "Victoria", donde los puntos sobre las íes habían sido sustituidos por pequeños corazones.

¿Qué significa esto?... ¿Será acaso que en algún momento de la preparatoria Shannon llegó a sentir algún tipo de enamoramiento pasaje-

ro?... Bueno Victoria, creo que puedas darte por satisfecha, tal parece que, al menos por un tiempo limitado, tu amiga te correspondió y aquí tienes la prueba... Deberías conservarla, aunque sea como recuerdo.

—Shannon —alcé la voz de nuevo para llamar su atención—, ya que los vas a tirar, ¿puedo quedarme con algunos de tus cuadernos?

— ¿Para qué? —Preguntó ella—. Son sólo cuadernos viejos.

—Puedes llamarme sentimental, pero me gustaría consérvalos de recuerdo... ¿Puedo?

Escuché la risa de Shannon mientras me decía:

—Ok, puedes quedártelos si quieres.

—Gracias.

Me acerqué de nuevo a la caja para sacar todos los cuadernos que podían caber en mi bolso y los metí de una vez dentro de él; con toda seguridad Shannon no recordaba haber dibujado o escrito esos garabatos y yo quise asegurarme de que no lo hiciera ahora, de lo contrario mi excusa de ser "sentimental" podría explotarme en la cara y me expondría a preguntas que no quería formular y mucho menos responder.

El sonido del agua cesó, lo cual me indicó que Shannon había terminado de ducharse. Unos segundos después ella salió del cuarto de baño y por fortuna para mí lo hizo ataviada con una bata de baño y con una toalla que envolvía su cabello húmedo. Presagiando una nueva arremetida de mis hormonas cuando ella se quitara esa bata, agarré mi ropa, la que había usado el día anterior, le sonreí y entré al baño diciéndole que yo también tomaría una ducha.

Antes de que pudiera cerrar la puerta, ella me dijo:

—No asegures la puerta por detrás, buscaré ropa limpia para que no tengas que usar la misma de ayer. Te la guindaré detrás de la puerta. ¿Está bien?

—Gracias —le respondí con una sonrisa—. Es una buena idea.

—Así es, en especial porque tú y yo usamos la misma talla. No será un problema.

—Cierto —le dije sin dejar de sonreír y después cerré la puerta sin pasar el seguro.

Una vez que me duché, me dispuse a vestirme con la ropa limpia que Shannon había dejado dentro del baño, conformada por una camiseta sin mangas, un pantalón vaquero y una braga nueva que aún tenía colocada su etiqueta de compra. Agradecí en especial éste último, mi propia braga estaba… "fuera de combate", por razones más que obvias.

Cuando me estaba terminando de vestir, escuché a Shannon a través de la puerta mientras me preguntaba:

— ¿Te quedarás a desayunar, verdad? Eso espero, porque si conozco bien a mis padres deben tener preparado algún pastel y sus respectivas velitas para felicitarme por mi cumpleaños. Me gustaría que nos acompañes. ¿Quieres?

Abrí la puerta del baño mientras cepillaba mi cabello húmedo y respondí:

—Por supuesto que quiero. Hoy yo soy tu secuestradora y tú mi secuestrada, sólo descansarás de mí cuando vaya a casa a vestirme para nuestra fiesta particular de cumpleaños.

—Cierto, la sorpresa. Al menos me dirás qué tipo de atuendo deberé usar; ni siquiera sé a dónde me llevarás.

—Con cualquier cosa que te pongas te verás hermosa, no te preocupes por eso, es más, esto si te lo voy a decir porque conozco tu renuencia a las sorpresas en general, celebraremos tu cumpleaños en mi casa…

—Eso me alegra… Te lo confieso, me tienes intrigada con todo este asunto de la sorpresa de cumpleaños. No tengo ni idea de qué tramas.

—Esa es la idea Shanie… que no la tengas —le dije sonriendo. Ella también sonrió pero no dijo nada, y puedo jurar que por un instante me miró con una expresión que no pude leer, o mejor dicho, creo haber detectado una especie de brillo en su mirada que no recordaba haber visto antes. *En fin, no te enganches con eso Victoria, debes estar impresionada todavía por lo que viste en ese cuaderno, pero recuérdalo, eso ocurrió hace muchos años.*

Shannon y yo bajamos por las escaleras y entramos a la cocina, donde la Sra. Sara se encontraba preparando el desayuno. Me dio la impresión que se sorprendió un poco al verme, pero de igual forma me saludó con un gesto y abrazó a su hija para felicitarla. Ella salió de la cocina en el momento en que el Sr. Paul entró con un sonriente "Buenos días", que nos dedicó a ambas por igual; entonces, abrazó a Shannon mientras le decía, con una mezcla de orgullo y de nostalgia:

—Mi hija está creciendo, el año pasado abandonó para siempre el uno delante de su número de cumpleaños y lo sustituyó por el dos y a partir de hoy podrá consumir licor… sin esconderse.

Riendo también, Shannon exclamó en voz baja:

— ¡Papá! Sólo bebí a escondidas una vez, fue una travesura…, simple curiosidad; la segunda vez no cuenta como travesura, me embriagué por accidente.

El Sr. Paul y yo nos vimos a los ojos con una mirada cómplice y sonreímos. Asumí que él recordaba esa anécdota tanto como yo. Cuando llevé a Shannon a su casa esa noche, hice todo lo posible para que sus padres no descubrieran lo ebria que estaba, sin embargo, su padre lo supo cuando yo intentaba ayudarla a subir por las escaleras. Los tres guardamos el secreto para evitarle a Shannon la segura reprimenda que le hubiera dado su madre por algo como eso.

Salí de mis recuerdos cuando mi amiga agregó:

»Por cierto, menos mal que sólo estoy cumpliendo veintiún años, porque si fueran treinta o cuarenta una felicitación como esa me haría sentir vieja.

—No te preocupes por eso, te prometo que cuando cumplas treinta o cuarenta años cambiaré mi forma de felicitarte. Y ahora que lo recuerdo… —señaló el padre de Shannon alejándose de ella para abrir una de las gavetas de la cocina—. ¡Feliz cumpleaños!

Con una enorme sonrisa en sus labios, el Sr. Paul extendió su mano para ofrecerle a su hija lo que parecía un libro pequeño envuelto en papel de regalo.

Con genuino entusiasmo, Shannon retiró el envoltorio. Al observar y revisar su contenido abrió los ojos impresionada y exclamó sonriendo:

— ¡Papá! ¡Gracias! Es...

—Si Shannon —interrumpió el Sr. Paul—, por fin lo conseguí, un ejemplar original de la primera edición de...

—*"Ningún lugar está lejos"* de Richard Bach... ¡Es magnífico! ¡Gracias papá! —reiteró Shannon con una gran sonrisa mientras lo abrazaba de nuevo.

—Sé que es uno de tus libros preferidos.

—Así es.

—Bueno, yo también te tengo un regalo —dijo la Sra. Sara al entrar a la cocina. Ella sostenía en sus manos una torta de cumpleaños con un par de velitas encendidas—. Esta vez yo misma la preparé.

Shannon le dedicó una sonrisa a su madre y exclamó:

— ¡Torta de Chocolate!... mi preferida y la hiciste tú. Eso es mejor todavía. ¡Gracias mamá!

— ¡Feliz Cumpleaños hija! —Dijo la madre de Shannon, asomando una sonrisa—. Sopla las velitas, para que podamos probar un trozo antes de desayunar.

En efecto, cada uno de nosotros comimos una considerable porción del pastel, que estaba delicioso, vale decir. Luego nos sentamos a la mesa en la cocina y nos dispusimos a desayunar.

Shannon y yo compartimos toda la mañana en su casa, de nuevo nos conectamos en línea para jugar, con Brandon y con Rebeca, un par de misiones del tercer golpe del videojuego y después salimos en mi coche para pasear un buen rato por la ciudad. Fuimos al centro comercial, comimos helado y almorzamos en la feria de comida. Una vez que salimos de allí, decidimos ir a jugar pool para desempatar el marcador. Con la habilidad que la caracteriza, Shannon logró en tiempo record entronerar la bola 9, con lo cual se dio por terminado nuestro torneo particular de pool que habíamos iniciado el día anterior.

En honor a la verdad debo reconocer que, hasta ahora, este fin de semana ha resultado maravilloso; tener a Shannon a mi lado desde el mismo instante en que aterrice en D.C. ha sido una experiencia que me ratificó, una vez más, una de las razones que me impulsaron a tomar esta decisión. Dada la experiencia de la noche anterior, estoy segura que no será nada fácil para mí, pero ahora sé, más que nunca y sin temor a equivocarme, que es lo correcto. Muy entusiasmada con la idea, dejé a Shannon al frente de su casa cerca de las siete de la noche. Antes de que se bajara del coche le dije que pasaría a recogerla una hora después; en verdad esta parte del plan no hacía falta, ella y yo vivimos muy cerca, pero tratándose de su cumpleaños, quise iniciar nuestra pequeña celebración justo así.

Fui a casa, tomé una ducha, sequé y peiné mi cabello, con la intención de lucirlo suelto, y después me ocupé de mi vestimenta. Decidí usar una blusa holgada de rayón color rosa y una falda corta color negro, para finalizar, me calcé con unas zapatillas de tacón alto del mismo color de la blusa. Me maquillé con naturalidad y salí en el coche a buscar a mi amiga.

Esta vez no avisé mi llegada con la bocina como acostumbro, me bajé del coche y toqué el timbre. Shannon abrió la puerta mostrándome su mejor sonrisa, aunque la mía se congeló en mi rostro, la sustituí por una expresión de asombro y admiración al mismo tiempo. Por fortuna, el corazón es invisible al ojo humano y mientras no estemos desnudos y expuestos, las reacciones de nuestro cuerpo quedan ocultas también. Para resumir, tengo que decir que todo mi ser reaccionó cuando la vi parada frente a mí. Shannon se veía espectacular, preciosa, bellísima, magnífica… *No sigas Victoria, ya lo sabes, no hay suficientes palabras en el mundo para describirla. ¡En serio!*

Se había maquillado, algo que hace con relativa poca frecuencia; llevaba su cabello suelto, aunque recogido en parte con una peineta detrás de su cabeza; y para aumentar las sensaciones que recorrían mi piel sin clemencia, sus zapatillas altas y su vestido corto y ceñido dejaron expuestas su maravillosa silueta y sus magníficas piernas. Me quedé sin aliento... y sin palabras; sabía que debía decir algo pero no pude, al tiempo que mis ojos abiertos no paraban de bajar y subir para admirarla sin que yo pudiera evitarlo. Creo que al final, conseguí balbucear:

—Te ves... be... llí... si... ma.

Shannon soltó una gran carcajada que, por el momento, logró sacarme un poco de mi evidente estado de shock. Intenté recobrar la compostura y traté de articular mis siguientes palabras evitando balbucear por segunda vez; en verdad no fue tan difícil, ya que sólo pude soltar un monosílabo:

» ¡Wow!

Shannon rio de nuevo, tomó mi mano y me condujo con ella hacia el coche, mientras me decía:

—Tú también te ves espectacular. Anda, llévame a tu casa, estoy que muero de la curiosidad, no quiero esperar más, la expectación de las sorpresas es una de las razones por las cuales me resisto a ellas. ¡Vamos!

Sus palabras me sirvieron para retomar mi compostura; ambas nos subimos al coche y en cuestión de minutos nos encontramos paradas frente a la puerta de mi casa. Cuando la abrí, se encontraba a oscuras, tal como le pedí a mi madre que la dejara antes de que ella subiera a su habitación, donde permanecería durante la celebración que me había ayudado a preparar para Shannon.

Al entrar, ella me dijo en un ligero tono de advertencia que denotaba cierta preocupación de su parte:

—Si se encienden las luces de repente y veo a un gentío gritándome "¡Sorpresa¡" te ahorco Vic.

No pude evitar reírme y le dije mientras me situé detrás de ella para avisarle:

—Te voy a tapar los ojos con mis manos para llevarte al lugar que preparé para esto, pero no seas tonta, ¿acaso no confías en mí?

Creo que el tono de mi voz la tranquilizó, porque ella me permitió tapar sus ojos al tiempo que me respondía:

—Si hay alguien en el mundo en quien confío es en ti Vic.

Sonreí emocionada por esas palabras y le dije:

—Eso que has dicho es muy lindo. Ahora, por favor, déjate llevar, las dos andamos sobre zapatillas bastante altas, no quiero comenzar la velada con una aparatosa caída.

Shannon rio y se relajó para permitirme hacer lo que le pedí.

Bueno Victoria, el momento llegó, es hora de saber si Shannon aceptará tu regalo de cumpleaños...

Capítulo Seis

Shannon

Victoria me condujo con delicadeza a través de la amplia sala de estar de su casa. Es cierto que no me atraen las sorpresas pero tengo que reconocer que me sentía muy emocionada con ésta y esa emoción se incrementó cuando ella separó sus manos de mis ojos y se reveló ante mí la hermosa decoración que había preparado para celebrar conmigo mi cumpleaños número veintiuno.

El jardín trasero de la casa estaba iluminado por múltiples antorchas de bambú que habían sido enterradas, equidistantes, alrededor de la piscina; bajo un techo de lona había una mesa decorada con una sofisticada vajilla y copas de cristal, además de un tazón de metal que contenía hielo y una botella de champagne. Victoria cumplió su promesa, sólo éramos ella, yo y un par de mesoneros que deduje, habían sido contratados por mi amiga para atendernos durante la cena.

Sonreí conmovida por cada uno de los detalles que conformaban la hermosa sorpresa que Victoria había preparado para mí y di media vuelta para verla a los ojos; ella me miraba expectante, atenta a mi reacción. No dije una palabra, sólo me acerqué y la abracé. Entonces, apreté el abrazo, esa fue mi forma de agradecerle por todas sus atenciones, todo lo que había hecho para estar a mi lado en este preciso momento: viajar desde Nueva York, el maravilloso fin de semana que estábamos compartiendo y…, no sólo eso, había algo más que no era capaz de procesar todavía, la misma sensación de gozo, de alegría, que me había invadido en la mañana cuando amanecí a su lado. La pregunta que me hice en ese instante volvió a mi mente otra vez: "¿qué me está pasando contigo Vic?".

La propia Victoria me sacó de mis pensamientos, en el momento en que ella, con su mirada centellante y su fabulosa sonrisa, se separó un poco de mí, lo suficiente para verme a los ojos y preguntarme entusiasmada:

— ¿Y bien? Dime, ¿te gusta?

Con toda la sinceridad que fui capaz de filtrar en ese momento, por encima de las sensaciones que me invadían, le respondí:

—Si Vic, ¡me encanta!... ¡Gracias!... ¡Gracias… por todo!

Ella sonrió, tomó mi mano y me condujo hacia la mesa. Nos sentamos frente a frente y me dijo:

—Contraté a un chef quien ha preparado para nosotras una suculenta cena, ya deben estar a punto de servirla, pero antes me gustaría brindar, ¿estás de acuerdo?

—Sí —respondí.

Victoria llamó a uno de los mesoneros para que procediera a descorchar la botella de champagne, él sirvió el burbujeante líquido en dos copas de cristal y nos dejó a solas. Levantamos nuestras copas y brindamos, en el momento en que Victoria exclamó sonriendo:

— ¡Feliz Cumpleaños Shanie!

Yo respondí con una enorme sonrisa y ambas bebimos nuestra primera copa de la noche; en mi caso, también era la primera copa… legalmente permitida.

Instantes después, siguiendo las instrucciones de Victoria, el par de mesoneros se acercaron a la mesa para servir la cena, la cual presentaron en los platos con la clase y elegancia propia de cualquier restaurant de lujo. Yo suspiré al aspirar el divino aroma de la comida y sonreí de nuevo al percatarme que se trataba de nuestros platos preferidos, un jugoso y apetitoso *T-bone steak* para mí y unas deliciosas e inmensas costillas de cerdo para Victoria, acompañados con ensalada verde y papas fritas.

En el momento en que los mesoneros se alejaron de la mesa, antes de comenzar a comer, le dije a Victoria:

—Esto se ve exquisito, no sé dónde me cabrá tanta comida.

—Come lo que gustes Shanie, no deseo que explotes el día de tu cumpleaños.

Me reí mientras le decía:

—Contigo no tengo esa preocupación, ni siquiera viéndote frente a esas enormes "costillas de brontosaurio" parecidas a las que comía *Pedro Picapiedras*.

Victoria soltó una sonora carcajada al escucharme, yo me reí con ella y cuando al fin dejamos de reír, nos dedicamos a degustar la cena. En verdad estaba deliciosa.

Cuando terminamos de comer, brindamos con el champagne que la propia Victoria sirvió en la copas. Justo después de beber un par de tragos, ella anunció, con una emoción más que evidente:

—Creo que ha llegado el momento de abrir tu regalo.

Yo abrí los ojos sorprendida y exclamé:

— ¡Regalo!..., pero creí que esta cena deliciosa y espectacular era el regalo.

—No mi querida amiga —dijo Victoria negando con la cabeza y sonriendo—. La cena sólo fue el circunloquio para ofrecerte mi regalo.

— ¿De verdad? —pregunté, todavía impresionada—. Menudo circunloquio, porque la cena estuvo magnífica.

—Esa era la idea Shanie, que la disfrutáramos como lo hemos hecho.

Victoria hizo una pausa, creo que para buscar las palabras que pronunciaría a continuación, la noté un poco nerviosa; por fin, agregó:

»¿Recuerdas que hace algunos meses te pedí que escribieras un ensayo de un máximo de mil palabras, una historia de ficción de no más de veinticinco páginas y una presentación personal donde explicaras lo que habías leído en el último año, qué te había resultado interesante y en qué estabas trabajando en ese momento?

Un poco intrigada por su pregunta, respondí:

—Sí, lo recuerdo; me dijiste que era para inscribirme en un concurso literario en Nueva York..., el cual asumo no gané, porque nunca me mencionaste nada más al respecto... ¿O sí?, quiero decir, ¿gané ese concurso?

—No —respondió Victoria—. No lo ganaste porque nunca hubo tal concurso. Fue un pequeño engaño de mi parte...

Un tanto confundida por su respuesta, abrí la boca para hablar, pero mi amiga continúo diciendo:

»Eso que te pedí fue uno de los requisitos que necesitaba reunir. También hablé con el director de nuestra escuela para que me suministrara una copia de tus calificaciones de la preparatoria. Asimismo, conseguí tres cartas de recomendación; la primera de ellas fue redactada y suscrita por mi madre; la segunda, por el profesor de literatura de la preparatoria y la tercera, por uno de los profesores de la Escuela Juilliard a quien mi madre conoce desde hace años. Ella le enseñó tus escritos y él se mostró encantado por suscribirla. Fue toda una aventura reunir ese material, pero al final obtuve lo que deseaba y todo se resume en lo que está aquí adentro... Es hora de abrir tu regalo —Victoria me mostró un sobre cerrado que había sacado de su bolso mientras me hablaba, lo sostuvo frente a mí y me lo ofreció, no sin antes regalarme su sonrisa más pícara y decirme, por segunda vez esa noche—. ¡Feliz Cumpleaños Shanie!

Reconocí de inmediato esa sonrisa, era la misma que le había visto el día anterior, cuando deduje que estaba tramando algo. Se hizo evidente para mí que la respuesta a la pregunta que no quiso responderme se encontraba dentro de ese sobre, el que ella me ofrecía ahora con su mano extendida.

Con una enorme curiosidad, lo tomé y lo abrí, pero lo que leí me dejó atónita. Era una carta con el membrete original de la Universidad de Columbia dirigida a mí donde se me informaba que había sido admitida para estudiar Escritura en la Escuela de Artes de esa universidad y que las clases comenzarían a principios de septiembre de este mismo año.

Leí la carta una vez más, antes de levantar la vista para mirar a Victoria, quien tenía la misma expresión expectante que le había visto antes, cuando descubrió ante mí la sorpresa que había preparado para celebrar mi cumpleaños. Se veía tan eufórica que pensé dos veces antes de hablar, era muy difícil para mí tratar de ignorar su entusiasmo y recordarle lo que, de una forma inexplicable, ella parecía haber olvidado. Aspiré profundamente antes de decir:

—Vic, no lo entiendo…, tú sabes que yo no puedo costear esto.

Victoria sonrió con evidente satisfacción y me dijo, mientras me entregaba otra serie de documentos:

—Tonta, eso lo sé pero, como podrás comprobar tú misma en estos documentos que te estoy mostrando ahora, el primer semestre ya está pagado y abrí una cuenta bancaria a tu nombre, que asocié a tu registro en la Universidad de Columbia, donde está depositado el costo de los semestres futuros. Éste es mi regalo de cumpleaños para ti Shanie…, que espero aceptes…, eso es lo que más deseo. Si lo haces, si aceptas, viviremos juntas en mi departamento en Nueva York y tú podrás cumplir tu sueño.

Desconcertada por completo, percibí como temblaban mis manos mientras examinaba el contenido de los documentos que Victoria acababa de entregarme: un recibo por un poco más de treinta y dos mil dólares, emitido por la Universidad de Columbia, que evidenciaba el pago del primer semestre y un estado de cuenta a mi nombre, emitido por el Bank of America, donde se reflejaba un depósito por la cantidad de ciento treinta y cinco mil dólares.

¡Oh por Dios! ¡Esto es increíble¡ ¡Esto es… demasiado!

Incrédula todavía ante las evidencias que tenía frente a mí, sólo atiné a decir:

— ¡Victoria, esto es demasiado! Es demasiado dinero… No puedo aceptarlo, es lo que más quisiera, pero no puedo…

Posando su mano sobre la mía, Victoria me interrumpió:

—Sabía que dirías eso Shanie, pero piénsalo por favor, desde que cobré el dinero de la herencia que me dejó mi padre no pienso en otra cosa, soy tu mejor amiga y deseo ayudarte, vas a morir de mengua esperando reunir un dinero que hasta ahora no has podido completar y que a mí me sobra, la herencia que cobré es doce veces mayor de lo que te estoy ofreciendo y sí, lo reconozco, no es sólo por ayudarte que quiero hacer esto, te necesito a mi lado Shanie, te extraño demasiado…, estoy harta de echarte de menos. Por favor, acéptalo. Te juro que lo he hecho con la mayor ilusión del mundo… Por favor.

Victoria puso su carita de perrito hambriento, a la que yo, por lo general, no puedo negarme, pero además detecté un matiz en su tono de voz que casi rayaba en la desesperación, en especial al mencionar cuánto me extrañaba. En ese aspecto no diferíamos en lo absoluto, al igual que ella, yo estoy hasta la coronilla de echarla de menos.

A pesar de que, en efecto, se trataba de una cantidad considerable de dinero que yo difícilmente podría pagarle en su totalidad, ese regalo que ella me ofrecía con todo su cariño y sinceridad era, en la práctica, la solución a las dos cosas que me agobiaban desde hace tres años: mi imposibilidad de ingresar a la universidad y la inmensa distancia qua me separaba de mi mejor amiga. La sola idea de hacer todo lo contrario, de comenzar mis estudios en la carrera que siempre deseé estudiar y de vivir en la misma ciudad, bajo el mismo techo con Victoria, me entusiasmaba tanto que no creí poseer la fuerza necesaria para negarme por segunda vez.

¿De qué me serviría negarme?, si en el fondo yo lo deseo tanto como tú.

Al tiempo que yo seguía divagando en medio de un mar de posibilidades y de expectativas, incapaz en la práctica de negarme otra vez, Victoria agregó con picardía:

»Eso sin contar que te necesito para practicar idiomas.

Me reí con ella y repliqué:

—Con la décima parte de este dinero podrías conseguir todo un *staff* de traductores o profesores de idiomas y tú lo sabes.

—Es posible, pero te aseguro que ninguno de ellos es mi mejor amiga y no los echo de menos como a ti —respondió Victoria, con su preciosa e impactante sonrisa.

Yo estaba cediendo ante su mirada y su actitud y ella me conoce lo suficiente para saber lo que pasaba por mi mente en esos momentos, de modo que no me sorprendí cuando agregó:

»Necesito a mi mejor amiga conmigo, a mi lado, y no a cientos de kilómetros de distancia, no quiero seguir mendigando unas cuantas horas cuando podemos estar juntas mientras tú haces realidad uno de tus sueños más preciados. Es muy posible que nuestras vidas tomen caminos distintos y separados, a partir de algún momento en un futuro cercano, por eso yo deseo con todas mis fuerzas que aprovechemos el aquí y el ahora que esta oportunidad nos brinda… Shanie, a veces pienso que es ahora o nunca.

Esas últimas frases me impactaron, jamás había pensado en esa posibilidad que yo ni siquiera quería imaginar. En verdad me sacudieron no sólo por las palabras en sí mismas y su probabilidad de convertirse en ciertas, algún día, sino por la forma en que Victoria las expresó, podría jurar que las pronunció haciendo un enorme esfuerzo para no llorar, algo muy inusual en ella. Victoria siempre ha sido una persona alegre, divertida, ocurrente. A decir verdad, durante todos estos años que hemos sido amigas muy pocas veces la he visto llorar.

Por favor, no llores Vic, no lo hagas, si esas lágrimas comienzan a brotar de tus ojos yo tampoco podré evitarlo, lloraré contigo y en verdad no hay motivos para llorar, no aquí, no ahora, como acabas de decir.

—Está bien, lo acepto, pero con una sola condición.

Mostrándose aliviada, Victoria soltó una gran bocanada de aire, me regaló otra de sus sonrisas y preguntó:

— ¿Cuál?

—Es imposible que yo pueda pagarte toda esta cantidad de dinero, no de momento, pero la mitad, por lo menos, debería ser en calidad de préstamo.

—Sí, que deseo me pagues en tres cómodas cuotas: tarde, jamás y nunca —dijo Victoria riendo.

—Hablo en serio —le dije.

—En ese caso, te propongo esto: los primeros seis semestres son y serán mi regalo, el resto puedes considerarlo como un préstamo.

—Muy graciosa —respondí riendo—. Tú sabes tan bien como

yo que los cuatro primeros semestres son los más costosos, un poco más de treinta mil dólares cada uno; a partir del quinto semestre los costos de la carrera disminuyen de forma dramática, casi un 80%.

—Ya veo que no caíste en mi pequeña trampa. Eso es lo malo de tener una amiga tan inteligente como tú. Ok, mi oferta definitiva: en calidad de préstamo a partir del quinto semestre, lo cual significa que hasta que no comiences ese semestre en particular no me debes ni un solo centavo.

— ¿Quién me mandó a negociar con futuros abogados? No pego una —señalé riendo.

Sonriendo con evidente satisfacción, Victoria me ofreció su mano y me preguntó:

— ¿Es un trato?

Me reí con ganas, tomé su mano pero sólo mientras me levantaba de la mesa y la atraía hacia mí para abrazarla. Cuando la tenía entre mis brazos, le dije:

—Gracias Vic, este es el mejor cumpleaños de mi vida. Gracias por ser como eres, por darme tanto, y no hablo de dinero esta vez, me refiero a tu amistad, a tu presencia, a todo lo que tú significas para mí…

Apretando el abrazo, Victoria me interrumpió para decirme:

—Calla o me vas a hacer llorar.

Lo hice, me callé, éste no era un día de lágrimas, era un día feliz, uno de los más felices de toda mi vida.

No sólo voy a cumplir mi sueño de estudiar en la universidad la carrera que siempre deseé, voy a vivir bajo el mismo techo contigo Vic, y en este momento, mientras te abrazo, no estoy en capacidad de distinguir cuál de las dos cosas me hace más feliz.

Capítulo Siete

Victoria

*S*hanie, si me sigues mirando de ese modo, te juro que me voy a derretir. Ya sé que estás muy emocionada por este regalo, tanto como yo, pero... ¿hay algo más dentro de esa linda cabecita? Ya es la tercera o cuarta vez que me miras así hoy... ¡Demonios Victoria! ¡Para! Son ideas tuyas, nada más. Tu amiga está feliz y tiene razones para ello... ¡Huy!, casi se me olvida, me falta entregarle la cajita.

Me acerqué a la mesa de nuevo y busqué en mi bolso el estuche envuelto en papel de regalo que había guardado dentro de él. Me acerqué a Shannon y le dije, extendiendo mi mano hacia ella:

—En vista de que, gracias a todos los dioses, has aceptado mi regalo, quiero darte esto.

— ¿Más regalos Vic? —exclamó Shannon con expresión de asombro.

—Sí —respondí sonriendo.

Emocionada e impaciente, esperé a que Shannon retirara el papel de regalo. Al levantar la tapa del pequeño estuche, ella descubriría un llavero metálico con el emblema de la Universidad de Columbia y el juego de llaves que lo acompañaban.

Con esa sonrisa que suele iluminar todo a su alrededor, Shannon me preguntó:

— ¿Y esto, qué es?

—Las llaves de la que, dentro de unas semanas, también será tu casa.

Y de nuevo..., allí estaba esa mirada y para rematar, con lágrimas incluidas. ¡En serio!, ¿quieres matarme de un infarto?

Shannon se abalanzó sobre mí y me abrazó sin decir una sola palabra. Yo la abracé también, haciendo mi mejor esfuerzo para disimular todo lo que estaba sintiendo en ese preciso instante, aunque con el estruendo que había en medio de mi pecho no podía hacer gran cosa. Es interesante, ahora que lo pienso, el corazón es uno de los órganos más caprichosos de nuestro cuerpo, mientras más deseamos ocultar lo que sentimos más se aceleran sus latidos...

Primera Ley de Bettley: "La intensidad de un amor secreto es directamente proporcional a la velocidad de los latidos que se generan cuando pretendemos ocultarlo"... Eso es Victoria, sigue pensando en tonterías a ver si logras que esos latidos se estabilicen, o no, mejor cambia el tema... Buscando nuevo tema de conversación... Procesando... Hecho...

Me separé un poco de la razón de mis desvaríos y le dije:

—Aunque tus clases comenzarán en septiembre, te necesitaré en Nueva York mucho antes.

—Ya decía yo que este regalo venía con trampa —dijo Shannon bromeando.

Me reí mientras decía:

—Me encantaría que pudiéramos practicar durante el verano los idiomas que preciso dominar antes de que comience el próximo semestre.

—Acabo de recordar tu promesa, me dijiste que hallarías la forma de vernos durante el verano. Lo que no me imaginé en ese momento es que tú ya sabías a la perfección cómo lo lograrías.

—Exacto, por eso no quise hablar de asuntos tristes que estaban a un paso de resolverse.

Shannon se echó a reír y dijo:

—Ok, en vista de que lo tienes todo planificado, dime, ¿cuándo deseas que me mude a Nueva York?

—Mañana.

— ¿QUÉ?, ¿estás loca?

Solté una gran carcajada y respondí:

—Me acabas de preguntar cuándo DESEO que te mudes y yo respondí con la pura verdad, por lo que a mí respecta DESEO que te mudes mañana. De modo que la pregunta correcta sería: ¿cuándo PUEDES mudarte?

— ¡Por Dios Pitufa! No has ingresado a la escuela de leyes y ya eres una experta en tecnicismos —dijo Shannon riendo—. Ok, necesito empacar mis cosas, ordenar las que no me llevaré y avisar con antelación en el periódico donde trabajo que no continuaré, a fin de que ellos busquen a una nueva recepcionista. El trabajo es sencillo, lo difícil es encontrar a una persona que domine tres idiomas y esté dispuesta a aceptar la remuneración que ofrecen, la cual es bastante baja.

—Sí, lo sé. Aceptaste ese trabajo no por la remuneración que ofrecían, sino porque se trataba de un periódico y de cierta forma se relacionaba con tu vocación.

—Exacto… Y bueno, respondiendo a la pregunta que nos ocupa, creo que podré mudarme a mediados de julio, ¿te parece?

—Ok Shanie, tómate el tiempo que consideres necesario. A propósito, necesito que me envíes tus calificaciones originales para entregarlas en la universidad. Como te dije antes, conseguí las copias con el director de nuestra preparatoria, pero ahora que has sido admitida, la documentación original es uno de los requisitos para validar tu ingreso.

— ¡Por Dios Vic! ¡Hiciste todo esto tú sola! ¡Estoy impresionada! —dijo Shannon con una emoción más que evidente.

—Bueno, no sólo yo, mi madre me ayudó, en especial con las cartas de recomendación.

—Es verdad… ¿Dónde está ella ahora?

—En su habitación. Yo le pedí que nos dejara para compartir estos momentos a solas.

—Pues si no resulta inoportuno de mi parte, me gustaría que fueras por ella. Deseo agradecerle en persona.

—Me imaginé que dirías eso. Ok, voy a subir a buscarla, regresaré dentro de un momento.

—Ok, te esperaré aquí.

Tal como Shannon me lo pidió, subí por las escaleras y me dirigí a la habitación de mi madre. Su puerta estaba abierta, de modo que sólo di un par de toques al marco para anunciar mi presencia. Mi madre estaba recostada sobre la cama, mirando la televisión. Cuando fijó su vista en mí, me preguntó:

—¿Y bien, cómo salió todo?

—Perfecto. Me costó un poco, pero Shannon aceptó mi regalo. Se mudará a Nueva York conmigo a mediados de julio. Te juro que no quepo en mí de la emoción.

—Hija, eso no tienes ni que decirlo —dijo mi madre sonriendo—. Te conozco demasiado bien. Dime, ¿Shannon ya se marchó a su casa?

—No mamá, ella está allá abajo, me pidió que viniera por ti para agradecerte en persona lo que hiciste para ayudar a conseguir su admisión en la universidad.

—¿Y a ti no te importa que yo baje? Quiero decir, sé que querías estar a solas con ella.

—¿Importarme? En absoluto. Deseaba estar a solas para cenar y entregarle el regalo y eso ya está hecho. Por supuesto que puedes bajar, es más, deseo que lo hagas.

—¿Así como estoy ahora, en bata de casa?

Sonreí con esa pregunta, mi madre es una de las personas más elegantes y sofisticadas que conozco, a tal punto que aun con una bata de casa, su esplendor no merma en lo más mínimo.

—Como lo desees mamá, estás en bata de tu casa —respondí enfatizando el "tu"—. Además, se trata de Shannon, creo que hay la suficiente confianza, ¿verdad?

—Así es —reconoció mi madre, al tiempo que se paraba de la cama. Se miró por un instante frente al espejo, acomodó un poco su cabello usando sus manos y salió conmigo de su habitación. Bajamos juntas las escaleras y nos dirigimos hacia el jardín trasero de la casa.

Fue evidente para mí que Shannon estaba pendiente de nuestra llegada, porque en cuanto nos vio cruzar el umbral de las puertas de vidrio se levantó de inmediato y se encaminó a paso ligero hacia nosotras.

Cuando nos encontramos, sin mediar palabras, Shannon se acercó a mi madre y la abrazó. Cuando lo hizo, la escuché diciéndole con evidente emotividad:

—Gracias por todo.

Mi madre apretó el abrazo y le respondió:

—Fue un placer ser de ayuda, mi querida Shannon. A propósito ¡Feliz Cumpleaños!

Es curioso lo que resulta a veces de una amistad como la que hemos compartido Shannon y yo desde hace tanto tiempo. Me refiero a los efectos colaterales que un vínculo así puede desencadenar. En mi caso, la falta de mi padre fue compensada, de cierto modo, por la presencia y el cariño evidente que el padre de Shannon siente por mí y que es mutuo, por supuesto. En el caso de Shannon, algo parecido ocurre con mi madre, quien es mucho más cariñosa y afectiva que su propia madre. No sólo eso, a la hora de necesitar un consejo adulto, Shannon con frecuencia recurre no a su madre, sino a la mía. Es como si ella compensara con mi madre, de algún modo, la necesidad de expresiones de afecto, de cariño y la confianza que no obtiene de la Sra. Sara, por su forma de ser, estricta y algo distante.

Sé que a Shannon le alegra mi afinidad con su padre. De igual manera, a mí me alegra la confianza, la afinidad y el cariño que ella y mi madre comparten. Por ese motivo, no me extrañó que mi amiga quisiera verla y agradecerle en persona, tal como lo estaba haciendo en ese preciso instante.

Todavía abrazadas, pero mirándose a los ojos, mi madre agregó:

—Me alegro que hayas aceptado el regalo de Victoria, te puedo asegurar que eso es lo que ella más quería…, desde hace mucho tiempo. Te deseo la mejor suerte del mundo Shannon, alguien como tú, quien se sacrificó para ayudar a su padre, merece algo como esto y me alegro que haya sido mi hija quien lo haya propiciado.

—Gracias —dijo Shannon de nuevo, pero esta vez con los ojos humedecidos. Mi madre suele tener ese efecto en las personas, logra conmoverlas con sus palabras, siempre honestas, sinceras, pero al mismo tiempo cargadas de emoción y de sabiduría. Yo lo sabía, ¡vaya que lo sabía!

Rebosante de la sensatez que la distingue, mi madre decidió que era el momento de retirarse para dejarnos a solas de nuevo, así que dijo:

—Continúa disfrutando tu velada con Victoria y recuerda que aquí estoy, siempre a tu disposición, para lo que sea ¿De acuerdo?

—Sí Sra. Verónica, gracias de nuevo.

—A tu orden. Y ahora sí, me retiro.

—Buenas noches Sra. Verónica —dijo Shannon sonriendo.

—Buenas noches —Con un segundo abrazo, más breve que el primero, mi madre le dedicó una sonrisa a Shannon y comenzó a alejarse para entrar a la casa otra vez. En ese momento, yo miré la hora en mi reloj de pulsera y le dije a mi amiga:

—Creo que ya se está haciendo tarde, debería llevarte a casa.

—Puedo caminar, no es necesario que uses el coche para llevarme.

—No hace falta, pero es lo que me gustaría. Una excusa para estar contigo unos minutos más.

Al escuchar mis palabras la mirada de Shannon se ensombreció, dejando en evidencia, una vez más, cuanto le desagradan las despedidas. Tomé una de sus manos con la intención de animarla:

— ¡Hey! Nada de caras tristes hoy, ésta será la última vez que nos despedimos. Dentro de muy poco ¡vamos a vivir juntas! —Exclamé emocionada— ¿Puedes creerlo?

—Aún no —reconoció Shannon balanceando su mano junto a la mía—. Me parece mentira todavía.

Yo sonreí y le dije:

—Pues me parece que empezarás a creerlo cuando comiences a recoger tus cosas, te juro, por experiencia propia, que suele ser una auténtica pesadilla. Nadie tiene idea de la cantidad de basura que es capaz de almacenar hasta que decide mudarse.

—En ese caso, supongo que disfrutaré parte de esa pesadilla

porque lo haré para experimentar mis dos mayores sueños.

— ¿Dos?, pensé que era sólo uno, estudiar la carrera que siempre has querido.

—No Vic, no es sólo ese sueño. Creo que mereces saberlo, mucho más, después de haber hecho todo esto por mí…, para mí. No hay nadie en el mundo entero con quien me sienta más a gusto que contigo. En estos últimos tres años te he echado de menos, tanto que duele, duele mucho. Y ahora lo sé, esos días de extrañarte se acabaron, el vacío que percibo cada vez que te vas ya no estará más. Ese es uno de mis sueños, uno que no sabía que tenía… hasta ahora.

Victoria, agárrate de algo porque te vas a caer. Y tú, corazón, sí, tú mismo, ese que parece una pelota de racquetball rebotando contra el pecho, por favor, colabora… En cuanto a ti, Victoria, no se te ocurra abrazarla, aunque te mueras por hacerlo, recuerda la "Primera Ley de Bettley".

— ¡Oh, por Dios! ¡El mío también! Y yo sí sabía que lo tenía. *Ooops, eso se me escapó.*

Y allí estaba yo de nuevo, abrazada por Shannon, sin poder disimular mis vigorosos y nada prudentes latidos cardiacos. ¡Maldito corazón!… Tengo que salir de esta…, como sea.

»Bueno —dije haciendo un esfuerzo enorme para separarme de Shannon—, han sido muchas emociones juntas para una sola noche. Anda, déjame llevarte a casa. Mañana mi vuelo sale muy temprano y necesito dormir unas horas.

—Me hubiera encantado poder llevarte al aeropuerto.

—Lo sé, pero tus padres y tú necesitan el coche para ir a trabajar. Además, no se justifica que madrugues sólo para llevarme al aeropuerto. Me iré en taxi, ya lo contraté.

— ¿Cuándo nos veremos de nuevo?

—Vendré a casa para la celebración del 4 de julio.

— ¡Todo un mes sin verte!

—Hemos pasado más tiempo que eso sin vernos y nunca sabiendo lo que sabemos ahora. Además, te lo dije, cuando comiences a empacar sabrás lo que es bueno, ya lo verás. No tendrás tiempo ni para extrañarme.

—¿Lo dices en serio?

—Por supuesto que sí. Anda, deja que te lleve a tu casa.

—Ok —dijo Shannon al tiempo que se acercó a la mesa para buscar su bolso, donde introdujo el estuche y todos los documentos que yo le había mostrado.

Una vez dentro del coche, le dije a ella:

—A propósito, casi lo olvido, en la parte de atrás de la carta de admisión de la universidad, te escribí en lápiz tu nombre de usuario y la contraseña, las que usé para llenar tu aplicación de inscripción.

—Recuerdo que una vez entré a esa aplicación para averiguar de qué se trataba. Hay que llenar un montón de datos personales y es obvio que tú los llenaste por mí —dijo Shannon sonriendo con picardía.

Con la misma picardía, respondí:

—Obvio Shannon Leger, tú y yo somos amigas desde hace muchos años, te conozco muy bien, completar una aplicación como esa fue fácil.

Ella rio conmigo y declaró:

—Cierto, tienes razón.

En el momento en que detuve el coche frente a la casa de Shannon, le pregunté:

—¿Cuándo le dirás a tus padres la noticia? Te soy sincera, no sé cómo lo vayan a tomar, en especial tu madre ¿Crees que ella se disgustará conmigo?

Por la pausa que siguió a la pregunta, me dio la impresión que Shannon ponderó su respuesta antes de hablar.

—Se los diré a ambos mañana. En cuanto a mi madre no debería molestarse, todo lo contrario, creo que debería alegrarse, ella sabe lo que esto significa para mí. A quien estoy segura no le gustará en absoluto es a...

—Brian —interrumpí.

—Exacto.

—Bueno, supongo que encontrarán la forma de seguir juntos,

a pesar de la distancia, si eso es lo que ambos desean.

—Supongo que sí, pero ¿sabes?, no me voy a preocupar por eso ahora, me siento demasiado feliz para pensar en Brian en estos momentos.

¡Wow! Y yo pensando, desde el principio, que ese sería un problema, un posible obstáculo para que Shannon aceptara mi regalo, pero al parecer me preocupé en vano. ¿Será que ella no lo ama? La verdad nunca se lo he preguntado, en resumen, porque no quería salir herida con su posible respuesta. De todas formas, ¿qué más da?, Shannon me dijo que sí, eso es lo que importa.

Salí de mis pensamientos en el momento en que Shannon me abrazó dentro del coche. Después se separó un poco para mirarme a los ojos y me dijo con una sonrisa impactante:

—Gracias por el mejor cumpleaños de toda mi vida. No veremos dentro de poco.

—Muy bien, así me gusta, nada de caritas tristes.

—Es que tienes razón, no hay motivos para estar tristes hoy. Te quiero Pitufa —me dijo Shannon sin dejar de sonreír mientras alborotaba mi cabello.

—Y yo a ti —le respondí devolviéndole la sonrisa.

Shannon se bajó del coche. Antes de alejarse para entrar a su casa, me dijo:

—Buscaré las notas originales de preparatoria y te las enviaré por correo.

—Muy bien. Suerte cuando te toque empacar.

Ella rio de nuevo y me dijo:

—Me da la impresión que eso de empacar en verdad fue traumático para ti.

—Lo fue —reconocí.

Shannon me lanzó un beso y se dirigió hacia la puerta de su casa. Antes de entrar, se giró, me dijo adiós con la mano y cerró la puerta.

Yo arranqué en el coche con una enorme sonrisa en mi rostro, sabiendo que ésta iba a ser la última vez que nos despediríamos así.

Bueno, la penúltima en realidad, todavía faltaba la del 4 de julio, pero esa sería muy corta, porque apenas unos días después Shannon se mudaría a Nueva York... conmigo.

Corazón, ahora si puedes latir todo lo que te dé la gana, tienes mi permiso. Creo que si él hablara, me hubiera respondido, sarcástico: — ¡Ja! Como si necesitara tu permiso para latir—. Supongo que hubiera tenido razón... como siempre.

Capítulo Ocho

Shannon

Creo que estaba profundamente dormida cuando escuché la alarma del reloj despertador al día siguiente, muy temprano en la mañana, porque me sentí un poco desorientada, incapaz de asegurar si lo que creía haber vivido en las últimas horas era real o producto de algún sueño. Pero cuando sentí en mi mano el pequeño estuche con el que me había quedado dormida la noche anterior, el que me había regalado Victoria con las llaves de su departamento en Nueva York, supe que lo vivido con ella el fin de semana, y en particular durante las últimas horas del día de mi cumpleaños, era tan real como la sonrisa que se asomó en mi rostro al recordarlo.

Sin moverme demasiado, con la cabeza apoyada sobre mi almohada, destapé el estuche y tomé el llavero con la insignia de la Universidad de Columbia, lo moví un poco para balancear y hacer sonar las tres llaves que se encontraban dentro del aro. La sonrisa en mi rostro se agrandó, como la de una niña pequeña, quien en una mañana de Navidad comprueba que Santa Claus le ha regalado lo que ella más deseaba.

Ese emblema y las llaves que lo acompañaban representaban la prueba fidedigna de que a veces los sueños pueden convertirse en realidad, no sólo eso, también eran la evidencia de que mi vida, la que conocía, la que había vivido hasta ahora, estaba a punto de cambiar. Lejos de sentirme abrumada por todos los cambios que me esperaban, estaba feliz y llena de esperanzas. Sin dejar de sonreír me levanté de la cama, me dirigí a la sala de baño para asearme y vestirme para ir a trabajar, consciente de que muy pronto toda mi rutina diaria cambiaría por completo.

Mientras me vestía, pensé en la posibilidad de hablar con mis padres durante el desayuno, pero en vista de que a estas horas no disponemos de tiempo suficiente debido a nuestros compromisos laborales, lo pensé mejor y decidí hablarles durante la cena. Sabía que me esperaban algunas conversaciones un tanto incómodas, no sólo con Brian, quizás también con mi madre. Después de razonar lo que me dijo Victoria al respecto, pensé que ella podía tener razón, la verdad no tengo ni idea de cómo lo tomará mi madre, pero ya me ocuparé de eso en su momento, por ahora, no quiero que nada nuble mi estado actual, demasiadas razones para sentirme feliz y esperanzada como para opacarlas con especulaciones.

En mi trabajo no mencioné mis planes de renunciar para irme a vivir a Nueva York, no me pareció adecuado hablar con mi jefe antes de hacerlo con mis padres, ellos y Brian deberían ser, a mi juicio, los primeros en saberlo.

Cuando llegué a casa en la tarde, mi padre ya se encontraba allí. Antes de enfermar, él era bombero activo y sus horarios variaban de acuerdo al turno que le asignaran, de los tres solía ser el último en llegar a casa, cuando no le tocaba trabajar de noche; pero tras el accidente cerebro vascular que sufrió y que según los doctores obedeció a una mezcla de tensión alta, altos niveles de stress y horarios de comida irregulares, le prohibieron continuar en las calles. De cualquier forma, no quedó apto para hacerlo ya que, además de la afasia de la que se fue recuperando poco a poco, perdió la visión del ojo izquierdo. Una vez que sus médicos lo aprobaron, él reingresó al cuartel de bomberos pero sólo para realizar labores administrativas, por eso ahora era el primero en llegar a casa. Al principio el cambio fue bastante duro para él, pero con el optimismo y la positividad que siempre lo han caracterizado creo que ha hallado la forma de superarlo, en especial porque está muy agradecido por haber sobrevivido y porque las consecuencias del ataque, salvo la pérdida parcial de visión, no le impidieron llevar un vida normal.

Cuando entré a la cocina lo vi picando los ingredientes de lo que parecía ser el proyecto de una tortilla española. Al verme, me sonrió y me dijo con cariño:

—Hola Shanie, veo que llegaste temprano. Estoy comenzando a preparar la cena, ¿quieres ayudarme?

Me acerqué para darle un beso en la mejilla y respondí:

—Si papá, sólo permíteme llevar mi bolso a mi habitación, asearme y ponerme más cómoda. Ha hecho mucho calor hoy.

—Es cierto, este verano será ardiente sin duda. Tu madre me llamó hace unos minutos, me dijo que estaba haciendo un informe con unas cifras que le pidieron a última hora, pero ya casi termina, pronto llegará a casa.

—Qué extraño, ¿verdad? En la oficina contable donde ella trabaja desde hace tantos años suelen tener gran volumen de trabajo pero no acostumbran a dejar las cosas para última hora.

—Así es, pero parece que se debió a un cliente nuevo que tuvo algunos problemas con el cálculo de sus declaraciones de impuestos y debe presentar cuanto antes las correcciones ante el Servicio de Impuestos Interno.

—Entiendo. Ya vuelvo —dije, mientras salía de la cocina para subir a mi habitación.

Cuando bajé de nuevo, me ocupe de ayudar a mi padre con la cena y de colocar sobre la mesa auxiliar de la cocina, que solemos usar para comer, los utensilios y el resto de los alimentos que necesitaríamos. En el momento en que ya casi todo estaba listo, escuché a mi madre abrir la puerta de la casa con sus llaves. Después de saludarnos, nos sentamos a la mesa y comenzamos a cenar. Entre un bocado y el siguiente busqué el mejor momento para anunciar la noticia, y no lo puedo negar, me sentía inquieta, en especial porque no podía anticipar la reacción de mi madre.

La vi a los ojos, a sus grandes ojos color café, esperando recibir una mirada de aceptación ante lo que estaba a punto de revelar:

—Anoche, cuando Victoria me llevó a su casa, me invitó a una cena muy especial para celebrar mi cumpleaños y me ofreció un regalo que no pude ni quise rechazar. Ella realizó todos los trámites para lograr mi admisión en el programa de Escritura de la Escuela de Artes de la Universidad de Columbia, pagó el primer semestre y abrió una cuenta bancaria a mi nombre, donde me depositó el importe por el costo total de los semestres restantes de la carrera. Ella me invitó a vivir en su departamento en Nueva York para que yo pueda estudiar la carrera que, como ustedes saben, fue y sigue siendo mi sueño.

Por la expresión de sus rostros se hizo evidente para mí que ambos quedaron perplejos ante lo que acababan de escuchar. Mi madre abrió la boca para decir algo, pero mi padre reaccionó primero y exclamó:

— ¡Santo cielo!, pero eso es muchísimo dinero. No podemos pagar tanto, no en un plazo breve.

—Papá, ese fue su regalo de cumpleaños, aunque pude convencerla para que una parte, al menos, sea considerada como préstamo..., a partir del quinto semestre.

— ¿Y eso, cuánto representa del total? —preguntó mi madre con el ceño fruncido. Parecía disgustada.

—Casi un 23%.

— ¿Es decir, que ella te está regalando el 77% del costo total de la carrera? —preguntó mi madre con la misma expresión en su rostro.

Creo que esto será más difícil de lo que pensé. Victoria tuvo razón, los gestos de mi madre así lo demuestran.

—Sí —respondí, sabiendo que el regalo de Victoria representaba una enorme cantidad de dinero, tanto en valores absolutos como en porcentajes.

—Es demasiado, creo que deberías rechazarlo —sentenció mi madre.

Mi padre y yo nos miramos a los ojos, atónitos. Sin ponernos de acuerdo, ambos exclamamos en coro:

— ¿QUÉ?

Yo enmudecí, no encontré las palabras adecuadas para refutar la posición de mi madre, por fortuna, mi padre sí lo hizo:

— ¡Sara!, sabes tan bien como yo que a nuestra hija le van a salir canas antes de que podamos reunir el dinero necesario para su ingreso a la universidad, además, también lo sabes, en gran parte eso sucedió por mi culpa…

No sabía cómo refutar a mi madre, pero tampoco me pareció justo que mi padre dijera eso, de modo que intervine:

— ¡No papá! No digas eso, no es tu culpa que hayas enfermado.

—Hija —dijo mi padre, mirándome a los ojos—, si hay algo que valoro y admiro en ti es que, a pesar de todo lo que pasó, tú jamás te quejaste, lo que hiciste fue uno de los actos más nobles y desinteresados que un hijo puede hacer por sus padres. Creo que todo lo que hacemos en esta vida se devuelve de algún modo, y no me refiero a mi enfermedad, cualquiera puede enfermar, en eso tienes razón, me refiero a lo que tú hiciste por mí. Y ahora —agregó mi padre en un tono mucho más firme, dirigiéndose a mi madre—, la vida le está devolviendo a nuestra hija lo que hizo y no acepto que lo rechace. Ella merece esto y tú lo sabes Sara.

Esta vez fue mi madre quien pareció no encontrar las palabras para refutar las de mi padre, las cuales me inspiraron para decir:

—Esto es demasiado importante para mí, no quiero rechazarlo, tampoco debo hacerlo. Es una oportunidad única, no puedo desperdiciarla así como así.

— ¿No quieres, no debes o no puedes? —preguntó mi madre, en un tono casi desafiante.

Mi padre intervino de nuevo y fue bastante enfático al hacerlo:

—Eso no importa porque no va a rechazarlo. Punto.

Noté que mi padre comenzaba a molestarse y supe que mi madre también lo advirtió; ambas sabíamos que algo así no debería suceder, sus médicos fueron bastante claros al advertirnos que los disgustos podrían ser muy peligrosos con sus antecedentes clínicos; de modo que mi madre bajó el tono de inmediato y dijo, mirándome a los ojos:

—Lo que no entiendo hija es por qué razón Victoria te ofreció un regalo como ese. Ya sé que ustedes dos son muy buenas amigas, pero no me parece algo que una amiga le regale a otra. Es demasiado dinero.

—Mamá, Victoria no es sólo una amiga, es mi mejor amiga y desea lo mejor para mí. Ella cobró una gran cantidad de dinero con la herencia que le dejó su padre y trabajó mucho para hacer posible mi admisión en la universidad. Tal como yo lo veo no se trata sólo de dinero, es mucho más que eso, ella sabe lo importante que esto es para mí, tuvo la oportunidad de dármelo y lo hizo. ¿Acaso no es eso lo que hacen los mejores amigos? ¿Acaso el regalo que te hace un amigo, sin importar el costo, no es su forma de expresar su deseo de que seas feliz? Y puedes estar segura que lo logró, estoy feliz, entusiasmada y con esperanzas, de modo que, ahora sí, tengo la respuesta a tu pregunta —agregué, inspirada por mis propias palabras—: no quiero, no debo y no puedo rechazar esta oportunidad, sería la cosa más estúpida que haría en mi vida, algo de lo que siempre me arrepentiría.

—Quizás, quien se arrepentirá de haber aceptado esto seré yo —dijo mi madre, quien agregó, casi con resignación—. Está bien hija, no me opondré más. Hazlo.

Iba a preguntar, pero mi padre se adelantó:

—¿Qué quisiste decir con eso de que serás tú quien se arrepentirá de esto?

—No me hagan caso —respondió mi madre, evasiva—. Ya estoy comenzando a decir tonterías. ¿Cuándo te marcharás a Nueva York?

—A mediados de julio. Aunque las clases comenzarán en septiembre, Victoria me pidió que la ayude a practicar el italiano y el francés, idiomas que necesitará dominar para cursar una materia del próximo semestre.

Por la expresión de mi madre y por la pregunta que acababa de formular, pensé que quizás su resistencia a aceptar el regalo de Victoria obedecía a que le resultaba muy duro verme partir, algo que, por su forma de ser, jamás admitiría en voz alta. Tal vez por eso dijo que se arrepentiría y después evadió el tema. Ante esa perspectiva, me di cuenta de lo duro que debe resultar para un padre ver a sus hijos marcharse para continuar con sus vidas. Por ello, con todas las emociones encontradas que percibí dentro de mí misma en ese instante, me levanté de la mesa y abrí mis brazos para invitarlos a un abrazo colectivo.

Al tiempo que ambos respondieron a mi convocatoria, les dije:

—Gracias por todo y no se preocupen, vendré a visitarlos cada vez que sea posible.

Al escuchar esa última frase ambos apretaron el abrazo. Cuando me separé lo suficiente para verlos a los ojos, me di cuenta que los tres teníamos los ojos humedecidos. Fue un momento muy emotivo, sin duda. Acostumbrada a evadirlos, siempre que podía, mi madre fue la primera en separarse, se sentó a la mesa, aspiró aire y preguntó, con una sonrisa que no llegó a su mirada:

— ¿Terminamos de cenar?

Mi padre y yo nos secamos los ojos con la mano y nos sentamos a la mesa, dispuestos a comer lo que restaba de la cena. No abordamos más el tema por esa noche.

A la mañana siguiente, cuando estaba terminando de vestirme para ir a trabajar, alguien llamó a mi habitación. Era mi madre, a quien vi parada bajo el marco de la puerta cuando anuncié que podía entrar. Ella me dio los buenos días y tras cerrar la puerta, me preguntó:

— ¿Podemos hablar a solas por un momento?

Yo asentí; entonces, ella dijo:

—Hay algo que quiero comentarte desde anoche, pero no quise tocar el asunto frente a tu padre. No deseo importunarlo..., ya sabes, por su salud.

Preparándome para una nueva arremetida de mi madre, aspiré aire y dije:

—Dime.

—He meditado mucho lo que hablamos anoche, y sí, sé que es una oportunidad que no debes desperdiciar, pero hay algo que me preocupa..., me refiero a Brian ¿Qué pasará con él? Él es un buen chico y creo que siente algo por ti, pero no estará toda la vida esperando.

De modo que se trata de Brian...
Aspiré aire de nuevo, antes de responder:
—Hablaré con Brian lo antes posible. Supongo que podremos encontrar una solución, no me mudaré al fin del mundo, entre Washington D.C. y Nueva York hay una gran disponibilidad de vuelos diarios y salidas en tren cada hora. Estaremos a una hora y media en avión y a tres horas y media en tren. Ya veremos... pero voy a dejar algo en claro —agregué, no deseaba cabos sueltos en este asunto—, espero que Brian lo entienda, pero si no es así, me niego a ser ese tipo de mujeres cuyas vidas giran alrededor de un hombre. Si tengo que elegir entre Brian y mi futuro no dudaré ni un segundo en hacerlo...

— ¿No lo amas, verdad? —soltó mi madre, en el mismo tono resignado de la noche anterior.

—Creo que no mamá, no lo suficiente como para sacrificar mis sueños por él —respondí con sinceridad—. Lamento decepcionarte, pero quizás tu hija no nació para enamorarse, casarse y tener hijos, como siempre lo has soñado.

Sin modificar la inflexión en su voz, mi madre dijo:
—Eso parece hija, supongo que debo acostumbrarme a la idea de que quizás no comeré de tu pastel de bodas, no por ahora...

— ¿El típico pastel con el hombre de traje y la mujer vestida de novia a su lado? —pregunté a modo de broma, intentando restarle dramatismo al asunto.

—Ese mismo —respondió mi madre, con una sonrisa a medias. Sin embargo, creo que hizo un esfuerzo para recuperar la compostura y agregó con más ánimo, casi tratando de convencerse de sus propias palabras; al menos, eso fue lo que intuí—. Pero está bien, en el fondo te entiendo, siempre has tenido un sueño y estás a un paso de convertirlo en realidad; de modo que trataré de obviar lo que yo he soñado para ti y me concentraré en apoyarte para que tú cumplas los tuyos. Si esto te hace feliz, pues a mí también.

Sonreí con sinceridad en respuesta a sus palabras y dije:
—Gracias mamá, eso es lo que esperaba escuchar de ti. ¿Me

ayudarás a empacar, verdad? Tengo muchas cosas que hacer y sólo tengo un mes y medio para ello.

—Sí hija, te ayudaré —respondió mi madre con mucho más ánimo. El mejor que había visto en ella desde que planteé mi situación la noche anterior.

—Gracias —dije de nuevo, con una sonrisa en mi rostro.

Mi madre se dispuso a salir de la habitación. Cuando llegó a la puerta, me dijo:

—Intenta resolver las cosas con Brian. Tal como dijiste, quizás puedan llegar a un acuerdo. ¿Está bien?

—Sí mamá, lo intentaré. Te lo prometo.

—Gracias Shannon. Y apresúrate para bajar a desayunar. No quiero que se nos haga tarde.

—Sí mamá, bajaré enseguida.

—Ok —dijo mi madre, justo antes de cerrar la puerta de mi habitación.

...

La conversación que sostuve con Brian ese mismo día, mientras almorzamos juntos, resultó tan o más incómoda que la que tuve con mis padres. Él se mostró crítico y escéptico, cuestionando, tal como lo había hecho mi madre, las verdaderas motivaciones de Victoria para ofrecerme un regalo como ese, pero la parte más delicada de la charla se suscitó cuando él intentó profundizar el asunto que mi madre ya había asomado, al referirse a mis sentimientos por él. Sé en el fondo que Brian también lo sabe, él está consciente que yo me siento atraída por él y que lo aprecio, pero que no estoy enamorada. Por esa razón creo que ambos, de manera implícita, sabíamos que ahondar en ese tema nos enfrentaría a una posible ruptura, él no deseaba eso y, para ser honestos, yo tampoco. En consecuencia, intentamos ser conciliadores. Al final de la conversación llegamos a un acuerdo que me pareció bastante razonable: no adelantarnos a los acontecimientos y continuar juntos, tratando en lo posible de adaptarnos a las nuevas circunstancias conforme se presentaran. Por supuesto, no se trató de algo concluyente, más bien parecía la apertura de un paréntesis que sólo podríamos cerrar una vez que yo me mudara a Nueva York. Ese sería el momento de la verdad, cuando ambos descubriríamos en la práctica si podríamos o no continuar con nuestra relación, a pesar de la distancia.

Ese mismo día anuncié en mi trabajo mi decisión de renunciar, mi jefe me felicitó por la excelente oportunidad que se me presentaba y me deseó mucha suerte. Me comprometí a continuar en mis labores hasta que ellos encontraran a alguien que pudiera sustituirme, siempre y cuando el tiempo para ello no sobrepasara el mes y medio que tenía previsto para mi viaje a Nueva York.

A partir del día siguiente y con la ayuda de mi madre comencé la ardua tarea de preparar la mudanza. A medida que transcurrían los días, me di cuenta que Victoria tuvo razón al mencionar que sólo cuando nos enfrentamos a algo como esto podemos cuantificar la inmensa cantidad de basura que somos capaces de almacenar. En lo que no coincidí con ella fue que no percibí la pesadilla que ella dijo haber experimentado cuando le tocó hacer lo mismo; sin embargo, mientras sudaba la gota gorda recogiendo, clasificando, embalando y etiquetando el contenido de mi habitación, comenzaron a asomarse las razones que creo fueron los motivos de esa discrepancia entre nuestras respectivas percepciones.

En primer lugar, Victoria suele ser menos ordenada que yo, no acostumbro a conservar "recuerdos" como ella, tal como hizo con mis cuadernos de preparatoria, por ello es muy posible que la labor de clasificar, empacar o tirar todos los objetos de su habitación haya sido mucho más ardua que la mía. En segundo lugar, creo que las circunstancias fueron distintas. En el caso de Victoria, a ella le tocó hacer todo este trabajo sabiendo que tendría que irse a un lugar lejos de su casa, de su madre, de sus amigos. En mi caso la situación es parecida pero no exactamente igual, es cierto que echaré de menos mi casa, a mis padres, pero no a Victoria. En otras palabras, mientras una de las consecuencias de su partida fue alejarse de mí, una de las consecuencias de la mía será la situación opuesta, ella y yo nos encontraremos de nuevo, viviremos otra vez en la misma ciudad y en circunstancias que nunca antes habíamos experimentado, me refiero a que comenzaremos a convivir bajo el mismo techo por primera vez en nuestras vidas.

Por tanto, podría apostar que la unión de esos dos factores son las razones por las cuales mi estado de ánimo es muy diferente al de mi amiga cuando a ella le tocó realizar la misma tarea; mientras para ella todo esto fue casi una pesadilla, para mí es como un sueño convertido en realidad, un sueño que, como se lo mencioné el día de mi cumpleaños, ni siquiera sabía que tenía.

A medida que se acercaba el 4 de julio, el día que Victoria vendría a D.C., noté como mi habitación comenzaba a verse cada vez más vacía, sólo dejé alguna ropa previendo futuras visitas; sin embargo, lo único que no tenía claro todavía era qué haría con la gran cantidad de libros de lectura que aún reposaban en las estanterías del estudio. Es obvio que si mi intención hubiera sido estudiar ingeniería, derecho, contaduría o cualquier otra carrera distinta a la escritura, no tendría este dilema, pero ese no era mi caso. Es muy posible que la mayoría de esos libros resulten útiles y necesarios, sin embargo, son tan pesados y voluminosos en conjunto que estaba dudando si Victoria me permitiría o no albergarlos en su departamento. Para salir del aprieto decidí cortar por lo sano y llamarla por teléfono. Tomé mi móvil y marqué el acceso directo, al segundo repique ella me respondió:

—Hola Shanie, ¿a qué se debe el inmenso honor de tu llamada?

—Muy graciosa —respondí riendo— cualquiera diría que no hablamos nunca, hace apenas dos días conversamos por teléfono.

—Lo cual no significa que no sea un honor para mí escucharte —dijo ella, intentando contener la risa.

— ¡Pitufa!, mejor nos enseriamos, tengo un pequeño dilema.

—Usted me dirá mi bella dama.

Riendo otra vez, repliqué:

—De verdad tú no cambias, algo me dice que estás de muy buen humor.

— ¿Y cómo no estarlo? ¿Acaso no lo sabes?

— ¿No sé qué? —pregunté, anticipando alguna de sus ocurrencias.

—Estoy viendo justo ahora el calendario que pegué en la puerta de mi refrigerador, donde he ido marcando con una gran "X" de color rojo los días que han transcurrido desde que mi mejor amiga me dijo que se mudaría conmigo. La buena noticia es que cada vez hay más "X" y menos espacios por marcar.

Soltando la risa, le pregunté:

— ¿De verdad pegaste un calendario en la puerta de tu refrigerador para eso?

—Pegado estaba, sólo que ahora lo uso para marcar las "X", además de las fechas de mis exámenes.

—Tú estás medio loca Pitufa.

—Medio no, completa; pero dime, ¿cuál es ese dilema?

—Mis libros —respondí—. No sé qué hacer con ellos, pienso que debería llevarlos pero son muchos, ocupan bastante espacio y son muy pesados.

—No entiendo tu dilema.

— ¿Me recibirás en tu casa con tantos libros? Ese es mi dilema.

—He escuchado preguntas tontas, pero esa le ganó a todas. Por supuesto que sí, es más, no te lo había dicho porque apenas los contacté hoy, pero tuve una brillante idea, contraté a una empresa de mudanzas, el camión llegará a tu casa el 8 de julio para que carguen todo lo que necesites mudar; de ese modo podrás viajar en avión el día 15 sólo con tu equipaje de mano. Creo que será más cómodo así. ¿Qué te parece?

—Es una idea excelente…, siempre y cuando yo corra con los gastos de esa mudanza.

—Ok, lo cargaré a tu cuenta porque la empresa que contraté es de aquí y no pienso decirte cuál es.

—Victoria, no quiero que sigas pagando cosas por mí —dije con seriedad—, ya bastante me ha costado que mi madre entienda todo esto como para añadirle más leña al fuego.

—Ok Shanie, lo entiendo. Te enviaré la factura —respondió

Victoria resignada y, a la vez, un poco desilusionada. Creo que se dio cuenta que, en el caso de la mudanza, no podría asumir los costos de lo que para ella seguía formando parte de su regalo de cumpleaños.

Me sentí un poco triste yo también, en el fondo me enojaba que ni mi madre ni Brian entendieran las verdaderas intenciones de Victoria, ella sólo deseaba ayudarme y sí, lo sé, también había planificado todo esto porque está cansada de echarme de menos, pero el sentimiento es mutuo. Quizás esa es la verdadera razón por la cual no lo entienden, porque ninguno de los dos ha comprendido lo que la lejanía ha significado para nosotras, lo que nos ha dolido estar separadas y la inmensa ilusión que nos hace saber que muy pronto eso terminará.

—Lo sé Pitufa, yo lo entiendo y te prometo que no tendremos este tipo de discusiones cuando vivamos juntas, sólo dame una tregua para no tener que dar explicaciones acerca de algo que sólo nosotras somos capaces de entender. ¿Está bien?

Creo que Victoria me entendió, porque respondió mucho más animada:

—Tienes razón Shanie. Le informaré a la empresa de transporte que tú correrás con los costos de la mudanza. Por fortuna no es gran cosa, así que no le demos tanta importancia. Y con respecto a tu dilema, lo ratifico, puedes mudar todo lo que desees. Estoy segura que un departamento amplio como éste puede albergar todos tus libros, los actuales y los futuros también.

—Gracias Vic. ¿Vendrás el 4 de julio como dijiste?

—Sí, aunque no sé si llegaré a tiempo para las celebraciones. El vuelo llegará bastante tarde a D.C.; no encontré cupo en los vuelos matutinos.

—Bueno, lo importante es que vendrás. Estaré pendiente de tu llegada. Si se te hace tarde, te estaré esperando en el mismo punto del parque donde acostumbramos reunirnos. ¿Te parece?

—Ok. ¿Qué estabas haciendo antes de llamarme por teléfono?

—Pensando en mi dilema, que dejo de serlo hace unos instantes. Voy a ocuparme ahora mismo de comenzar a embalar los libros.

— ¿Cómo estás organizando el embalaje?

—Cada una de las cajas está numerada y estoy anotando en una lista el contenido de cada una.

—Ordenada como siempre; espero que cuando vivamos juntas pueda aprender eso de ti, además, me enseñarás a cocinar, ¿verdad?

— ¿Deseas aprender a cocinar? —pregunté, sin salir de mi asombro.

—Sólo lo necesario, para que no seas tú la única que tenga que cocinar.

—Mi pobre Pitufa, mal alimentada durante estos últimos tres años.

—Mal alimentada no, pero creo que los restaurantes de comida por encargo se han enriquecido conmigo y todo porque no sé hacer ni un huevo frito.

—Exagerada.

—En serio, mi promedio es 2 de cada 3.

— ¿Qué promedio es ese?

—De cada tres huevos, dos se me parten antes de llegar al sartén; al final me tengo que conformar con un revoltillo.

Me reí con ganas y dije:

—Pronto tu pesadilla acabará.

—Y comenzará la tuya.

— ¿Por qué lo dices?

—Porque deberás convivir con una loca como yo.

—No hay nada que me haga más feliz que eso y lo sabes.

—Sólo estoy bromeando. De verdad me siento súper feliz.

—Lo sé. Y ahora, voy a continuar con mis labores de embalaje. ¿Está bien?

—Si Shanie. No dudes en llamarme si se te presenta cualquier otro dilema. Lo resolveremos juntas, ¿de acuerdo?

—De acuerdo. Hasta pronto.

—Hasta pronto.

Colgué el teléfono sonriendo. Hablar de todos estos asuntos

que anticipaban nuestra futura convivencia me entusiasmaban muchísimo en verdad. Dejé el móvil sobre la mesa de noche y me dirigí al estudio para ocuparme de mis libros.

Capítulo Nueve

Victoria

En verdad fui sincera cuando le dije a Shannon que el departamento tenía espacio suficiente para albergar todo lo que ella deseara mudar, pero en ese momento caí en cuenta que no estaba acondicionado para ello.

El departamento que yo ocupo en Nueva York es de mi madre, el lugar donde ella vivió con sus padres antes de casarse. Se trata de un dúplex de casi 200 metros cuadrados ubicado en Morningside Heights, en la esquina entre la calle 116 y Riverside Drive, apenas a dos manzanas de la Universidad de Columbia. Esta ubicación tan particular fue un factor muy importante para mi madre cuando eligió esa casa de estudios para iniciar sus estudios universitarios, que culminaron con una maestría en Leyes, pasos que yo decidí imitar mucho antes de graduarme en la preparatoria.

La planta principal del departamento cuenta con un vestíbulo rectangular que da acceso a una habitación sin ventanas que sirve de estudio, al baño y a la amplia escalera descendente de tres peldaños desde la cual se ingresa a un gran salón abierto tipo loft que alberga, además de la sala de estar de dos ambientes y el comedor de seis puestos, una enorme cocina tipo kitchenette ubicada a la izquierda. A la derecha de los tres peldaños del vestíbulo se encuentra el acceso a otra escalera, tan amplia como la primera pero con siete peldaños descendentes, que conduce al piso inferior ocupado por tres habitaciones y tres baños. La habitación principal y la segunda habitación, ambas con vista a la calle 116, cuentan con vestier y baño privado; la tercera habitación, un poco más pequeña que las otras dos, es la única con vista hacia Riverside Drive y el rio Hudson.

Yo ocupo la alcoba principal y cuando le ofrecí a Shannon la posibilidad de mudarse conmigo, pensé en destinarle la segunda habitación para que ella también pudiera disponer de un espacio con vestier y baño propio. Originalmente este cuarto era el de huéspedes, de modo que decidí mudarlo a la tercera habitación, sin embargo, cuando ella me comentó acerca de la necesidad de traer sus libros cambié de opinión.

Yo poseo varios libros que suelo guardar en algunas de las estanterías del salón y acostumbro a estudiar en el mismo salón o en mi habitación, pero el caso de Shannon es distinto. Creo haber leído en alguna parte que los escritores necesitan un espacio propio, cómodo y bien iluminado, pero sobre todo, debe ser un lugar privado donde puedan concentrarse sin ser interrumpidos. Al hacer un repaso del departamento, tal como está ahora, me percaté que no dispongo de un lugar acondicionado para ello.

El estudio ubicado en la planta de acceso no posee ventanas, por lo tanto no me parece el lugar apropiado, el único espacio que cumple con esos requisitos es la tercera habitación, ya que es la mejor iluminada, la más silenciosa y la única con vista al rio Hudson.

Por ello, justo cuando terminé de hablar con Shannon por teléfono, supe de inmediato cómo destinaría los fondos que pensaba usar para su mudanza, quizás costaría algo más que eso, pero no me importó. Y por supuesto, dada su reciente negativa a aceptar mi pequeño aporte para pagar la mudanza, decidí guardar el secreto.

Ella conocía este departamento, me había visitado varias veces, por tanto, yo sabía que se daría cuenta del cambio, pero me acababa de prometer que no discutiríamos por temas como ese, de modo que también estaba segura que ella se alegraría al saber que dispondría de su propio espacio, tanto como a mí me emocionaba la idea de proporcionárselo; sin embargo, mi reciente idea incluía un detalle adicional, no sólo era una cuestión de asignación de espacio, sino de equipamiento…

No pude evitarlo, sonreí como una niña pequeña a quien se le acaba de ocurrir una travesura…

En verdad muero por ver tu expresión cuando te des cuenta de los cambios; ¿me vas a regañar?, seguro que lo harás, pero también veré tu sonrisa. Lo que más deseo es que te sientas en casa desde el mismo instante en que pises este departamento y juro que haré todo lo que esté a mi alcance para lograrlo. Quizás tu madre no me entiende... o tal vez me entiende más que nadie, eso no lo sé, pero tampoco me importa; no voy a desperdiciar este único aquí y ahora que tendré contigo Shanie... ni de casualidad. Eso puedes jurarlo.

Capítulo Diez

Shannon

¡Al fin! Después de días y noches dedicadas a desocupar, clasificar y embalar el contenido de mi habitación y una vez seleccionado lo que dejaría en casa y lo que me llevaría conmigo a Nueva York, me senté sobre la cama para descansar un poco, suspirando satisfecha por el trabajo realizado. La visión, casi surrealista, de un espacio ahora vacío que fui llenando poco a poco desde que era una niña, provocó en mí una abrumadora variedad de sentimientos encontrados, la nostalgia y la esperanza, esa peculiar mezcla donde se juntan en un instante los recuerdos del ayer y las ilusiones del mañana, cuando entendemos que la única forma de iniciar una nueva etapa en nuestras vidas es cerrando la anterior, dejándola atrás como haré con esta casa, con esta habitación que me vio por primera vez cuando apenas era una recién nacida, que me vio crecer y que ahora me verá partir.

El par de lágrimas que brotaron de mis ojos en ese instante se deslizaron hasta la comisura de mis labios donde se asomaba una sonrisa, mi estado de ánimo era como el arco iris que se muestra en el horizonte al salir el sol, cuando todavía no ha dejado de llover.

En ese momento entendí que la imagen que tenía ante mis ojos, que la sensación que me envolvía sería una de esas cosas que quedan grabadas en la memoria, uno de esos instantes que se recuerda siempre sin que importe el paso del tiempo. Y cuando levanté la vista y vi a mi padre parado bajo el borde de la puerta, intuí que su presencia haría de este momento algo más especial todavía.

La enfermedad y sus secuelas lograron envejecerlo un poco, ahora estaba más delgado que antes, tenía algunas canas en su cabello, una que otra arruga en la comisura de sus ojos, tan verdes como los míos, pero lo que la enfermedad nunca logró fue quebrantar su espíritu, sus ganas de vivir, su incansable optimismo. Aunque no tienen genes en común, su forma de ser me recuerda siempre a Victoria, ambos se parecen mucho en ese aspecto.

Mi padre me sonrió con ternura, sin decir una sola palabra, me vio a los ojos y aunque sólo podía verme con uno de ellos, noté que el brillo en su mirada resplandecía en ambos. Creí percibir la misma nostalgia, la misma ilusión, que yo sentía en mi interior en ese preciso instante. Él se acercó a mí, se sentó a mi lado y tomando una de mis manos, me preguntó:

— ¿Cómo te sientes mi princesa?

Sonreí al escucharlo, el suele llamarme así únicamente cuando nadie más puede oírnos. Ese es su apodo súper secreto que siempre viene acompañado con alguna expresión física de cariño, un abrazo, una mirada, un tierno beso en la mejilla. La forma de compensar, a su manera, las expresiones de cariño que ambos sabemos mi madre no es capaz de expresar, no porque no lo sienta sino porque así es ella, esa es su forma de ser, tan simple como eso. Supongo que esa manera de ser de mi madre, creó en nosotros dos una especie de complicidad, algo que nos une de una forma única y especial. Él es "mi padre preferido" y yo "su hija preferida"... aunque sólo tengo un padre y soy única hija. Esa es otra manera de llamarnos, un apodo que nos hace sonreír cuando nadie más puede escucharnos.

Apreté su mano con la mía y respondí:

—Creo que tengo sentimientos encontrados.

—Lo imagino, pero recuerda, tu lugar no es el nido donde naces, sino el cielo donde vuelas.

Sus palabras lograron conmoverme, al punto que sentí deseos de llorar, posé mi cabeza sobre su hombro, lo abracé y le dije:

— ¡Por Dios papá! ¡Te voy a echar de menos!

Apretando el abrazo, mi padre respondió con la voz entrecortada:

—Y yo a ti mi princesa, pero no vamos a llorar..., ninguno de los dos. Te echaré de menos, eso es seguro, pero te juro que me hace mucho más feliz verte partir para estudiar y cumplir tus sueños que verte condenada a no hacerlo. Eso me tenía agobiado, en cambio ahora me siento tan feliz por ti que no tengo ninguna intención de entristecerme por ello y no lo harás tú tampoco, ¿de acuerdo?

Lo miré a los ojos, haciendo un enorme esfuerzo para que las lágrimas que intentaban salir no llegaran a mis ojos, y lo logré cuando lo vi sonreír. Era verdad, él se veía feliz, optimista como siempre, agradecido otra vez con la vida y con las circunstancias. En verdad era difícil llorar frente a él. Lo acompañé en su sonrisa y respondí:

—De acuerdo papá.

—Muy bien —dijo él—. Vine a tu habitación para recordarte que saldremos dentro de dos horas. Así que toma una ducha y vístete. Tu madre desea llegar a tiempo, no quiere arriesgarse a que alguna otra familia se instale en el lugar donde acostumbramos reunirnos para disfrutar el espectáculo de fuegos artificiales.

—Ok papá, gracias por avisarme. Este año en particular es imperativo que nos ubiquemos en ese lugar. Victoria no pudo conseguir un vuelo más temprano, de modo que ella y yo acordamos reunirnos justo allí. Si no lo conseguimos, lo más probable es que no nos encontremos y obvio, no quiero que eso suceda.

—En ese caso creo que tienes una razón adicional para apresurarte.

—Así es —afirmé sonriendo.

Mi padre me devolvió la sonrisa, se paró de la cama y me dijo antes de salir de mi habitación:

—Te estaremos esperando en el salón. A propósito —agregó—, tu madre llamó a Brian para invitarlo. Espero que no te molestes con ella por eso.

Miré hacia arriba mientras movía mi cabeza de un lado a otro. Entonces miré a mi padre de nuevo y haciendo una mueca divertida en mi rostro, dije:

—Lo haría, pero esta vez yo también pensaba invitarlo. Me pareció lo más adecuado en vista de mi inminente mudanza a Nueva York.

—Me alegro. Un problema menos —señaló mi padre mostrándome una sonrisa cómplice—. Ya sabes que cuando se trata de Brian, a tu madre sólo le faltan las alitas y las flechas para hacer de cupido.

Me reí con ganas por sus palabras. Él se rio conmigo y dio media vuelta para encaminarse hacia las escaleras.

…

Por fortuna, cuando mis padres, Brian y yo llegamos al parque, nuestro acostumbrado lugar de reunión estaba disponible. Nos instalamos colocando sobre el césped un mantel y el resto de lo que habíamos llevado con nosotros para disfrutar las celebraciones de este día. Horas después, estábamos parados todos juntos, mirando el cielo, admirando el espectáculo de luces y colores que se desplegaba ante nuestros ojos. No obstante, en lo que a mí respecta, la atención estaba dividida entre el cielo y mi teléfono móvil. Mientras Brian me tomaba de la mano, yo me ocupaba con mi mano libre de verificar mi teléfono cada tanto, a la espera de algún mensaje de Victoria donde ella me informara su ubicación. Por fin, el mensaje que esperaba llegó: "Ya me estoy acercando, creo que estoy a unos cuantos pasos de ti". Mi atención se centró exclusivamente en buscar a Victoria con la mirada; cuando la vi, al fin, sonreí de oreja a oreja, solté la mano de Brian y me alejé corriendo para encontrarme con ella.

…

Hubiera podido jurar que en los días previos a la fecha programada para mi viaje a Nueva York, Brian y yo nos veríamos con más frecuencia de lo habitual, sin embargo, no fue así, las pocas veces que hablamos lo noté frío, distante, pensativo. Decidí no indagar sus razones, supuse que estaba intentando adaptarse a las circunstancias incluso antes de que yo me marchara.

En el momento en que el camión de la mudanza que contrató Victoria se alejaba cargando con mis pertenencias, vi a Brian aproximarse mientras caminaba por la acera a un paso más lento de lo habitual. Cuando se acercó lo suficiente, vi tristeza y nostalgia en su mirada. Sin besarme en los labios como acostumbraba, mantuvo cierta distancia y me dijo con seriedad:

—Hola Shannon, tenemos que hablar.

Su forma de mirarme, su tono, me insinuaron casi todo lo que supuse quería decirme, me pareció más que obvio que había venido para terminar conmigo. A decir verdad, no me sorprendió, tampoco me sentí impactada ni afectada por ello, creo que hasta me sentí aliviada y eso sí me sorprendió un poco, mi propia reacción ante esa perspectiva. No obstante, él merecía que lo escuchara y yo estaba en la obligación moral de hacerlo.

A fin de tener la privacidad que con toda seguridad necesitaríamos para hablar, le propuse conversar en el estudio. Él asintió y entramos juntos a la casa. Cerré la puerta y ambos nos sentamos en el sofá, lo miré a los ojos y aguardé en silencio a que él comenzara a hablar:

—Shannon, quiero comenzar aclarando que esto que voy a decirte lo he pensado durante días, desde el 4 julio para ser exactos. Podría simplemente terminar contigo, sólo diciendo que desde ahora no viviremos en la misma ciudad y que por eso he tomado esta decisión, pero recordé que antes de ser novios tú y yo fuimos amigos, y es como un amigo que quiero hablarte. ¿De acuerdo?

—Cuando te vi, asumí que venías a esto, de modo que si deseas hablar conmigo como amigo, o como desees, es tu derecho. De acuerdo, te escucho.

—Bien. Espero que lo hagas con la mente abierta porque creo que esto no será fácil. No lo es para mí y creo que tampoco lo será para ti.

Brian, me acabas de decir que terminarás conmigo... Más allá de eso, ¿por qué dices que esto no será fácil?

—No te entiendo. ¿Qué quieres decir?

—No estoy terminando contigo porque te vas a vivir a Nueva York, esa no es la verdadera razón. Estoy terminando contigo porque... Te juro que llevo días ensayando esto, pero ahora estoy frente a ti y es más difícil de lo que pensé. En todo caso, quiero que sepas que todo lo que hablemos quedará entre nosotros. Mi versión oficial será que terminamos por tu viaje a Nueva York...

—Por favor Brian, no des más rodeos, habla de una vez. No me agrada la incertidumbre. Por favor, dilo. Sea lo que sea...

—¿Cuántos novios has tenido? ¿Cuántos antes de mí?

—Brian, ¿a qué viene esa pregunta? No entiendo a dónde quieres llegar.

—Ya te dije que esto no es fácil. Por favor, sígueme la corriente. Responde a mi pregunta.

—Ok, lo haré. Contándote a ti he tenido cuatro novios. ¿Conforme?

—¿Te has enamorado de alguno? Sé que de mí no, pero...

—Sigo sin entender a dónde quieres llegar.

—Lo entenderás si me respondes con sinceridad.

—No tengo por qué mentirte, de modo que mi respuesta es no. No me he enamorado de ninguno de los novios que he tenido hasta ahora. Me he sentido atraída, pero no, no me he enamorado todavía.

—¿Y de Victoria?

Creo que si hubiera abierto más los ojos se me habrían salido de mis órbitas cuando escuché esa pregunta.

—¡Qué demonios! ¿Qué clase de pregunta es esa? ¿Estás celoso de Victoria? ¿Es por eso que decidiste terminar conmigo? —Pregunté exaltada, molesta—. ¡Esto es el colmo de los celos, Brian!

—No estoy celoso, te lo dije, te estoy hablando como amigo...

—¡Vaya! ¡Qué amigo!

—Shannon, por favor, no te cierres, necesito que me escuches...; no, creo que eres tú quien necesita escuchar lo que tengo que decir.

—Pues habla de una vez porque, te lo advierto, estoy comenzando a perder la paciencia.

—Bueno, intentaré decirlo de otra forma... Espera, déjame pensar —Brian hizo una pausa. A pesar de mi molestia me di cuenta que él en verdad se estaba esforzando por hablar conmigo, no había signos de reproche en sus palabras ni en sus gestos; sí, se notaba triste pero no parecía un novio celoso, en verdad se mostraba como un amigo tratando de decir cosas que no eran fáciles de expresar. Mientras él buscaba las palabras adecuadas, yo comencé a asustarme, no sé por qué con exactitud, pero algo me decía que en el fondo yo temía escuchar lo que él intentaba explicarme. Por fin, él dijo—.

¿Recuerdas la escena de la película "*Una propuesta indecente*", donde *John Gage*, el millonario interpretado por Robert Redford, deja libre a *Diana Murphy*, el personaje interpretado por Demi Moore? Me refiero a la escena donde ambos se dicen adiós y ella se baja de la limosina. ¿La recuerdas?

—Sí, la recuerdo.

— ¿Recuerdas que cuando ella se está alejando para montarse en el bus, su chofer le pregunta a *John Gage* por qué lo hizo, por qué la dejó libre?

—De nuevo, sí, lo recuerdo.

—Para responder, *John Gage* hace referencia a algo que ocurrió antes, en la subasta del hipopótamo, cuando el esposo de *Diana* firma los papeles de divorcio. En esa escena él los observa a ambos en la distancia y se da cuenta de cómo se miran mutuamente. Entonces, *John Gage* le responde a su chofer: "*Quise terminarlo. Ella jamás podrá mirarme como lo mira a él*". ¿Recuerdas eso también? —me preguntó Brian.

—Por tercera vez, sí, me acuerdo de toda la película. ¿A dónde quieres llegar Brian? —pregunté más por impaciencia que por enojo. En verdad no estaba enojada, sólo quería llegar al final de tantos rodeos, nada más.

—El 4 de julio, cuando estabas más pendiente de la llegada de Victoria que de los fuegos artificiales, ocurrió algo que me hizo ver las cosas como son. Cuando la viste llegar, soltaste mi mano y saliste corriendo para abrazarla. Fue entonces cuando observé tu forma de mirarla. En ese preciso instante entendí a la perfección lo que quiso decir *John Gage* en aquella escena, de hecho la recordé justo allí. Me di cuenta que tú jamás podrás mirarme a mí como la miras a ella…

Shannon, creo que no estás consciente pero alguien te lo tiene que decir..., tú amas a Victoria, por eso nunca te has podido enamorar de alguno de tus novios, no podrías porque tu corazón le pertenece a ella.

Al escuchar esas últimas frases, quedé inmóvil, paralizada, incapaz de decir una sola palabra. Brian había llegado al final de sus rodeos con una bomba que explotó frente a mí. Quise negarlo, pero no sabía cómo. Al final, intenté refutar sus argumentos, como alguien que está a punto de ahogarse y sólo da patadas desesperadas, sin sentido ni dirección.

—Yo no soy gay —me atreví a decir.

Supongo que parecía ofendida porque Brian respondió:

—Shannon, no lo digo por ofenderte, de hecho, no estoy hablando de etiquetas sino de sentimientos. Como sabes, mi hermana es lesbiana, lo que no sabes es que yo he sido su confidente durante años y si algo he aprendido de ella es que cuando se trata de sentimientos las etiquetas sobran. No sé cómo no me di cuenta de esto antes, tal vez no quería hacerlo porque yo te amo, aunque sabía que tú no me correspondías. Pero ahora sé por qué. Me costó mucho venir aquí, sintiendo lo que siento por ti y decirte esto, no como tu novio sino como amigo, pero creo que alguien te lo tenía que decir. Y si me permites un último consejo antes de marcharme, te lo daré.

Yo no reaccioné, no emití palabra alguna. Supongo que Brian interpretó mi silencio como un permiso tácito para continuar hablando. Entonces agregó:

»Es preciso que aclares esto no conmigo, sino contigo misma. Jamás podrás ser feliz si finges una vida que no es tuya, si finges ser una persona que no eres. No te resistas más a lo que sientes.

Levanté la vista para mirarlo a los ojos, hubiera sido el momento más apropiado para agradecerle sus palabras; equivocado o no, sabía lo mucho que le había costado decirlas y que eran sinceras. Pero no pude hablar. Lo miré atónita, en silencio, cuando él se levantó del sofá, se dirigió a la puerta y salió del estudio sin decir nada más.

¿Enamorada de Victoria?... ¿Gay?... ¡No!... ¡Eso no puede ser verdad!

Esa noche no pude dormir y al día siguiente inventé una excusa diciendo que me sentía mal para no ir a trabajar. No pensaba echarme a morir pero no deseaba hablar con nadie, quería estar a solas.

Pasé la noche repitiéndome una y otra vez las mismas frases: "Yo no soy gay", "Yo no estoy enamorada de Victoria"... pero a medida que lo hacía, percibí como la fuerza que imprimía al pensar en esas supuestas convicciones se iba diluyendo; entonces surgieron las dudas, el miedo...

Siempre creí (o quise creer) que mis sentimientos por Victoria se resumían en una frase: "amor de amiga", pero... ¿y si es sólo "amor"?, un sustantivo único y abstracto que no admite adjetivos y que no me he atrevido a convertir en verbo por... miedo. Miedo a reconocerme a mí misma como algo que no quiero ser, miedo a etiquetarme con esa palabra por "L" que ni siquiera soy capaz de pronunciar en mis propios pensamientos y mucho menos en voz alta.

Tal vez ese ha sido mi secreto, la gran verdad encerrada bajo llave dentro un cofre que aparté y escondí con mucho cuidado en algún rincón de mi mente, la "caja de Pandora" que se fue llenando de polvo hasta que Brian me recordó su existencia y que no podré seguir ignorando. Al igual que en el mito, cuando la caja fue abierta, quedaron expuestas las dudas, el miedo, mientras la esperanza quedó atrapada en el fondo sin posibilidad de salir.

Aunque sea duro reconocerlo, a pesar de la suma de todos mis miedos, esa verdad oculta podría ser la respuesta a muchas de las preguntas que me he formulado con respecto a mí misma, con respecto a Victoria. Podría ser la respuesta a aquella pregunta que me hice el día de mi cumpleaños, cuando amanecí a su lado y no quise alejarme... "¿Qué me está pasando contigo Vic?", esa fue la pregunta y la respuesta quizás siempre estuvo allí, en algún lugar de mi mente, oculta, escondida... y fue el propio Brian quien me la mostró: *"Tú amas a Victoria, por eso nunca te has podido enamorar de alguno de tus novios, no podrías porque tu corazón le pertenece a ella".*

Tal parece que esa es la cruda verdad, una verdad que se divide en dos, como las vertientes de un río...

No soy una hetero quien de la noche a la mañana, como por arte de magia, se da cuenta que es gay, soy una l..., soy una lesbiana que se engañó tratando de convencerse a sí misma que era hetero; lo intenté con cada uno de los chicos a los que alguna vez llamé novios, pero de los nunca fui capaz de enamorarme, con los que siempre tuve que fingir. Todos esos chicos sólo fueron mis intentos de ser "normal", mi esperanza de que alguno de ellos me demostrara que yo no soy lo que nunca quise ser.

La segunda vertiente de esa verdad es lo que siento por Victoria, lo que ella me hace sentir cada vez que la veo, cada vez que la echo de menos. No es "amor de amiga" es simplemente "amor". Aunque nada de esto es simple... nada.

No puede ser simple lo que durante años me negué a reconocer, no puede ser simple algo que pone en peligro la aceptación de las personas más cercanas en mi vida. Reconocer que soy gay o lesbiana, en definitiva, reconocer que no soy hetero, me expondrá al rechazo de mi propia familia, de mi madre...

¡Por Dios!... Ella jamás lo entenderá.

No puede ser simple reconocer mis sentimientos ante Victoria... No, jamás haré eso, podría perderla como amiga si lo hago. Tal como acaba de ocurrir con la "caja de Pandora" que Brian reveló ante mí, si le confieso lo que siento, ella y yo no podríamos dar un paso atrás, ignorarlo y fingir que nunca ocurrió, que nunca dije lo que dije.

Si por lo menos pudiera hablar de esto con alguien, alguien que me apoye, que me diga: "tranquila, todo saldrá bien, no tengas miedo", pero no, creo que estoy sola en esto. En cualquier otra circunstancia, siempre que he tenido dudas o he sentido miedo, he acudido a Victoria, pero ahora… ¿Qué hago?

No lo sé, me siento demasiado confundida, perdida, abrumada. Necesito tiempo para pensar, para saber qué haré con esta verdad que no podré seguir ignorando aunque decida guardarla sólo para mí…, en el más absoluto secreto. Y si decido hablar, necesito tiempo para saber qué diré y cómo. En cuanto a quién se lo diré, es lo único que tengo claro. Sé que no tengo valor para hablar de esto con mis padres, no ahora, es más, no sé si algún día me atreveré; con respecto a Victoria, sé que no puedo confesarle mis sentimientos, eso también está claro, pero aunque sólo sea una verdad a medias creo que necesito sacar esto…, de algún modo.

Vic, te necesito; por paradójico que parezca ahora más que nunca te necesito a ti, a mi mejor amiga.

¡Maldición! ¿Por qué todo tiene que ser tan difícil y complicado? ¿Por qué?

Capítulo Once

Victoria

Sólo falta un día para que Shannon venga a casa, ¡un día! Me siento emocionada pero también un poco asustada. Ha transcurrido casi una semana y no he podido hablar con ella, le he enviado mensajes pero no me ha respondido; eso lo más inusual del mundo, Shannon siempre responde a mis mensajes. Obvio, no me he atrevido a llamarla por teléfono, la única vez que lo hice, hace cuatro días, ella no respondió. Estoy segura que algo le ocurre pero no sé qué es. En el fondo temo llamarla para preguntarle y que ella me diga que se arrepintió, que no se mudará.

Llevo más de cinco minutos mirando mi teléfono móvil, intentando encontrar valor para llamarla y preguntarle qué ocurre, tengo la excusa perfecta, necesito decirle dónde la esperaré en el aeropuerto, sin embargo, aquí estoy, dudando sin saber qué hacer.

Casi se me cae el teléfono de las manos cuando éste repicó y vi su imagen en la pantalla. No lo pensé dos veces y respondí asustada:

— ¡Shannon! ¿Eres tú?

—Sí Vic, soy yo.

Su voz se notaba apagada, triste; esta vez no había sonrisas.

—Por favor Shanie, dime, ¿te encuentras bien? Estoy preocupada. No has respondido a mis mensajes ni a mis llamadas ¿Pasa algo?

—Disculpa Vic, no quería preocuparte, pero necesitaba un tiempo a solas, necesitaba pensar. Por eso no respondí a tus mensajes. Pero ya me siento mejor, lo suficiente para llamarte y confirmar que mañana estaré en Nueva York, tal como lo planeamos. Sin embargo, quiero pedirte algo ¿Puedo?

No negaré que sentí un inmenso alivio cuando Shannon me confirmó que vendría, que nuestros planes seguían intactos. De inmediato le respondí:

—Por supuesto que sí. Pide lo que quieras.

—La razón por la cual no me comuniqué contigo en estos días es por algo muy mío, algo que me ha hecho pensar muchas cosas y que necesito hablar con alguien…, contigo. Tú serás la primera persona en saber de qué se trata, pero necesito un poco de tiempo para hacerlo…

Me asusté con eso que dijo, pensé mil cosas, no debía interrumpirla pero lo hice:

—Shannon, me estás asustando… ¿Estás enferma? ¿Es algo grave?...

Shannon sonrió y me interrumpió para decirme:

—No Vic, no es nada grave…, sólo son cosas mías; podría decirse que estoy atravesando una especie de crisis existencial, asuntos que necesito procesar antes de hablar de ello, eso es todo. Por eso quiero pedirte algo.

Mucho más aliviada, respondí:

—Dime, lo que sea.

Noté que Shannon sonrió de nuevo cuando me dijo:

—Gracias Pitufa… Gracias. Estoy segura que cuando me veas notarás que estoy un poco rara, distante, pensativa…, en fin, sé que me conoces y sé que lo notarás…

Esta vez fui yo quien me reí y dije, a modo de broma, matizando mi tono de voz con un leve toque de ironía:

—Shanie, no tengo que verte para saber que estás un poco rara, pero gracias por avisarme.

Ella se rio, esta vez con más ganas, y dijo:

—Creo que he sido una tonta por haber evitado hablar contigo antes, sólo con escucharte, con oír tus bromas, ya me siento mejor.

—Me alegra que así sea —dije sonriendo—. Y ahora dime, ¿qué deseas pedirme?... Creo que te he interrumpido cada vez que has intentado decirlo.

—Pues bien, como te dije, serás la primera persona con la que hablaré de esto, pero creo que necesitaré un poco de tiempo.

—Ya sé, quieres espacio, deseas que no te caiga a preguntas intentando indagar qué te ocurre. Me lo dirás cuando estés lista. ¿Es eso lo que necesitas pedirme?

—Lo has planteado incluso mejor que yo. Eso es lo que deseo pedirte.

—Shanie, con tal de que vengas, soy capaz de colocarme una mordaza que sólo me quitaría para comer —Dije en broma, con la única intención de hacerla reír, sea lo que sea por lo que estuviera pasando, resultaba obvio para mí que no había sido agradable, pensé que era el momento de animarla y por su reacción, creo que lo logré. Ella se rio con ganas, casi soltando una carcajada y dijo:

—Estás loca Pitufa, no hará falta usar mordazas, si hay algo que he echado de menos es tu voz, tu risa. Me acabo de dar cuenta de ello, pero es la verdad.

—En ese caso, te propongo un trato.

—Dime.

—No sólo voy a darte ese espacio que pides, voy a tratarte igual que siempre, como si esa crisis existencial que dices tener no estuviera, no es por ignorarla y no es que no me importe, me importa y mucho, pero algo me dice que eso es justo lo que necesitas de mí ahora… mi apoyo silencioso no exento de alguna de mis locuras, cero preguntas y muchas sonrisas. ¿Trato?

—¡Wow, Vic! Eso es mucho mejor de lo que yo misma pensé que necesitaba.

—No en vano somos las mejores amigas, ¿cierto?

—Absolutamente.

—¡Bien! Así me gusta. Te noto más animada que antes, ¿me equivoco?

—No, para nada. Ya te lo dije, creo que fui una tonta por haber evitado conversar contigo antes.

—No refutaré eso —dije riendo—. Y cumpliendo mi parte del trato, comenzaré justo ahora. ¿Recuerdas el lugar del aeropuerto donde te esperé la última vez que viniste?

—Sí, lo recuerdo.

—Perfecto, porque justo allí me situaré para esperarte... Y tengo que decirlo... Shanie, estoy feliz, eufórica... Creo que esta noche no podré dormir con tantas emociones juntas.

—Ahora que lo dices, creo que yo tampoco. Me siento igual que tú. Todavía me parece mentira.

—A mí también, pero lo estoy comenzando a creer. Tus cosas ya llegaron. Nos ocuparemos juntas de desembalar para colocarlas en su lugar. ¿De acuerdo?

—De acuerdo. Viajaré con un morral pequeño donde empaqué algo de ropa y algunos objetos personales, de ese modo no tendré que desembalar el mismo día de mi llegada.

—Muy bien pensado, será más cómodo así. Aunque el viaje en avión es corto supongo que debes estar agotada por todo el trabajo previo.

—Así es. Me alegro que estés dispuesta a ayudarme a desembalar.

— ¿Y cómo no estarlo? Más que dispuesta estoy emocionada por ello..., bueno, por todo.

Shannon rio otra vez y me dijo:

—Yo también. Nos veremos mañana en el lugar acordado.

—Seguro Shanie. Hasta mañana.

—Hasta mañana Pitufa.

Colgué el teléfono sonriendo. No puedo negar que me preocupa un poco esa crisis existencial de la que Shannon me habló, pero la conozco lo suficiente para saber que ella hablará conmigo cuando esté lista, de modo que mi trabajo por ahora es tratar de animarla sin hacer preguntas. Si ella necesita tiempo, pues así será.

...

¡Por fin!, ya no queda espacio en mi calendario para seguir colocando más "X". El ansiado día llegó. El vuelo en el que vendrá Shannon, de hora y media de duración, llegará al Aeropuerto de LaGuardia a las 6:00 p.m. y yo no tengo la menor intención de hacerla esperar, de modo que salí de casa con suficiente anticipación, evitando así sorpresas desagradables por los habituales problemas de tráfico en Nueva York. El departamento ya está listo para recibirla, incluso con un pequeño detalle que terminé de preparar un poco más temprano, un gran cartel de bienvenida colocado en la parte alta de una de las paredes del vestíbulo acompañado de varios globos de colores.

Llegué al aeropuerto alrededor de las 4:10 p.m., me senté en uno de los asientos disponibles en la sala de espera, tomé mi teléfono móvil y me dispuse a jugar una aplicación de *puzzles* que había descargado recientemente. Cuando llevaba unos diez minutos jugando leí un mensaje que Shannon acababa de enviarme: "Ya estoy en el avión, apagaré el teléfono, estamos a punto de despegar". Sonreí mientras le respondía: "Aquí te esperaré, ya estoy en el aeropuerto".

¿Para qué negarlo? Estaba emocionada y ansiosa, me había encontrado con Shannon muchas veces en aeropuertos o estaciones de trenes, más de las que podía contar, pero esta oportunidad era única, irrepetible, esta vez ella no venía con un boleto de retorno, venía para quedarse.

A pesar de la aplicación del móvil, la espera se me hizo eterna hasta que, ¡por fin!, la gran pantalla azul del aeropuerto mostró que el vuelo estaba aterrizando; como era usual, los latidos de mi corazón comenzaron a acelerarse. A partir de ese momento mi atención se centró de forma exclusiva en la inminente llegada de Shannon al lugar de encuentro que habíamos acordado.

Alcancé a verla algunos segundos antes de que ella me viera a mí, segundos que bastaron para que mi corazón se acelerara aún más. Ella llevaba en la espalda el pequeño morral que me había mencionado el día anterior. Por su indumentaria supuse que en D.C. había estado lloviendo, porque ella vestía con un pantalón vaquero y un suéter tejido de cuello cerrado y manga larga color beige; sin embargo, lo que más llamó mi atención fueron sus ojos, a pesar del maquillaje sencillo que usaba, su mirada se notaba opaca y las ojeras demostraban que no había dormido muy bien durante los últimos días. Aunque ella ya me había advertido, al verla así me preocupé aún más, era evidente que la fuente de su angustia seguía allí, atormentándola de algún modo; no obstante, yo estaba dispuesta a cumplir mi promesa, trataría de animarla y de apoyarla en silencio, sin hacer preguntas que ella no estaba lista para responder todavía.

Sonriendo, alcé mis brazos y los moví un poco para hacer notar mi presencia; podría jurar que un destello se asomó en su mirada cuando logró verme. Me regaló una sonrisa y aceleró su paso para salvar la distancia que nos separaba; cuando lo hizo, no dijo una sola palabra, me miró a los ojos con una expresión extraña, una rara combinación que oscilaba entre el alivio y el desasosiego, sin embargo, no me dio mucho tiempo para evaluarla porque enseguida me abrazó con fuerza y se aferró a mí. Yo respondí a su abrazo, la conozco lo suficiente para entender que lo único que ella necesitaba en ese preciso instante era mi apoyo sin condiciones, sin preguntas. Yo se lo di, a mi manera, cerré los ojos, aspiré aire y apreté el abrazo, esa fue mi forma de decirle sin palabras: "Aquí estoy y así será siempre".

Supongo que Shannon lo entendió, porque cuando nos separamos un poco para vernos a los ojos otra vez, ella amplio su sonrisa mientras el destello que había visto en su mirada reapareció por segunda vez. Decidí romper el silencio diciéndole, al mismo tiempo que pasé mi brazo por encima de su hombro para comenzar a caminar juntas:

— ¡Bienvenida Shanie! ¡Por fin estás aquí!
—Así es. ¡Por fin!
— ¿Vamos a casa?

Ella se detuvo por un momento, me miró a los ojos, sonrió y dijo:

—Eso sonó bonito.
— ¿Qué cosa?
—"Vamos a casa"…, lo acabas de decir en forma de pregunta.

Sonreí porque me di cuenta que había dicho esa frase de manera espontánea, sin pensarla, pero fue sincera, así la sentía, así lo había concebido desde el principio; por ello, respondí con entusiasmo:

—Y es cierto Shanie, desde ahora ese departamento será nuestra casa.

—Fue justo por eso que dije que suena bonito. Gracias por decirlo, por hacerme sentir bienvenida tan pronto; ni siquiera hemos salido del aeropuerto.

—Esa es la idea —le dije sonriendo. La tomé de la mano y ejercí una sutil presión para impulsar sus pasos, al tiempo que agregué, esta vez mediante una afirmación—. Vamos a casa.

Shannon sonrió y acopló sus pasos con los míos para caminar juntas hacia la salida del aeropuerto.

Llegamos a nuestro destino casi una hora después. Cuando abrí la puerta del taxi dónde viajábamos, Peter, el portero del edificio, se percató que se trataba de mí, por ello se acercó con la buena disposición que lo caracteriza para ayudarnos a bajar del coche. Yo aproveché el momento para saludarlo y presentarle a Shannon:

—Buenas noches Peter, muchas gracias. Me alegra encontrarte porque quiero presentarte a mi nueva compañera de piso. Ella es Shannon Leger —agregué mientras alternaba la miraba entre mi amiga y el portero y extendía mi mano para señalarla.

Peter lleva varios años trabajando como portero del edificio, es un hombre de unos cincuenta años de edad. No se puede decir que es de baja estatura pero tampoco es un hombre alto, de gruesa contextura y una calva incipiente, siempre se ha mostrado diligente para ejercer su trabajo con eficiencia, que sabe combinar muy bien con su amplia sonrisa, su mirada cordial y su trato, amable y respetuoso. Haciendo una especie de reverencia, muy propia de él, Peter inclinó ligeramente su cabeza y enseguida, mirando a los ojos a Shannon y sonriendo, se dirigió a ella para decirle:

—Es un placer Srta. Leger. Sea usted bienvenida.

Shannon sonrió y dijo:

—Muchas gracias Sr. Peter.

—Espero que la trates muy bien Peter —señalé sonriendo—, Shannon no es tan solo una nueva compañera de piso, ella es mi mejor amiga. Muy pronto comenzará a estudiar en la universidad; por esa razón se mudó conmigo.

—Así será Srta. Bettley, cuente con ello. En cuanto a usted, Srta. Leger —agregó el portero sin dejar de sonreír—, estoy para servirle. Le deseo mucha suerte con sus estudios universitarios.

Shannon agradeció las palabras del portero al tiempo que éste se dirigía hacia la puerta principal del edificio para abrirla y permitir nuestra entrada. Shannon y yo atravesamos el amplio lobby y nos dirigimos hacia los ascensores dobles ubicados al fondo. Uno de ellos se encontraba en la planta baja, de modo que no hizo falta llamarlo. Al entrar, marqué el botón correspondiente, el de la quinta planta. Cuando llegamos, me dispuse a abrir la puerta de entrada usando mis llaves:

—Conociéndote cómo te conozco apostaría que lo primero que deseas hacer es tomar una ducha, pero antes me gustaría mostrarte algo —terminé diciendo justo en el instante en que abrí la puerta y extendí mi mano con un gesto amable para invitarla a pasar.

Lo primero que llamó su atención fue el gran cartel de bienvenida que yo había preparado para recibirla. Ella se giró para verme y me dijo sonriendo:

—Gracias de nuevo Pitufa, en verdad me has hecho sentir bienvenida desde el principio, tal como señala ese lindo cartel que estoy viendo ahora. ¿Es eso lo que querías mostrarme?

—No —respondí haciendo una mueca. En realidad estaba intentando disimular mis expectativas ante la sorpresa que había preparado durante las últimas semanas y que estaba a punto revelar. Por la sonrisa y la mirada de advertencia de Shannon, supuse que ella había intuido algo, y no me quedaron dudas cuando la escuché preguntándome:

—Pitufa, ¿qué se te ocurrió esta vez? Por esa expresión llena de picardía que tienes ahora me parece que algo has tramado…

¿Otra sorpresa?

Tomando su mano, la atraje conmigo y le dije sonriendo:

—Ven conmigo, lo que deseo mostrarte se encuentra abajo.

—Mi habitación..., supongo —señaló Shannon, sonriendo con ironía.

No respondí pero me reí, no sólo por la expresión cómica de Shannon, sino por su mirada, ahora brillante. Parecía haber olvidado aquello que le preocupaba, al menos de momento.

Cuando llegamos abajo, me detuve frente a la puerta cerrada de su nuevo estudio y le dije:

—Después te mostraré tu alcoba, aunque esa ya la conoces porque solía ser la habitación de huéspedes. Anda, abre la puerta.

Sin dejar de sonreír y con evidente curiosidad, Shannon giró la perilla de la puerta. Y así, se reveló ante sus ojos el interior de la habitación. Además de la vista del rio Hudson que se mostraba imponente a través del amplio ventanal, ahora Shannon podía contemplar el trabajo del decorador que había contratado para equipar la habitación. La parte izquierda albergaba una biblioteca de pared a pared con escalera movible donde ella podría guardar todos sus libros con absoluta comodidad. Más cerca de la ventana, a la derecha de la habitación, se encontraba un nuevo escritorio equipado con una pantalla de alta densidad de 27 pulgadas, conectada con el teclado, el ratón y el *touchpad*. En el ala del escritorio ya estaba instalada y lista para su uso una impresora láser y, pegada a la pared, una cartelera de corcho donde Shannon podría pegar sus notas. Todo el equipo era nuevo, instalado o adquirido con la intención de optimizar sus asignaciones como estudiante de la Escuela de Artes. Sin disimular mi emoción, dije detrás de ella:

—A partir de ahora este espacio será sólo tuyo; quise destinarte un lugar exclusivo donde dispongas de la privacidad y el silencio que necesitarás para dejar fluir tu imaginación a través de la escritura.

Shannon no respondió de manera inmediata, alternaba su mirada, atónita y brillante, observando con atención cada detalle de la habitación. Instantes después me miró a los ojos y exclamó emocionada:

— ¡Pitufa! ¡Debería regañarte!... No puedes seguir gastando tu dinero en mí...

—Me prometiste que no discutiríamos por temas como ese aquí —señalé en mi defensa, con la frase que ya tenía preparada al anticipar la reacción de mi amiga.

Shannon sonrió, tomó mi mano otra vez, la apretó y agregó:

—Pero no puedo regañarte, no quiero hacerlo. No sólo porque te lo prometí, sino porque... ¡Santo cielo!, esta habitación es algo así como el sueño de cualquier escritor.

—Entonces no me regañes... ¿Te gusta?

— ¿Gustarme?... ¡Me encanta! Es lo máximo. ¡Gracias! Eres un encanto. ¿Lo sabes, verdad? —terminó diciendo Shannon mientras me abrazaba emocionada.

Al tiempo que mi corazón hacia su trabajo sin pedirme permiso, como es su costumbre, le dije a mi amiga:

—Ahora sí lo puedo decir con propiedad... Shanie, ¡bienvenida a casa!

Shannon no respondió, no con palabras, sólo me apretó más fuerte. Era obvio que ella estaba tan emocionada como yo. Permanecimos abrazadas por unos instantes, hasta que ella me preguntó con una sonrisa en sus labios, mirándome a los ojos:

— ¿No más sorpresas, verdad?... Aunque debo aclarar que ésta me encantó.

—Creí que no te gustaban las sorpresas —señalé con picardía.

—Eso creía yo también, pero tal parece que cuando provienen de ti si me gustan... y mucho.

— ¡Perfecto!... porque todavía falta una... pequeñita.

— ¿Más? —preguntó Shannon en tono de regaño fingido.

—Mira en la primera gaveta del escritorio.

Ella siguió mis instrucciones. Al abrir la gaveta, tomó un pequeño objeto envuelto en papel de regalo. Antes de destaparlo, Shannon dijo bromeando:

—Espero que no sean las llaves de un coche nuevo porque ni siquiera tú usas uno en esta ciudad.

—Hay demasiado tráfico y nunca se encuentran lugares apropiados para estacionar, además, no hace falta, la universidad queda demasiado cerca. Anda, ábrelo, ya te dije que es sólo un detalle.

Cuando ella lo destapó, sonrió perpleja y me preguntó:

— ¿Dónde guindaré este pequeño letrero de madera con la imagen de *Snoopy* frente a su máquina de escribir?

— ¿Conoces la función que cumplen los letreros de "No molestar" que se colocan en las puertas de las habitaciones en los hoteles, verdad?

—Así es.

—Bueno, ese pequeño letrero de *Snoopy* cumplirá una función similar. Cuando lo guindes frente a la puerta de este estudio yo sabré que tienes la musa a millón. Será una forma de saber que no debo molestarte.

—Eres un genio Victoria Bettley, ¿lo sabes, verdad?

—Lo intento —respondí sonriendo—. Y ahora sí, vamos a tu habitación para que te prepares para esa ducha que estoy segura quieres darte. Yo también me ducharé, pero antes subiré al salón, quiero pedir un par de pizzas para cenar. ¿Estás de acuerdo?

—Absolutamente —respondió Shannon con una gran sonrisa en sus labios—. ¡Ah! y por favor, encarga unas cuantas cervezas.

—Esas ya se están enfriando, sé que te gusta comer pizza y beber cerveza mientras lo haces y como ya eres mayor de 21 años, no tendrás que tomar sorbos a escondidas o seguir acompañándola con sodas.

—Brindaremos por eso.

—Sí…, también por eso.

— ¿También por eso? ¿Y por qué más? —preguntó Shannon con una sonrisa llena de picardía.

—Porque ya estás aquí.

Shannon alzó ambos pulgares y dijo, refiriéndose a su nueva habitación:

—Gracias por esto también, es linda.

—Me alegro que te guste. Anda a ducharte, creo que tengo mucho apetito.

—Yo también.

—Nos veremos arriba —dije antes de salir de la habitación y dirigirme hacia las escaleras.

Capítulo Doce

Shannon

Esto es impresionante... Llevo noches enteras sin dormir, preocupada, llena de dudas, de temor, pero sólo me bastó contemplar su mirada, su sonrisa, para que la mayor parte de mis tribulaciones quedaran relegadas detrás de todas las emociones, sensaciones y sentimientos que sólo ella es capaz de generar en mí.

¿Enamorada de Victoria?... Pues sí, lo estoy. ¿Y cómo no estarlo? Ella es la única persona en el mundo capaz de darme paz cuando dentro de mí todo es una guerra; la única persona que me hace sonreír, incluso cuando me sobran razones para llorar.

¿Gay? Supongo que amar a Victoria me convierte en gay, pero...

Mientras me duchaba pensé en las palabras de Brian: "cuando se trata de sentimientos las etiquetas sobran". Espero que tenga razón, porque después de tantas noches sin dormir he llegado a una conclusión: lo que me genera ansiedad, angustia y miedo es esa etiqueta, "gay", "lesbiana", "homosexual"... "Yo no soy gay" no es la frase correcta, en mi caso la frase correcta es "Yo no quería ser gay", en tiempo pasado porque supongo que lo soy, lo soy porque amo a Victoria.

Si tenía dudas al respecto, ella misma acaba de borrarlas..., cuando la vi en ese aeropuerto; cuando me hizo sentir bienvenida con ese "vamos a casa" que tanto me emocionó o con el letrero de bienvenida que preparó con todo cariño; cuando abrí la puerta de ese estudio que mandó a decorar y equipar para darme ese espacio que yo no le pedí pero que ella supo que necesitaba; cuando la noté preocupada por mí y aun así se esforzó por hacerme sonreír sin preguntarme las razones, tal como se lo pedí.

Ahora sé que es verdad, te amo Victoria. Eso es inevitable..., tú lo haces inevitable.

Confesarte mis sentimientos no es una opción; confesarte lo que soy, quizás lo sea. Necesito tu apoyo, necesito comenzar a transitar este camino, esta faceta de mí misma que siempre quise ignorar...

Sin embargo, en este preciso instante no voy seguir pensando en esto, ya encontraré la ocasión para hablar de ello..., hoy, mañana, un día de estos, no lo sé, pero ahora estoy aquí, ¡al fin!, tan sólo a unos cuantos pasos de ti.

Quiero disfrutar estos momentos que tanto he deseado vivir y compartir a tu lado, quiero centrarme en eso.

Casi podría escucharte decir: "Nada de caritas tristes hoy"... ¿Y sabes algo?... Tendrías razón.

No más vacíos...

Después de ducharme, me vestí con un pijama de algodón compuesto por una camiseta de manga corta y un pantalón largo. A pesar de que en esta época del año el calor y la humedad en Manhattan es más que evidente, el aire acondicionado central permite disfrutar de una temperatura constante, fresca, casi fría; por ello decidí traer en mi morral ropa adecuada para sentirme cómoda dentro del departamento, algo que había descubierto dos años y medio antes, cuando vine a Nueva York para visitar a Victoria por primera vez.

Mientras peinaba mi cabello húmedo, escuché el sonido de un mensaje entrante en mi teléfono móvil. No pude evitar reírme cuando lo leí: "Pensé en gritar desde el borde de las escaleras: LA PIZZA YA LLEGÓ, pero ahora que comienzas a convivir conmigo es muy pronto para que te des cuenta de lo loca que estoy, no quiero que huyas despavorida, de modo que intentaré fingir lo contrario... por ahora. Te espero en la cocina. Anda, sube rápido para que no se enfríe. PD: ¿Te dije lo feliz que me siento por tenerte aquí?... ¿No?... Pues eso sólo demuestra mi falta de cordura... ESTOY FELIZ POR TENERTE AQUÍ".

Subí las escaleras con una sonrisa en mi rostro que no era en absoluto una sonrisa fingida, no podía serlo sabiendo que a partir de ahora compartiría muchos momentos como éste con Victoria.

Mientras me acercaba a la península de granito que divide la cocina del resto del salón y que sirve para comer, cuando no se utiliza la mesa del comedor, le dije:

—Yo también me siento súper feliz por estar aquí. ¡Ah! y ya sé que estás loca, así que no te preocupes, no saldré huyendo… ¡Wow! Esas pizzas se ven divinas y el aroma es delicioso —agregué al verlas ya servidas en los platos. Iba a preguntarle dónde las había encargado, pero enmudecí en el momento en que la miré…

Ella se veía preciosa con su cabello húmedo, vestida con una especie de pijama de algodón que me quitó la respiración. Yo no estaba acostumbrada a verla en pijama. Tenía una camiseta manga larga con botones al frente que mostraba la sensual línea de su busto, además era tan corta que dejaba expuesta su cintura y parte de su espalda. Y para terminar de robarme el aliento me fijé en sus pantalones cortos que mostraba sus magníficas piernas en toda su plenitud.

En verdad me impresionó mi propia reacción al verla así. Es cierto que ella siempre me ha parecido hermosa, desde la primera vez, cuando la vi sentada sobre un banco, el primer día de clases en la preparatoria, pero mi reacción en este instante me dejó casi en shock porque nunca la había mirado del modo en que la estaba viendo ahora… ¿acaso fue el deseo lo que logró robarme el aliento?

Era como si el reciente descubrimiento acerca de mí misma, acerca de mis verdaderos sentimientos por Victoria, hubiera activado algo que estaba dormido o apagado. Supongo que lo correcto sería decir que se encontraba bloqueado, pero tal parece que ya no…

¡Santo cielo!, todo esto es tan nuevo para mí. Jamás me había sentido así, atraída por alguien de esta manera…

La voz de Victoria me sacó de mis pensamientos, cuando me dijo:

—Para ti pedí tu preferida, una pizza "*Prosciutto*" con *prosciutto* importado, queso *mozzarella* y salsa de tomate. Para mí encargué una pizza "*Bianca*", con queso *mozzarella*, queso parmesano, champiñones y aceite de trufa. Espero que te guste.

Tuve que hacer un verdadero esfuerzo para concentrarme en lo que ella decía, por fortuna el delicioso aroma de las pizzas me ayudó lo suficiente y pude retomar lo que pensaba preguntar antes:

—En verdad se ven deliciosas. ¿Dónde las encargaste?

—Son de un restaurant cercano donde preparan las pizzas en horno de ladrillo, con leña. Es una de mis pizzerías preferidas, además, tienen servicio a domicilio.

—Supongo que poco a poco aprenderé esos detalles, lugares donde comer o encargar comida, ubicación de supermercados, farmacias…

—Mientras tú me enseñarás a cocinar, ¿verdad?

Me reí por su pregunta:

— ¿O sea que hablabas en serio? En verdad quieres aprender a cocinar.

—Un poquito. En realidad me encanta la comida casera, pero nunca me ocupé en aprender porque me da pereza cocinar sólo para mí.

—En ese caso, te enseñaré…, aunque yo tampoco cocino muy bien que digamos.

—Mejor que yo sí. Brindemos por eso —dijo Victoria sin dejar de sonreír mientras levantaba su botella de cerveza.

Yo la imité y dije, al tiempo que las botellas se tocaban entre sí:

—Por eso y porque esta es nuestra primera cena juntas.

— ¡Oh sí! Por eso también —señaló Victoria con genuino entusiasmo mientras levantaba la botella por segunda vez. Después de tomar un trago, agregó—. A propósito… ¿Te dije lo feliz que me siento por tenerte aquí?

Para seguirle el juego, respondí:

—No.

Mostrando una sonrisa que me quitó el aliento por segunda vez esta noche, ella afirmó:

—Estoy feliz por tenerte aquí.

Sonreí con ella y antes de brindar de nuevo, le dije:

—Yo también, muy, muy feliz… ¡Salud!

Nos sentamos una al lado de la otra en un par de banquetas altas sin respaldo y comenzamos a comer.

La pizza estaba deliciosa, tanto que no pude dejar ni una sola porción, lo cual es bastante inusual en mi caso. Supongo que quería disfrutar el momento no sólo con la comida, sino también con la bebida. Tal como lo habíamos mencionado antes, esta era la primera vez que podía beber cerveza a la edad legal permitida. Pero esa no era la única razón, creo que necesitaba alterar un poco la realidad con el alcohol, no al extremo de embriagarme pero sí para desinhibirme lo suficiente. En algún momento, mientras cenaba, comencé a pensar en la posibilidad de hablar con Victoria acerca de mi "nuevo status"; entre un trago y el siguiente pensé que tal vez así podría encontrar el valor que me hacía falta para sacarme parte de esta espina que me había quitado el sueño y la tranquilidad durante los últimos días.

Cuando terminamos de cenar yo había bebido unas tres o cuatro cervezas. Fue en ese momento cuando Victoria me preguntó:

—¿Quieres ir a dormir?

—La verdad no tengo sueño.

—Yo tampoco… ¿Nos sentamos en el sofá para ver alguna película?

—Siempre y cuando no dejemos de beber. Si dejo de hacerlo me dará sueño y no quiero eso.

—Está bien, pero tampoco nos vamos a embriagar, ¿verdad?

—No, sólo un par de cervezas más, mientras vemos la película, ¿de acuerdo?

—De acuerdo —respondió Victoria. Ella se dirigió hacia el televisor para encenderlo y buscar la película que veríamos juntas. Entonces me preguntó—. ¿Qué género prefieres, romance, comedia, terror, acción, una película animada…?

—Algo ligero.

—Ok… ¡Ah, ya sé! ¡*Los pitufos*!... En honor a mí.

—¿En serio? —pregunté riendo.

—Sí tú quieres.

—Ok Pitufa, vamos a ver *"Los Pitufos"*… en honor a ti —señalé con picardía.

Nos sentamos en el sofá dispuestas a ver la película. Unos minutos después, Victoria se levantó diciendo:

—Voy a buscar un par de mantas para arroparnos. ¿Quieres?

—Ok —respondí—. Pausaré la película mientras tanto.

—Ya regreso —señaló ella.

Al hacerlo, Victoria vino con dos mantas, me dio una a mí y ella se arropó con la suya, después de acostarse en el sofá posando su cabeza sobre los cojines, cerca del apoyabrazos.

No puedo afirmar con exactitud cómo me llené de valor, supongo que los tragos ayudaron, pero antes de quitar la pausa de la película, miré a Victoria a los ojos y le dije:

—Necesito contarte qué es lo que me ocurre.

Ella me miró perpleja, creo que no se lo esperaba, no en ese momento al menos. Le tomó unos segundos preguntarme:

— ¿Estás segura?

—Creo que sí —respondí. Hice una pausa y agregué—. Sí, estoy segura. Necesito sacar esto ahora, de lo contrario creo que perderé el valor y no lo diré.

—Ok, te escucho.

—Brian terminó conmigo…

— ¿Qué? —Preguntó Victoria con notoria incredulidad—. Supongo que fue por todo este asunto de tu mudanza. Lo lamento. ¿Te has sentido mal por eso, verdad?

—Él no terminó conmigo por la mudanza… Y no me he sentido mal por la ruptura en sí, sino por otra cosa.

—No comprendo.

—Brian terminó conmigo porque… Me resulta difícil decirlo en voz alta, no lo he hecho hasta ahora y cuando lo haga creo que se hará real.

En la mirada de Victoria se notaba su enorme expectación, pero ella se mantuvo en silencio. Creo que estaba haciendo su mayor esfuerzo para no presionarme.

Yo aspiré todo el aire que pude, exhalé y dije:

—Te aseguro que no lo sabía o que nunca lo quise creer hasta que Brian me lo dijo esa noche…, pero ahora sé que es verdad.

— ¿A qué te refieres?

—Victoria, yo soy… gay... *Ya está, ya lo dije.*

Podría jurar que jamás había visto esa expresión reflejada en el rostro de Victoria, ella estaba impresionada, congelada, desconcertada…, no lo sé. Justo en ese instante sentí miedo, miedo de haberla decepcionado, miedo de que me rechazara por…

¡Por lo que más quieras Victoria, di algo, lo que sea! Por favor, no te quedes así.

Capítulo Trece

Victoria

¡Oh… por… Dios! ¿Acaso estoy soñando? ¿Shannon acaba de confesarme que es… gay?... ¡GAY! Esto rompe todos mis esquemas, todo lo que creía. Tengo ganas de saltar y saltar sin parar y gritar como una loca: "¡Shannon es gay! ¡Shannon es gay!". Los fuegos artificiales del 4 de julio parecen simples chispitas comparados con la celebración que tengo ahora dentro de mi cabeza. Quiero tomar tus manos y decirte mientras te miro a los ojos: "Yo también soy lesbiana… y te amo Shannon… siempre te he amado… cásate conmigo… ¿quieres casarte conmigo?"… ¡PARA! ¡Para Victoria! ¿Por qué Brian terminó contigo por eso?... ¿Acaso amas a alguna chica y yo no lo sé? ¿Será que nadé y nadé tan solo para morir en la orilla? ¡Mierda!...

— ¿Por qué Brian te dijo que eres gay? ¿Estás saliendo con alguien?... ¿Con una chica?

— ¿QUÉ? NO, no estoy saliendo con nadie —escuché responder a Shannon. Se veía molesta, contrariada, confundida…, aterrada.

¡Victoria, eres una idiota! ¿Acaso no te das cuenta? Shannon está muerta de miedo, lo último que ella necesita ahora es a una loca declarándole su amor o preguntando estupideces. Eres la primera persona a quien le confiesa esto… ¿Recuerdas cómo te sentías cuando hablaste de esto por primera vez con tu madre? ¿Lo recuerdas, pedazo de tonta? Shannon necesita ahora a su mejor amiga. Por favor Victoria, concéntrate, puedes hacerlo mejor. Abrázala, apóyala, se su amiga ¡Carajo! ¡Haz algo! ¡Di algo!

—Disculpa mi estupidez Shanie, creo que esa confesión me cayó de sorpresa. ¿Es por eso que tienes esas ojeras?, ¿es por eso que no has podido dormir?... ¿Tienes miedo, verdad?

Shannon asintió y agachó la cabeza, como si estuviera avergonzada. Vi cuando un par de lágrimas cayeron de sus ojos y fueron esas lágrimas las que por fin me hicieron reaccionar como debí haberlo hecho desde el principio. Yo seguía recostada sobre el sofá, de modo que abrí mis brazos y la invité con un gesto a refugiarse en ellos, mientras le decía:

—No tengas miedo, todo saldrá bien.

Como si fuera un perrito callejero, maltratado y hambriento, Shannon se lanzó hacía mí y me abrazó. Ella comenzó a sollozar. Yo la abracé tan fuerte como pude. También sentí deseos de llorar, pero respiré hondo para evitarlo. Shannon necesitaba mi fortaleza y mi comprensión y yo sabía cómo dársela, por supuesto que lo sabía…

Si alguien sabe cómo te sientes, soy yo Shanie. Y aquí estoy.

Shannon

Me refugié en los brazos de Victoria, llorando; esas últimas palabras que había pronunciado eran todo lo que yo necesitaba escuchar, sin embargo, su forma de mirarme al principio y esa pregunta que hizo me desconcertaron. Por primera vez me sentí insegura frente a ella, necesitaba saber qué estaba pensando, si todo entre nosotras seguiría igual que siempre, pero no me atreví a decir nada, no me atreví a mirarla a los ojos. Por fortuna, fue ella quien habló:

—No llores Shanie, imagino que te sientes confundida, perdida, pero te aseguro que todo saldrá bien.

—Tengo miedo Vic. Yo no quería ser… esto.

— ¿Por qué dices eso? No hay nada malo en ti Shanie, sigues siendo tú. No hay ninguna razón para sentir vergüenza, culpa o algo parecido.

— ¿En verdad lo crees así Vic? ¿Tú no cambiarás conmigo por esto que acabo de decirte?

Victoria me tocó el mentón en un intento por verme a los ojos.

En principio, no me atreví a levantar la mirada, pero ella insistió:

—Necesito que me mires a los ojos para responderte esas preguntas…, por favor.

Yo obedecí, pero antes de que ella hablara sentí un inmenso alivio, su mirada era la misma de siempre, bueno, no la misma, había mucho amor en esa mirada, debo reconocer:

»Por supuesto que lo creo. Sigues siendo tú Shanie, nada ha cambiado ni cambiará. Tú eres mi mejor amiga y siempre lo serás… y yo seguiré siendo… tu Pitufa, la loca de siempre. Y no se te ocurra pensar que estás sola en esto porque no es así. Yo estoy aquí y ahora más que nunca. Por si lo has olvidado ahora vivimos juntas y no puedo estar más feliz por eso. Hablo en serio.

Asomé una sonrisa al escucharla. La abracé de nuevo, ya no para rehuir su mirada, sino porque sentí que lo necesitaba otra vez. Ella me preguntó:

— ¿Por qué dices que no querías ser gay?

—Porque ser gay… apesta.

Esta vez fue ella quien sonrió y dijo:

—Quizás apesta al principio, pero no es para tanto… No exageres.

—Claro que sí, te enfrentas al rechazo de medio mundo, a la decepción de tu familia, de tus amigos.

—Vamos a poner las cosas en perspectiva. Te preocupa el mundo, tu familia y tus amigos. Primero, comencemos por el mundo. Dices que medio mundo te rechazará y puede ser cierto, ahora perteneces a una minoría, pero hablando claro, tu no conoces a ese medio mundo y ese medio mundo no te conoce a ti, de modo que… ¡al diablo con el mundo!

»Además, hablas de un mundo que parece haber olvidado lo importante.

— ¿A qué te refieres? —pregunté.

—Allá afuera hay un mundo que admira a personas por su poder y por su dinero, sin que importe en absoluto su calidad como seres humanos. No importa si estas personas emiten mensajes de odio, de discriminación, de discordia, de racismo o xenofobia; no importa que no haya señales de piedad en ellos, ni de empatía, ni de compasión, sólo prevalece la admiración por su poder y por las inmensas fortunas que han acumulado. La admiración por el poder y el dinero y el menosprecio de sentimientos como la piedad, la compasión y la empatía les ha servido a estas personas para ascender a niveles impensables, incluso para ser elegidos como… presidentes.

En verdad me impresionó lo que Victoria acababa de decir o de insinuar; muy a mi pesar, creo que llevaba razón. Ella continúo con sus argumentos:

»Créeme Shanie, antes de preocuparte porque ese medio mundo te rechace, porque lo hará, seguro que lo hará, debes preguntarte si te parece adecuada la vara que están usando para medirte. En lo personal, creo que medio mundo se ha olvidado de lo que de verdad importa. Así que lo repetiré de nuevo… ¡Al diablo con el mundo!

»Eso nos lleva al segundo punto: tu familia. Te preocupa decepcionar a tus padres; pues bien, conozco lo suficiente al Sr. Paul Leger para atreverme a asegurar que él, más pronto que tarde, te entenderá y te apoyará. Con respecto a tu madre, sí, lo admito, a ella le costará aceptarlo, te hará la vida de cuadritos por un tiempo, pero lo entenderá…

— ¿Cómo puedes estar tan segura de eso?

—Fácil, porque ella es tu madre y al final las madres entienden, por eso son madres, ¿no? A eso me refiero cuando hablo de poner las cosas en perspectiva; tal como yo lo veo, sólo es por tu madre por quien podrías estar preocupada.

—Ok, continúa.

— ¿Por dónde iba?

—Amigos.

—Cierto, los amigos. Te preocupa el rechazo de tus amigos; Shanie, ninguno de nuestros actuales amigos te rechazaría por algo así. Además, como escuché alguna vez: "Prefiero tener un solo amigo que me quiera por lo que realmente soy, a tener cien que me quieran por lo que ellos piensan que soy".

— ¿Y tú eres esa amiga? ¿De verdad me sigues queriendo por lo que soy, sin que te importe que yo sea gay?

Victoria apretó el abrazo y respondió:

— ¿Me creerías si te dijera que ahora que lo sé no sólo te sigo queriendo, sino que te quiero incluso un poco más?

— ¿Hablas en serio? —pregunté levantando la cabeza para mirarla a los ojos.

—Por supuesto que hablo en serio, tonta. Acabas de darme una excelente razón para apoyarte, para demostrarte, una vez más, que soy tu mejor amiga. Te lo acabo de decir, no has cambiado, sigues siendo tú, la misma persona de siempre. Eres mi mejor amiga, nada cambiará eso…, a menos que desde ahora en adelante te dediques a matar gatitos, lo cual no tendría nada que ver con el hecho de que seas gay o hetero.

No pude evitarlo y dije riendo:

—No me hagas reír, esto es serio.

—Tan serio como tú quieres que sea Shanie. Sé que ahora tienes miedo, te sientes confundida y algo perdida, pero todo eso pasará, será un proceso, pero pasará. Lo primero que necesitas es liberarte de la homofobia que sientes ahora.

—Yo no soy homofóbica Vic.

—No hacia terceros pero sí contigo misma. Por eso te sientes así, con vergüenza y culpa. No te aceptas como eres y, por lo que veo, nunca lo has hecho. Creo que la llaman homofobia interiorizada.

—Quizás tengas razón. Supongo que por eso tuve tantos novios. Quería convencerme a mí misma que yo era "normal"…

—Ese es el punto Shanie, tú eres normal, no hay nada malo en ti.

—Pero no me siento así. Me siento como…

—Como un "bicho raro", ¿cierto?

— ¡Exacto! —exclamé emocionada, no por sentirme como un "bicho raro", sino por el grado de empatía, de comprensión que percibí en la actitud y en las palabras de Victoria. Me emocioné porque me sentí menos sola, percibí una especie de alivio al saber que ella era capaz de comprender y entender a la perfección mis dudas, mis temores, mis preocupaciones y no sólo eso, ella estaba haciendo un excelente trabajo para animarme. Quería seguir escuchándola, así que le dije:

—Dime, ¿cómo puedo dejar de sentirme así? Quiero sentirme "normal" a pesar de ser lo que soy, quiero aceptarme como soy.

—Creo que para eso lo primero que necesitas entender es ese concepto: "normal". Tal como yo lo veo, la percepción de lo que es "normal" tiene mucho que ver con la opinión de las mayorías, es decir, son las mayorías quienes deciden lo que es normal y lo que no lo es. Hay una mayoría que decidió que ser gay no es normal; eso creó una matriz de opinión que genera, entre otras cosas, que personas como tú, nobles, sinceras, buenas personas en general, no se crean "normales" por ser gays. Aceptaste el consenso de las mayorías, te dejaste llevar por ese consenso y ahora te juzgas a ti misma como... un "bicho raro". Entraste es una especie de circulo vicioso que ahora deberás romper y para hacer eso primero tienes que entender cómo funciona; me gustaría poner un ejemplo, ¿quieres escucharlo?

—Por supuesto, continúa.

—Tú sabes que todos los seres humanos nacemos con cinco dedos en cada mano, eso es lo "normal", ¿cierto? También sabes que todos funcionamos a la perfección usando esos cinco dedos, realizamos infinidad de tareas siendo "normales", ¿me sigues?

—Sí.

—Ok, suponte que la mayoría de las personas no naciéramos con cinco dedos en cada mano, sino con seis... Bajo ese supuesto te haré una pregunta: ¿Cómo serían consideradas la minoría de personas que nacieran con cinco dedos?

—Como "no normales" o "anormales"...

—Como un "bicho raro" y todo porque en este supuesto la mayoría tiene seis dedos y no cinco...; aunque tú sabes, como lo sabemos todos, que no necesitamos ese sexto dedo para realizar de manera eficiente todas las funciones que en efecto realizamos...

Con una gran sonrisa, interrumpí a Victoria para afirmar:

—Porque es la mayoría quien decide lo que es "normal" y lo que no lo es.

—Exacto.

—¡Wow! Pitufa, no me queda ninguna duda, serás una excelente abogada.

Victoria se echó a reír y dijo:

—Lo importante de todo esto es que necesitas estar consciente, en primer lugar, que no eres un bicho raro porque la mayoría decidió que lo eres, sabiendo ahora cómo esa mayoría dictamina lo que es normal y lo que no lo es. En esencia, lo que se considera "normal" o "no normal" es algo relativo ya que es el producto del consenso de las mayorías y si hay algo que la historia ha demostrado, y sigue demostrando, es que no siempre las mayorías están en lo cierto. Y aunque así fuera, el mundo está lleno de matices, de cambios, de paisajes, de personas, cada una distinta a la otra; habitamos un planeta lleno de diversidad, sujeto a cambios, un mundo diverso, inmenso y cambiante donde no todo es blanco o negro, como esas mayorías pretenden que lo sea.

—Ok, eso lo entiendo… ¿Qué más? —pregunté, como si fuera una niña pequeña a quien su padre le lee un cuento.

—Al principio tendrás que luchar para aceptarte a ti misma como eres y lo harás porque te darás cuenta que lo más importante no es ser lo que el mundo o tus padres quieren que seas, sino quien eres realmente. Entenderás que tienes derecho a ser tú misma, a ser feliz. En ese proceso te darás cuenta que no hay razón para avergonzarse ni sentir culpa, además, cuando lo hayas asimilado significará que aprendiste una gran lección…

—¿A qué lección te refieres?

—Creo que Paulo Coelho escribió en alguno de sus libros: *"Cuando crezcas, descubrirás que ya defendiste mentiras, te engañaste a ti mismo o sufriste por tonterías. Si eres un buen guerrero no te culparás por ello, pero tampoco dejarás que tus errores se repitan"*.

—¿Y qué pasará si logro ser un buen guerrero, como dice Coelho?

—No sólo habrás crecido como persona, llegarás a sentir orgullo por ser lo que eres…

— ¿Orgullo gay?

—Algo así —respondió Victoria con una sonrisa—. Al final de todo este proceso, las razones que ahora te hacen sentir temor y vergüenza serán las mismas razones por las cuales te sentirás orgullosa de ti misma… ¿Recuerdas lo que me dijiste aquel día en el aeropuerto, en la víspera de tu cumpleaños, acerca de Scott Ferguson?... Que sentías admiración por las personas como él, porque aun con el mundo en contra, decidieron ser ellos mismos.

—Por supuesto que lo recuerdo, es más, aquella conversación fue una de las razones por las cuales me atreví a hablar de esto contigo en primer lugar, en el fondo sabía que tú me apoyarías como lo hiciste con él en su momento… y yo necesitaba eso.

—Lo sé. Me alegro que lo recuerdes porque esa admiración que sentiste por Scott en aquella oportunidad será la misma que sentirás por ti misma cuando se acabe el miedo, las dudas y la vergüenza.

—Pero aún no he llegado a eso.

—Así es, pero llegarás. Te conozco Shanie, lo lograrás y yo estaré contigo en cada etapa del camino. Te lo dije, no estás sola.

Sonreí, mirándola a los ojos.

» ¿Te sientes mejor ahora? —agregó ella, mientras sonreía y tocaba con su dedo la punta de mi nariz, en un gesto colmado de ternura.

Decirte gracias se queda corto; darte un abrazo por tus palabras, por tu comprensión, por tus consejos, se queda corto; quiero atrapar tus labios y robarte un beso, porque justo en este instante tengo plena consciencia no sólo de mis verdaderos sentimientos por ti, sino de la magnitud e intensidad de esos sentimientos… pero no puedo hacer eso…, creo que me conformaré con un abrazo. Siento una mezcla de emociones, incluida la frustración, por no poder hacer lo que en este preciso instante deseo con todas mis fuerzas: besarte, sentir por primera vez tus labios fundidos con los míos… ¿Acaso me atreveré algún día a confesarte lo que siento?

Me gustaría quedarme aquí, justo donde estoy ahora, con mi rostro descansando sobre tu pecho; pero no debo mirarte a los ojos otra vez, si lo hago, no creo que podré resistirme.

Apoyé mi cabeza sobre su hombro y respondí sin mirarla:

—Sí, me siento mucho mejor. Gracias Pitufa, gracias por todo… ¿Podemos quedarnos aquí, sin hablar, sólo abrazadas, aunque sea por un rato? Creo que necesitaba esto…, sentir tu apoyo.

—Por supuesto que sí —respondió ella—. Y ya que estamos en esta posición, supongo que esta vez seré yo quien acaricie tu cabello… Si tú quieres.

—Claro que sí, aunque no puedo prometerte que no me quedaré dormida —le dije, agradecida por esa especie de premio de consolación.

—Yo tampoco —dijo ella, al tiempo que besaba mi frente con absoluta ternura.

Me estremecí cuando sentí sus dedos enredando mi cabello. Cerré los ojos y suspiré. Es cierto que no podía besarla, pero por lo menos podíamos compartir y disfrutar juntas este momento. Podría jurar que a ella le pareció tan mágico e íntimo como a mí. Por primera vez, después de tantos días y noches de angustia, de miedo y dudas, sentí paz; por supuesto, tenía razones para ello, bueno, una razón, con nombre y apellido: Victoria Bettley.

No sé si algún día me atreveré a confesarlo, pero la verdad es que te amo Victoria Bettley y después de esta noche, más todavía… Gracias por ser como eres.

Capítulo Catorce

Victoria

En cuanto abrí los ojos a la mañana siguiente la vi, acurrucada junto a mí, durmiendo como un angelito…
Pobrecita, quién sabe cuántas noches estuviste sin dormir.

Y aquí estoy yo, atrapada entre el respaldo del sofá y tú, supongo que aprovecharé esta oportunidad única, ahora que estás profundamente dormida, para admirarte…

¡Por Dios!, ¿puede existir alguien más adorable?... Lo dudo, y sí, lo sé, te estoy idealizando a pesar de que ahora mismo escucho tus ronquidos, no son muy intensos pero roncas Shanie, ¿quién lo hubiera creído? Además, babeas…, pero sólo un poquito ¡eh!, sólo un poquito. En verdad eres adorable y yo…, bueno, yo te adoro, aunque tú no lo sepas.

¡Vaya nochecita que me has dado! ¡Shannon Leger…, gay! Jamás lo hubiera imaginado y no te lo puedo negar, estoy feliz. No me malinterpretes Shanie, sé por lo que estás pasando y lo lamento, pero con este nuevo descubrimiento no puedo evitar pensar que quizás haya una esperanza, mi premisa de que jamás podrías fijarte en mí por ser hetero se cayó anoche de forma estrepitosa, y sí, también lo sé, ser gay no equivale necesariamente a "estoy enamorada de Victoria", pero también sé que ahora hay una posibilidad y eso me gusta, me gusta mucho.

Claro, ahora enfrento un nuevo dilema: la premisa que se cayó anoche también sostenía mi argumentación para no confesarte que yo también soy lesbiana, asunto que a pesar de todos tus miedos tú sí te atreviste a revelar, es decir, tal como las cosas amanecieron hoy, ocultarte que yo también soy gay pasó de ser un camuflaje necesario a una vulgar mentira, y yo no quiero mentirte Shannon pero… ¿cómo te lo digo? Es más, si te lo confieso ahora, después de todos estos años, la pregunta obvia que tú me harías sería: ¿por qué me lo ocultaste durante tanto tiempo? Y entonces, ¿qué respondería yo?..., ¿con otra mentira? Obvio, no, tendría que decirte la verdad completa y volvemos al principio, al miedo de que nuestra amistad se quebrante por la expresión de un sentimiento que incluso siendo gay (a partir de ahora), quizás no puedas corresponder...

¡Mierda! Esto parece otro jodido círculo vicioso, el círculo vicioso de la mentira...

Segunda Ley de Bettley: "Para sostener una mentira por lo general hay que inventar una segunda, que a su vez necesitará una tercera y así, de forma sucesiva. Cuando todas las mentiras se conecten entre sí se creará un círculo vicioso que sólo podrá romperse destruyendo la mentira original, es decir, revelando la verdad que tanto te esforzaste en ocultar".

¡Menudo lío!

Bueno, supongo que tendré tiempo para pensarlo, quizás debería consultarlo con el tarot, es decir, con mi madre, a ella le sobra la experiencia y sabiduría que a mí suele faltarme.

Puse en pausa mis desvaríos cuando noté que la razón de todos ellos estaba a punto de despertar. Esperé a que abriera los ojos..., más o menos, para decirle con una gran sonrisa:

—Buenos días bella durmiente, ¿cómo te sientes?, ¿dormiste bien?

Ella me vio con una expresión que, estoy segura, de haber estado en pie me hubiera tumbado al suelo; había magia en esa mirada, en el brillo de sus ojos.

Después de un bostezo tan adorable como ella, me respondió:

—Sí, dormí como un bebé.

—Que bueno, creo que lo necesitabas..., dormir, quiero decir.

—Así es, llevaba varias noches sin dormir o durmiendo bastante mal. Me siento mucho mejor ahora.

—Me alegro Shanie. Dime, ¿qué deseas hacer? Podríamos salir a comer. Cerca de aquí hay un lugar donde preparan un delicioso *brunch*. ¿Te apetece?... Yo invito.

—Ok, pero con una condición.

Sonreí antes de preguntar:

— ¿Cuál?

—Después de comer deberíamos pasar por un supermercado. Es hora de que comiences a alimentarte con comida casera y esa compra si será por mi cuenta. ¿Trato?

Reí de nuevo sabiendo que de nada me serviría llevarle la contraria:

—Ok, trato hecho. Vamos a bajar a nuestras habitaciones para ducharnos y vestirnos, ¿de acuerdo?

—De acuerdo —respondió Shannon, con una sonrisa que iluminó el salón entero.

…

Cuando salí de la ducha y estaba mirando mi armario para decidir qué ponerme se me ocurrió una idea, fue una idea con travesura incluida, no lo voy a negar. A partir de ahora me vestiría con atuendos… ¿cómo llamarlos?..., sugerentes, sí, algo así. ¿La razón?..., más que obvia…, Shannon. Dicho de otro modo, jamás había coqueteado con ella, no tenía sentido hacerlo, pero ahora sí que lo tenía, por supuesto que lo tenía. Si había alguna posibilidad de conquistar el corazón de Shannon éste era el momento; sería el colmo que después de estar enamorada en secreto durante años llegara otra lesbiana para arrebatármela de mis propias narices. De algo tenía que servirme el susto que pasé la noche anterior al pensar en esa posibilidad…

Está decidido, voy a enamorar a Shannon…, bueno, por lo menos lo voy a intentar.

Misión: Conquistar a Shannon.

Status: Iniciando Fase 1

Saqué del armario un pantalón negro ceñido al cuerpo que realzaba mi figura, una camiseta de algodón con escote y para completar mi atuendo, unas botas cerradas de tacón alto. Me maquillé de forma natural, sin exagerar, enfocándome en resaltar mis ojos, mejor dicho, el color de mis ojos. Cuando terminé de vestirme, sonreí satisfecha frente al espejo, mientras me decía a mí misma:

Lista Victoria… vestida para matar.

No pude evitarlo, me reí de mis propias locuras mientras subía las escaleras, sin embargo, antes de llegar arriba dudé:

¿No estoy siendo demasiado obvia? Apenas hace unas horas Shannon me confesó que es gay y ahora yo estoy… vestida para matar ¿En serio Victoria? ¡Mierda! No sé qué hacer. Creo que no puedo dilatar esa consulta con el tarot. Mejor entra a tu habitación y vístete con un atuendo menos sugerente. Ok, conservarás la camiseta, te vestirás con un pantalón menos sexy y zapatos deportivos. En cuanto al maquillaje…, nada extraordinario, vas a un supermercado Victoria no a un desfile de modas… ¿Y qué pasa si Shannon se encuentra en ese mismo supermercado con una lesbiana que sí esté dispuesta y vestida para matar? ¡Ahhhhhh! ¡Qué lío!...

— ¡Wow! ¡Te ves preciosa!

Tarde Victoria, Shannon te acaba de pillar justo en la mitad de las escaleras.

Ella se había vestido con un pantalón vaquero y una blusa de algodón manga larga ceñida al cuerpo. No llevaba ni una gota de maquillaje y aun así se veía preciosa, bueno, ¿para qué engañarme?, yo siempre la vería preciosa aunque se vistiera con harapos raídos y sucios.

—Me sorprendiste Shanie, quiero decir, me estaba devolviendo a mi habitación para cambiarme de ropa, creo que es un poco exagerado para ir a un supermercado, ¿no te parece?

—Pues no, no me parece. Yo me vestí más informal porque el resto de mi ropa está aún dentro de las cajas, pero estoy consciente que ahora vivo en Nueva York, creo que aquí las personas acostumbran a vestirse así, como tú, ¿no?

Trágame tierra. Y ahora, ¿qué le respondo?

—Creo que has visto demasiadas películas Shanie. No, en verdad no, por lo menos no a esta hora y no para ir a un supermercado, por eso pensé en cambiarme.

—No lo hagas, estás bien así.

—Ok, no me cambiaré.

¿Son ideas mías o acabo de ver a Shannon comerme con la mirada?

¡Por favor Victoria, no seas idiota! Shannon lleva sólo unas horas como gay y tú ya estás inventando tonterías… Busca tu centro… ¡Genial! Ahora comienzo a pensar como el maestro "Huevo Zen".

—¿Vamos? —me preguntó Shannon con una sonrisa.

—Sí, vamos. A propósito, si lo deseas podríamos comenzar a desembalar cuando regresemos.

—Me parece una excelente idea, como verás, no traje demasiada ropa en mi morral.

—No lo digo por eso, sin importar lo que te pongas, tú siempre te ves preciosa… ¡Uy!, *¿dije eso en voz alta?*

—Gracias Vic… Tú, también.

Esto sí que no son ideas mías, Shannon se sonrojó. Quizás tu plan de conquista no es tan descabellado… Busca tu centro Victoria… ¡Cállate Huevo Zen o te juro que te partiré el cascarón!

Pero no, el maestro *Huevo Zen* no se calló y mi mente tampoco. Mientras hacíamos las compras un montón de locos pensamientos me asaltaron sin piedad, podría jurar que sorprendí a Shannon varias veces mirándome de una forma diferente, ya no podían ser ideas mías. Sin embargo, hice un gran esfuerzo para convencerme de lo contrario. No me parecía nada prudente ilusionarme con base a especulaciones. Al final llegué a una posible conclusión, esa forma de mirarme quizás se debía a la aprensión normal que ella sentía por su reciente confesión, tal vez estaba atenta a cualquier reacción de mi parte, buscando la confirmación que nada había cambiado entre nosotras; si ese era el caso me hubiera gustado encontrar el valor para mirarla directo a los ojos y decirle:

¿Sabes Shannon? Después de saber que eres gay las cosas sí cambiaron entre nosotras, pero no como tú crees, cambiaron porque con esa revelación me moviste el piso, me has dado esperanzas que nunca tuve y justo ahora no sé cómo reaccionar ante esa maravillosa verdad que tanto te esforzaste en ocultar.

Pero no le diré nada de eso, no ahora que estoy hecha un lío, incluso en algo tan elemental y rutinario como elegir mi vestimenta. Creo que necesitaré algo de tiempo para adaptarme a esta nueva realidad y actuar en consecuencia.

…

Casi tres horas después llegamos al departamento con la compra hecha. Fue divertido, debo reconocer, y supongo que lo fue por la compañía de Shannon. A su lado, hasta la actividad más aburrida del mundo se convierte en una especie de aventura.

En el momento en que Shannon y yo colocamos todas las bolsas de la compra sobre la encimera de la cocina, ella me dijo:

—Creo que ha llegado el momento de decirme cuál es el lugar que le corresponde a cada una de las cosas que acabamos de comprar.

Ahora que lo pienso debería avergonzarme, era la primera vez en tres años que había ido a un supermercado con la intención de llenar el refrigerador y la alacena con alimentos naturales, en lugar de aquellos empacados y fabricados para ser calentados en un microondas; hasta ahora mi refrigerador sólo contenía esos empaques o las sobras de lo que pedía a las decenas de establecimientos de comida por encargo, cuyas tarjetas se encuentran pegadas a la puerta con la ayuda de varias figuritas imantadas.

—Me parece que es tarde para seguirte ocultando mi altísimo grado de locura. Casi nada de lo que compramos tiene algún lugar preestablecido.

— ¿En serio? —me preguntó Shannon, haciendo un esfuerzo evidente para no reír.

—No te rías —le pedí, con un gesto casi infantil.

—Pero si no me estoy riendo —respondió ella, justo antes de soltar una carcajada.

Obviando el hecho de que se estaba riendo a costa mía, comencé a reír con ella, ¿cómo no hacerlo?, su risa no sólo es contagiosa, también está llena de magia, de alegría; además, después de pasar tantos días con dudas y con miedo, esa risa despreocupada y ligera era la prueba de que ahora se sentía mejor y eso me alegró mucho a mí también.

Decidimos juntas el lugar para cada cosa y así cada una quedó colocada en el sitio elegido. Por supuesto, no me salvé de los regaños de Shannon cuando ella abrió el refrigerador y miró lo que contenía: viejas sobras de pizza, empaques de arroz chino a medio comer que habían permanecido dentro de la nevera más tiempo del adecuado y la mitad de un sándwich que, por el verde moho que lo cubría dentro de su empaque, parecía que había sido preparado en el año 1803. Por cada una de esas "antigüedades" me gané un pequeño regaño de Shannon mientras ella las tiraba al cesto de la basura y me miraba con cara de pocos amigos. Eso no fue divertido, pero tengo que reconocer que una parte de mí agradeció de nuevo tener a Shannon a mi lado, incluso para regañarme; me di cuenta que vivir sola durante tres años en este departamento había sido más que suficiente. Al final ella me regaló una hermosa sonrisa cuando yo le prometí que trataría de ser menos desordenada. Lo prometí en serio, por cierto.

Como habíamos comido tarde, no teníamos hambre, de modo que acordamos cambiarnos de ropa para comenzar a desembalar. Todas las cajas que había traído el camión de la mudanza estaban en el estudio, así que lo primero que tendríamos que hacer, con la lista que Shannon preparó con antelación, sería ubicar cada una en el lugar que le correspondía, es decir, en la habitación de ella o en el propio estudio.

Tratando de evitar el dilema que experimenté más temprano con mi indumentaria, y con la absoluta certeza que dentro del departamento sería imposible encontrarme con alguna otra lesbiana, rival y potencialmente peligrosa, decidí vestirme con ropa holgada y cómoda, una camiseta de algodón y un pantalón de deporte; sin embargo, la razón de mis desvaríos eligió una indumentaria que sí era para matar, y no, no lo haría de forma súbita, sino después de una lenta y ardiente agonía.

El atuendo de Shannon no destacaba por su elegancia, sino por la evidente y notoria escasez de tela, una camiseta minúscula, cortísima y sin mangas que apenas tapaba su busto y para rematar (literalmente) un pantalón de jean cortico, viejito y con hilachas que, visto desde abajo, asomaba el fogoso lugar de encuentro entre sus piernas y su sexy y bien proporcionado trasero.

¡Malditos diseñadores de ropa! Parece que fabrican esas prendas con la única intención de enloquecer a quien las mire, para obligarlos a imaginar a sus portadoras sin ellas. No se podría llamar como una moda "quita y pon", sino más bien como una moda "pon y... me vuelves loca, estoy que ardo, te lo imploro... QUITAAAAA". En fin, mi sabia madre me lo advirtió y ahora estoy aquí, ardiendo sin tener fiebre y rogando al cielo que el color rojo tomate que debo tener en mi rostro no me delate, ya que no tendría una explicación aceptable, aún me falta mucho tiempo para sufrir de vaporones por causa de la menopausia y el aire acondicionado funciona de maravilla. Lo dicho, ¡malditos diseñadores de ropa!

Sin tener siquiera una idea aproximada del ardor que recorría todo mi cuerpo, Shannon comenzó a comparar el número señalado en cada caja con su lista detallada y así empezamos a trasladar aquellas que contenían ropa y afines a su habitación. Yo estaba tan absorta en mis pensamientos y apetencias que casi había olvidado la pequeña sorpresa que le tenía preparada, por fortuna, lo recordé a tiempo. Cuando Shannon mencionó el número de la caja que contenía el *PlayStation 4* y los juegos, ella la levantó para llevarla a su habitación pero yo le dije, antes de que saliera del estudio:

—Esa caja va arriba.

— ¿Arriba dónde? ¿En el salón?

—No, en la habitación que está arriba.

— ¿Pero esa no es la nueva habitación de huéspedes?

—Sí y no... Verás, mis únicos dos huéspedes solían ser tú y mi madre. Tú ahora vives aquí —señalé con una sonrisa de satisfacción—, y mi madre viene muy pocas veces, su trabajo la mantiene muy ocupada. Así que coloqué un sofá cama, por si acaso, pero la habitación es bastante amplia, de modo que cumplirá una doble función: habitación de huéspedes ocasional y sala de juegos permanente. Anda, sube la caja y después instalaremos los equipos, yo te esperaré aquí.

—Ok, ya regreso.

Mientras Shannon subía por las escaleras, asomé una sonrisa, sólo era cuestión de segundos para que ella descubriera lo que yo había preparado. Por supuesto, no me equivoqué, al cabo de unos instantes Shannon bajó corriendo por las escaleras y me preguntó:

—Vic, ¿qué fue lo que hiciste allá arriba?

— ¿Qué hice de qué? —pregunté yo, fingiendo que no le entendía.

Shannon me miró con una expresión muy cómica, con el ojo derecho cerrado y extendiendo la comisura de sus labios hacia el mismo lado; entonces me dijo:

—No te hagas la loca conmigo niña traviesa; la última vez que yo vine a este departamento esa habitación no tenía instalados, uno al lado del otro, dos gigantescos televisores pantalla curva y ese par de poltronas especiales para jugar videojuegos. Según lo que pude observar, lo único que falta o faltaba, hasta ahora, es un *PS4*…, el mío.

—La idea me la diste tú misma… aunque no lo sabías en ese momento. Además, ¿cómo vamos a jugar en línea tan lejos, o sea, tú en tu habitación y yo allá arriba?… Ni lo sueñes.

Intentando contener la risa, Shannon dijo:

— ¿Tan lejos, dices? Sí antes jugábamos a cientos de kilómetros de distancia.

—Tú lo has dicho: antes, porque desde ahora quiero jugar a tu lado, cerquita… ¿Alguna objeción? —le pregunté sonriendo.

—Tenías razón, eres una loca.

—Conste que te lo advertí.

—Y conste que a mí me fascina que seas así, aunque a veces tenga que regañarte… un poquito.

La sonrisa en su rostro y el tono que usó para decirme eso me dejaron sin aliento… otra vez. Intentando disimular, dije:

—Entonces no me regañes, ¿sí?

—No lo haré, no esta vez.

— ¡Bien! —Exclamé con mis brazos en alto para celebrar. De todas formas, para asegurarme, volví a preguntar—. ¿Alguna objeción?

—Ninguna —respondió ella sin dejar de sonreír.

Imitando a un juez en una corte, golpee con mi mano derecha dos veces la mesa del escritorio y declaré:

—Caso sobreseído.

Shannon soltó una carcajada, yo la secundé.

Cuando nos tocó sacar los libros de sus cajas para ubicarlos en las estanterías de la biblioteca, le dije:

—Yo me subiré a la escalera mientras tú me pasas los libros desde abajo, ¿de acuerdo?

— ¿Y eso por qué?, es decir, ¿por qué no lo hacemos al revés, yo me subo y tú me pasas los libros desde abajo?

Porque prefiero caerme de la escalera a morir de un infarto cuando vea tu trasero desde aquí abajo… ¿Capisci?

—Porque así podrás tener una mejor visión del sitio adecuado para colocarlos, o sea, para clasificarlos como tú desees.

—Ok, creo que tienes razón.

Por lo menos de esta… me salvé.

Pasamos horas colocando los libros en su lugar. Shannon tenía razón, eran muchos, sin embargo, quedó espacio, más que suficiente, para poder guardar los nuevos libros que con seguridad se incorporarían a la biblioteca cuando comenzara en la universidad. Terminamos tan cansadas que ambas nos dimos una ducha y pedimos otro par de pizzas para cenar. Después nos sentamos una al lado de la otra en el sofá para terminar de ver la película que habíamos dejado a medias la noche anterior.

Cuando finalizó, Shannon me dijo:

—Mañana será lunes, ¿debes ir a la universidad por tus cursos de verano, cierto?

—Así es. Me gustaría que me acompañaras, quiero darte un tour completo y personalizado. Además, así podrás comenzar a tomar los apuntes de los libros de Política Internacional que reposan en la biblioteca, ya sabes, para ayudarme a practicar el fránces y el italiano. ¿Estás de acuerdo?

Shannon me respondió con una gran sonrisa:

—Por supuesto, me encantaría ir contigo. Gracias.

—Tonta, no me tienes que dar las gracias.

—Claro que sí, en especial porque desde que hablamos anoche siento que sigues siendo la misma de siempre conmigo, que nada ha cambiado entre nosotras. El hecho de que me invites a ir a la universidad contigo también lo demuestra.

Cambió Shanie, como jamás podrías imaginar, pero cambió para bien.

—Tontuela, por supuesto que nada ha cambiado entre nosotras —mentí—. Seguimos siendo las mejores amigas y siempre lo seremos —agregué, y en eso sí fui sincera—. ¿Me acompañarás a trotar también, verdad?

Sin dejar de sonreír, Shannon me dijo:

—Cuéntame cómo es tu rutina en las mañanas, quiero decir, en días de clases.

—Me levantó bien temprano, alrededor de las 6:00 a.m. y voy a trotar o a montar bicicleta al parque Riverside, es una gran ventaja tenerlo tan cerca, justo al frente del edificio. Después regreso al departamento, tomo una ducha, me visto y voy a la universidad. Por lo general tengo clases en las mañanas. Regreso a casa cerca de las 3:00 p.m. y almuerzo lo que haya encargado en alguno de los establecimientos cuyas tarjetas has visto pegadas en la puerta del refrigerador.

—Supongo que esa última parte de tu rutina es la que cambiará. Aunque la comida rápida tiene su encanto, no lo voy a negar, siempre he creído que no es bueno acostumbrarse a comerla de manera frecuente o exclusiva. Ese tipo de alimentos contiene más aditivos químicos, grasas *trans* y sal que la comida tradicional preparada en casa.

—Es cierto.

—Te acompañaré a trotar, iré contigo a la universidad para que me la presentes de manera oficial e iré a la biblioteca a consultar esos libros, tomar apuntes y preparar el material que necesitaremos para practicar idiomas, pero regresaré a casa antes que tú. Desde ahora en adelante me acostumbraré a preparar el almuerzo para que ambas podamos comer comida casera al regresar de la universidad.

—Me parece un excelente plan, sin embargo, tengo una duda, ¿cómo harás para preparar el almuerzo, o mejor dicho, cómo haremos para preparar el almuerzo cuando comiencen tus clases en la universidad?

—Si mis horarios resultan muy apretados supongo que lo prepararemos la noche anterior, si no, lo prepararé yo al llegar de clases, ¿de acuerdo?

—Cien por ciento —respondí sonriendo. En realidad me sentí feliz cuando me percaté que Shannon y yo estábamos planificado por primera vez cómo serían nuestros días juntas, ahora que, ¡por fin!, vivíamos bajo el mismo techo. No pude evitarlo y repetí mi pregunta del día anterior:

— ¿Te dije lo feliz que me siento por tenerte aquí?

Con una sonrisa pícara, ella me respondió:

—No.

—Estoy feliz por tenerte aquí —le dije sonriendo.

—Yo también lo estoy, mucho, muchísimo.

Su preciosa sonrisa aceleró los latidos de mi corazón. No estaba segura si cambiar el tema o continuar flirteando con ella, todavía no tenía muy claros mis planes de conquista. Al final, decidí cambiar el tema, me pareció más seguro así o quizás lo hice por costumbre, no lo sé, el hecho fue que miré el reloj y encontré la excusa perfecta, ya casi era medianoche y a decir verdad ambas estábamos agotadas:

—Deberíamos ir a dormir, ya casi es medianoche.

Por su reacción deduje que Shannon no se había percatado de la hora:

— ¡Wow! Es cierto. Sí, vamos a dormir.

Ambas nos levantamos del sofá y mientras bajábamos las escaleras, le pregunté:

—¿Tienes ropa para ir a la universidad mañana? No has desempacado esa parte todavía. Si no tienes, puedo prestarte algo mío.

—No es necesario Vic, para mañana tengo. Gracias de todas formas. Mañana en la tarde comenzaré a desempacar el contenido de las cajas de mi habitación.

Sobreponiéndome al temor de verla en esos pantalones cortos otra vez, le dije:

—Te puedo ayudar a desempacar eso también, ¿quieres?

—Claro que sí, juntas terminaremos más rápido.

—De acuerdo —le di un beso en la mejilla y agregué sonriendo—. Buenas noches Shanie, espero que duermas bien.

Shannon me devolvió la sonrisa, el beso y lo que me pareció un ligero rubor en sus mejillas, cuando me respondió:

—Buenas noches Pitufa.

Ambas nos regalamos una última sonrisa esa noche, justo antes de entrar a nuestras respectivas habitaciones.

Capítulo Quince

Shannon

Hoy, cuando sólo faltan dos días para comenzar mis clases en la universidad, me impresiona darme cuenta cómo parece que el tiempo transcurre mucho más rápido cuando lo compartimos con alguien que nos importa, mucho más, si estamos enamorados de ese alguien, aunque sea en secreto.

Victoria y yo nos hemos divertido muchísimo durante el último mes y medio; no sólo dentro del departamento, aprendiendo a cocinar con la ayuda de varios libros de recetas, viendo películas o instaladas durante horas frente a nuestras consolas de videojuegos; también hemos salido a pasear varias veces. Hemos recorrido juntas gran parte de Central Park, uno de mis paseos preferidos, navegamos el East River en un ferry. Además, un día soleado, dos semanas atrás, pudimos admirar la Estatua de la Libertad, el Empire State, el edificio Chrysler, el Barco USS Intrepid, el Puente George Washington y el inmenso Central Park… desde un helicóptero. En fin, Victoria ha sabido administrar su tiempo para dedicarse a sus deberes como estudiante y mostrarme cada vez un pedacito de esta ciudad que, debo admitir, me gusta más a medida que la conozco.

Este sábado, Victoria y yo tenemos planes para salir con algunos de sus compañeros de la universidad, hemos comprado los tickets para visitar la Estatua de la Libertad y más tarde iremos a tomar unos tragos en un bar de Manhattan; no obstante, como aún es temprano, Victoria se animó a preparar el desayuno mientras yo, sentada frente a ella en una de las butacas altas de la cocina, me dispuse a impartir una de nuestras clases para practicar idiomas.

Sin embargo, creo que en esta oportunidad elegí un mal momento para hacerlo…

Dentro del departamento hacía bastante calor ya que, tal como nos había informado el Sr. Peter dos días atrás, el aire acondicionado central del edificio estaría apagado por labores de mantenimiento. La alta temperatura y la camiseta de pijama corta y abierta al frente que Victoria llevaba puesta resultaron ser una combinación un tanto explosiva. Las pequeñas gotitas de sudor que se deslizaban hacia abajo por la sensual línea de su pecho, que yo podía distinguir con toda claridad desde mi silla alta, comenzaron a causar estragos en mí.

Esta no era la primera vez que algo así había sucedido durante estas semanas, pero el calor en el ambiente y esas gotitas de sudor despertaron algo en mi interior; sin duda, eran la causa de la extrema humedad que delataba mis deseos más secretos. Ardiendo como el infierno me di cuenta que tendría que hacer un esfuerzo extra para disimular ante Victoria y tratar en lo posible de enfocarme en mi tarea.

Mientras me preparaba para comenzar, decidí bajar la cabeza y concentrarme de forma exclusiva en las oraciones en francés que había escrito sobre el cuaderno, extraídas de los libros de Política Internacional que yo misma había consultado en la biblioteca de la universidad. No obstante, Victoria no me hacía nada fácil la tarea porque insistía en verme a la cara cada vez que yo pronunciaba alguna de esas frases; según ella, eso le facilitaba entender su significado y repetirla con la entonación y el acento adecuado.

En algún momento, mientras ella picaba los ingredientes sobre la tabla de cortar y yo enunciaba la siguiente oración, me dijo:

—Pronuncia alguna frase que jamás encontraré en alguno de esos libros, cualquiera, la que se te ocurra.

—¿Y eso por qué? —pregunté.

—No sé, supongo que debería practicar todo el idioma, no sólo términos técnicos, ¿no te parece?

—Ok, déjame pensar —respondí.

La primera frase que acudió a mi mente me desconcertó, aunque, con base a todo lo que había experimentado en las últimas semanas, no debería haberme extrañado en lo más mínimo. Tal vez fue mi forma vedada de declarar mis verdaderos sentimientos ante Victoria, que, en un caso extremo, podría negar ante ella tan sólo con decir que se trataba de una simple oración en francés. La escribí sobre el cuaderno y la pronuncié en voz alta, tomando la precaución de no mirarla a los ojos mientras lo hacía:

—*Je t'aime ma chérie, je ne peux pas vivre sans toi.*

Por el gesto que hizo Victoria asumí que no había entendido lo que dije, supongo que se me enredó la lengua por lo que significaba. Tuve que repetirla, sin embargo, Victoria tampoco la entendió. Ella interrumpió sus tareas, levantó las manos como un cirujano esperando que le coloquen los guantes antes de operar y se acercó detrás de mí, mientras me decía:

—No entendí, déjame ver cómo se escribe.

Esa acción, simple en apariencia, provocó un estallido de sensaciones en todo mi cuerpo. Una cosa era verla de cerca, ver como las gotitas de sudor descendían caprichosas por su pecho y otra, muy distinta, sentir su aliento tan cerca de mí, el roce de su cuerpo, el aroma divino y subyugante que desprendía su piel.

Contuve la respiración, sentí un escalofrío que recorrió mi espalda, en contraste con el fuego que amenazaba con quemarme por dentro y percibí una nueva avalancha de mi evidente e inevitable excitación. En ese instante, como en muchos otros, no hubo espacio para las dudas o el miedo, ni siquiera hubo cabida para las etiquetas, en ese momento confirmé, una vez más, que aquella "caja de Pandora", descubierta hace poco, había desatado otras cosas que no me permitirían ver a Victoria nunca más como lo había hecho hasta aquel momento. La apertura de esa caja dejó al descubierto la atracción y el deseo más salvaje, como nunca antes lo había experimentado. Mientras el simple roce de su piel alteraba todos mis sentidos, lo único que quería era girar mi rostro para verla a los ojos, para mirar su boca. Deseaba sus labios, quería devorarlos con los míos y ser devorada por los suyos, quería todo aquello que me había negado antes sin saber que lo hacía.

Por si fuera poco, una nueva oleada de ardor atravesó mi piel, cuando ella, sin mirarme, repitió muy cerca de mi oído la frase que, en mal momento, se me había ocurrido proponer:

—*Je t'aime ma chérie, je ne peux pas vivre sans toi.*

Victoria guardó silencio por unos instantes. Yo no sabía qué estaba pensando y por nada del mundo me atreví a girar mi cabeza para mirarla e intentar adivinarlo; entonces la pronunció en nuestro idioma.

»Te amo cariño mío, no puedo vivir sin ti.

Al escuchar cómo esa frase sonó en sus labios me quedé sin aliento, me estremecí otra vez, sentí que el piso se me movía; no sólo fue una reacción física, algo muy dentro de mí también se sacudió.

No pude más, corriendo el riesgo de que mis piernas no me sostuvieran, me levanté de la banqueta y le dije sin mirarla:

—Ya vuelvo, necesito ir al baño.

Entré al cuarto de baño anexo a la habitación de huéspedes y videojuegos, abrí el grifo del lavamanos y me lavé la cara en un intento por aplacar el cúmulo de sensaciones y de sentimientos que recorrían mi piel y que, al mismo tiempo, me estremecían por dentro. Cuando me miré frente al espejo, reconocí para mí misma, en voz baja:

¡Santo cielo!, así es, así se siente… estar enamorada. Podría jurar sobre la Biblia que jamás, en toda mi vida, había experimentado algo como esto.

Victoria

¿En serio Shanie? ¿De todas las frases del mundo se te tuvo que ocurrir justo esa?… Además, ¿por qué demonios te fuiste así? Bueno, quizás deba agradecértelo porque cuando la pronuncié en francés y peor aún, cuando mi cerebro procesó lo que significaba, casi me caigo al suelo. Voy a aprovechar que estás en el baño para ir yo también, creo que necesitaré un cambio de toalla, la que tengo puesta quedó inservible. Es más, mejor voy a ducharme antes de continuar preparando el desayuno.

Tengo la excusa perfecta: hace demasiado calor… Claro, no me refiero sólo al calor del departamento por el asunto del aire acondicionado, también al que llevo dentro, ese que no suele quitarse con una simple ducha, pero bueno, es lo que hay.

Me acerqué a la puerta del cuarto de baño donde se encontraba Shannon y le dije en voz alta:

—Shanie, voy a bajar a ducharme. Tengo demasiado calor.

—Buena idea, en cuanto salga yo también me ducharé.

—¿Qué te parece si olvidamos lo del desayuno en casa y salimos a comer afuera? El departamento está que arde… *Y yo también.*

—Ok, buena idea. En verdad hace mucho calor aquí.

—Perfecto, nos veremos en un rato.

—De acuerdo.

Bajé por las escaleras y me metí bajo el chorro de agua. Me sentí aliviada casi de inmediato, con las limitaciones existentes por supuesto, pero era mejor esto que nada.

…

A pesar de las "altas temperaturas" registradas en la mañana de ese día, tengo que reconocer que Shannon y yo la pasamos de maravilla en compañía de algunos de mis compañeros de la universidad. Tal como lo habíamos planificado, tomamos un ferry para visitar la Estatua de la Libertad y más tarde, en la noche, fuimos a un local en Manhattan situado frente al rio Hudson, donde brindamos y bebimos unas cuantas copas de licor.

Shannon y yo llegamos al departamento cerca de la una de la madrugada, no habíamos bebido demasiado pero si lo suficiente para desinhibirnos más allá de lo prudente y razonable, situación que casi…, casi, me hace meter la pata, aunque de acuerdo a los consejos que me había dado mi madre, para ella "meter la pata" significaba no confesarle a Shannon mis sentimientos. En fin…

Mientras bajábamos las escaleras, una al lado de la otra, en dirección a nuestras respectivas habitaciones, Shannon dio un traspié que casi la hace caer, como pude la sostuve con mis brazos para evitarlo, sin embargo, la maniobra en cuestión provocó que nuestros rostros… y nuestros labios quedaran situados a una distancia… "peligrosa".

Por un instante nos vimos a los ojos y podría jurar que había deseo en su mirada, mucho más cuando noté que ella alternó esa mirada entre mis labios y mis ojos un par de veces. Mientras mi loco corazón latía a mil por hora dentro de mi pecho, estuve a un tris de besarla, pero logré contenerme, todavía no sé cómo, pero me contuve. Haciendo acopio de una gran fuerza de voluntad, fui yo quien bajó la mirada, disimulé como pude y continué bajando a su lado pisando con cuidado cada uno de los escalones que restaban para llegar al piso inferior del departamento. Me despedí de Shannon desde la puerta de mi habitación y entré al cuarto de baño para darme la segunda ducha de enfriamiento de ese "ardiente" día.

Cuando me acosté en mi cama, pensé de nuevo en las palabras que mi madre me había repetido varias veces en las últimas semanas, algo así como:

"Hija, ya no hay excusas para seguir disimulando, atrévete y dile a Shannon lo que sientes por ella… ¿Qué estás esperando?... ¡Hazlo!".

En el fondo sé que mi madre tiene razón…, como siempre, pero yo no he encontrado el valor, siento miedo de perder lo que tenemos ahora, la estamos pasando tan bien juntas que temo arruinarlo todo con una confesión tan determinante…

Misión: Conquistar a Shannon.
Status: En animación suspendida… ¡Por cobarde!
¡Menudo lío!

Capítulo Dieciséis

Shannon

Debo confesarlo, aunque sea para mí misma, cada día que pasa se me hace más y más difícil disimular mis sentimientos y mis deseos por Victoria. Ella tampoco me lo ha hecho fácil, cada vez la veo más bella, cada día observo o noto rasgos de su personalidad que siempre han estado allí, pero que me hacen darme cuenta de por qué me enamoré así, aun sin saberlo.

Por fortuna, las clases en la universidad me han dado suficientes razones para mantener mi mente ocupada en las últimas semanas; me encanta su plan de estudios, he disfrutado muchísimo mis primeros retos escribiendo los diferentes ensayos que nos han asignado, sin embargo, esta tarde salí de clases un tanto desanimada.

Cuando entré al departamento sabía que Victoria ya se encontraba allí, era martes y ella salía más temprano de clases ese día. Por el aroma que provenía de la cocina supuse que estaba preparando el almuerzo. Al escucharme llegar, ella se asomó a través de la península de la cocina y me dijo sonriendo:

—Hola Shanie, estoy preparando pollo al curry con puré de papas y ensalada… Bueno, la ensalada sólo es un proyecto, aún no he comenzado con ella.

—Voy a mi habitación a cambiarme de ropa, me lavaré las manos y subiré a ayudarte con esa ensalada.

—Perfecto, te esperaré aquí.

Cuando llegué a la cocina, le sonreí a medias mientras buscaba la tabla de cortar en uno de los estantes. No hizo falta nada más, Victoria notó enseguida mi decaído estado de ánimo. Lo supe, cuando me preguntó:

— ¿Qué te ocurre Shanie? ¿Por qué esa carita triste?

—Creo que hoy te tenido mi primer traspié oficial como estudiante en el programa de Escritura de la Escuela de Artes. Escribí un ensayo que recibió ácidas críticas tanto de mi profesor como de mis compañeros de clase.

— ¿Y eso se vale, quiero decir, que te critiquen tus propios compañeros?

—De eso se trata la materia, escribes un ensayo y son tus profesores y tus propios compañeros quienes tienen la tarea de evaluarlo.

— ¿Tan mal te fue para tener esa carita triste? ¿De qué era el ensayo?

—Era acerca de *"Metamorfosis"*, una de las obras de Frank Kafka. Supongo que no me gustó; no me malinterpretes, el relato está muy bien escrito pero creo que me afectó, en cierta forma me sentí un poco como *Gregorio Samsa*, el protagonista, y por supuesto no me gustó el final, es desesperanzador.

—Shanie, conozco el relato, y ahora que lo dices creo entender por qué te fue mal con ese ensayo.

— ¿Por qué?

—Haz mantenido por mucho tiempo una parte de ti en secreto, aún no te sientes del todo cómoda con eso, por lo tanto, puedo asumir que te protegiste de revelar tu esencia cuando escribiste ese ensayo... ¿Me equivoco?

—Quizás no, pero... ¿Y si resulta, que después de todo, en verdad no sirvo para esto?

—Shanie, no seas tonta. Por supuesto que sirves, eres magnífica escribiendo. No debes permitir que unas cuantas críticas te desanimen así. Toma de ellas lo que creas pueda ayudarte a mejorar y deshecha las demás; supongo que esa es la finalidad del enfoque que le dan a la materia, no sólo para aprender a evaluar las críticas, sino para aprender a recibirlas. Serás escritora Shannon, estarás expuesta a las críticas, buenas y malas. No tienes escapatoria. Por muy buena que seas, no a todos les gustará lo que escribas. Siempre debes tener eso presente. Pero también debes saber que si guardas cosas para ti misma y no eres honesta, es decir, si no escribes lo que sientes o no sientes los que escribes, el lector lo notará, como lo notaron tus compañeros y el profesor.

—Supongo que tienes razón. Creo que eso fue lo que pasó, no fui honesta al escribir ese ensayo en particular.

—Exacto.

—¿Y cómo lo adivinaste si no lo has leído?... Me refiero a mi ensayo.

—Porque te conozco.

—Eso parece —le dije, asomando una sonrisa.

—Por cierto, no eres un bicho raro, y si lo fueras, permíteme decirte que serías el bicho raro más hermoso que he visto en mi vida. Ni por asomo eres como *Gregorio Samsa*, luego de su transformación. Eres como aquel patito feo que se convirtió en cisne..., aunque jamás has sido un patito feo..., no para mí.

No puede evitarlo, me reí mucho por ese comentario tan ingenioso de Victoria.

» ¿Mejor? —me preguntó ella, con una mirada que logró derretirme.

—Sí —respondí con una sonrisa sincera. Lo guardé para mí, pero en ese preciso momento supe que me había enamorado un poquito más de ella.

—Me alegro... Y ahora, termina con esa ensalada, ya voy a servir.

—Ok. A propósito, ya reservé los boletos de avión para ir a D.C. a celebrar Acción de Gracias con nuestras familias.

—Bien. ¿Para qué día reservaste?

—El vuelo saldrá del aeropuerto de LaGuardia el próximo jueves a las 11:00 a.m.

—Me parece perfecto... Y ahora sí, vamos a comer antes de que esto se enfríe.

...

Cuando el taxi que tomamos Victoria y yo en el aeropuerto Reagan cruzo hacia la calle donde se encontraban nuestras casas en Georgetown, las gotas de lluvia chocaban frenéticas sobre los cristales del coche, además, hacía bastante frío. Por fortuna, Victoria me hizo caso y salimos muy bien abrigadas del departamento en Nueva York.

Después de indicarle al conductor del taxi el lugar donde haría la primera parada, frente a mi casa, Victoria me preguntó:

— ¿Vendrás después de la cena de Acción de Gracias para saludar a mi madre como acostumbras?

—Sí, lo haré. Eso ya es casi una tradición. Además, ya lo sabes, me encanta el pastel de calabazas que prepara tu madre.

—Y a mí, la tarta de nueces que hace tu padre ¿Me llevarás un trozo?

—Cuenta con ello —le respondí sonriendo mientras me colocaba la capucha para bajar del taxi. Coloqué mi mano sobre la manilla de la puerta y agregué antes de accionarla—. Feliz Día de Acción de Gracias.

—Igual para ti Shanie —dijo Victoria con una sonrisa—. Hasta más tarde.

Caminé a paso ligero los pocos metros que me separaban de la puerta de mi casa, abrí con mi llave y entré a ella. Después de quitarme el suéter que coloqué sobre la percha de la entrada, me acerqué a la cocina donde mis padres se encontraban realizando los preparativos de la cena.

Los tres nos saludamos con un abrazo de grupo y en cuestión de minutos ya me había integrado para ayudarlos.

La cena estuvo muy bien, sin embargo, durante la sobremesa, en el momento en que mi madre nos estaba sirviendo la segunda porción de la tarta de nueces, ella preguntó:

— ¿Cuándo llegará Brian? Me imagino que lo invitaste, ¿cierto?

Y bien, el momento de la verdad..., o de la mentira, ha llegado.

En casa nadie sabía que Brian y yo habíamos terminado, nunca quise decirlo porque hablar de ello me obligaría a mentir acerca de las verdaderas razones que motivaron esa ruptura. Decidí responder con una verdad a medias:

—No mama, el no vendrá.

—¿Por qué?

—Brian y yo terminamos.

En un tono de evidente protesta, mi madre me miró a los ojos y dijo:

—Pero tú me prometiste que lo intentarías.

—Lo sé, pero no fue posible.

—Lo sabía, sabía que eso pasaría —señaló mi madre en el mismo tono—, y en verdad lo lamento, Brian es un buen chico y te quería Shannon… ¿Cuándo vas a sentar cabeza? Sí, ya lo sé, los estudios son importantes, pero algún día tendrás que sentarte y pensar con calma en las otras facetas de tu futuro…, qué sé yo, casarte, formar una familia —agregó con ironía.

—Por favor Sara, déjala tranquila —dijo mi padre—. Ya habrá tiempo para eso.

—Eso espero —dijo mi madre alternando su mirada entre mi padre y yo. Entonces se enfocó en mí y me pregunto—. Y dime, ¿has conocido a algún buen chico en la universidad?

¿Hasta cuándo podré seguir manteniendo esta mentira? ¿No sería mejor si dijera la verdad y ya?

—No mamá, no he conocido a ningún chico… No fue por eso que ingresé a la universidad —respondí molesta, frustrada en realidad.

—No me hables en ese tono —señaló mi madre—. Para ti son importantes tus estudios; para mí, que conozcas a un buen chico, te cases y formes una familia.

Mi paciencia comenzaba a agotarse, cuando pregunté:

—¿Y qué pasa si eso nunca ocurre?, ¿qué pasa si no logro enamorarme de un chico como tú tanto deseas?

—No veo por qué no, es lo más normal del mundo.

"Normal"…, maldita palabra…, estoy comenzando a aborrecerla.

—Mamá, odio esa palabra, "normal". Dime, ¿qué es normal para ti? ¿Ah?

—¡Shannon! ¿Qué clase de pregunta es esa?

— ¿Qué pasaría si yo no soy "normal"? ¿Eh?

—Por supuesto que lo eres, no se te ocurra insinuar lo contrario —dijo mi madre en un tono de advertencia, el mismo que suele usar cuando no desea hablar de algo que le desagrada.

¿Acaso en el fondo, muy en el fondo, mi madre sabe que yo soy...? Y si así fuera, ¿tiene algún sentido seguir con esta farsa?

— ¿Tú lo sabes, verdad? En el fondo, lo sabes, ¿no es cierto?

— ¡Calla Shannon! No digas algo de lo que podrías arrepentirte después —advirtió mi madre por segunda vez.

— ¿De qué demonios están hablando ustedes? —preguntó mi padre, quien desde hace rato sólo alternaba su mirada entre mi madre y yo, como quien presencia un partido de tenis.

Creo que es hora de acabar con esto, mi madre lo sabe, siempre lo ha sabido...

Miré a mi padre a los ojos mientras aspiraba aire para tratar de encontrar el valor que necesitaba, entonces lo solté:

—Papá...

—No Shannon —interrumpió mi madre.

Yo decidí ignorarla de momento, no me atreví a verla a los ojos; con la mirada fija en mi padre, agregué:

—Yo soy gay... lesbiana, ese es el término correcto.

Mi padre me miró atónito. Mi madre..., bueno, mi madre golpeó la mesa con fuerza y dijo, alzando la voz:

—Lo sabía, sabía que me arrepentiría siempre de permitir que te mudaras con esa...

Ella no terminó la frase, yo no pude evitarlo y la miré a los ojos mientras me preguntaba por qué se refería a Victoria como "esa"...

"Esa" ¿qué?

»Todo esto es culpa de ella, de tu "amiga" Victoria —agregó mi madre, dibujando con sus dedos las comillas mientras pronunciaba la palabra "amiga"—. Lo sabía, ella nunca me engañó, siempre con esa forma de mirarte, con sus atenciones y claro, con ese regalo que ninguna amiga de verdad le da a otra a menos que tenga otras intenciones. ¿Le salió bien el plan, cierto? Ahora viven las dos en ese departamento, juntitas y abrazadas, en su nido de amor, ¿verdad?

¡Qué demonios! ¿De qué hablas?

—Mamá, ¿de qué hablas?

—No disimules más Shannon, no mientas…

—No estoy mintiendo, no sé…

— ¡Basta! —Gritó mi madre—. ¿Sabes algo Shannon? Eres mi hija y ésta es tu casa, no hay modo de evitarlo…

—No hay modo de evitarlo —dije, repitiendo las palabras de mi madre… *Eso dolió.*

—Pero ésta también es mi casa y mientras yo viva aquí no voy a permitir que esa…, que tu "amiga" vuelva a poner un pie en ella. ¿Quedó claro?

Guardé silencio, no tenía ni idea de por qué mi madre había dicho todas esas cosas acerca de Victoria, por qué la culpaba a ella. Al tiempo que mi mente navegaba en un mar de confusión y preguntas sin respuestas, escuché a mi padre cuando dijo:

— ¡Basta Sara! Me parece que eres tú la que estás diciendo cosas de las cuales podrías arrepentirte después. Si nuestra hija es lesbiana, quiero recordarte que sigue siendo nuestra hija. Ésta también es mi casa, no voy a permitir este tipo de enfrentamientos en la familia. ¿Quedó claro?

Bajando su tono de voz, mi madre dijo, resignada, se notaba triste, derrotada, como si hubiera librado una guerra durante años sabiendo que, justo en ese instante, la había perdido:

—Voy a subir a la habitación, en verdad no tengo nada por que agradecer esta noche.

Eso dolió más.

Al tiempo que mi madre se alejaba hacia las escaleras para subir a su habitación, no pude contenerme y comencé a llorar. Mi padre se acercó a mí y me abrazó. Yo me refugié en sus brazos mientras él intentaba consolarme:

—Tranquila mi princesa, sé que tu madre no quiso decir todas esas cosas que dijo. Hablaré con ella después. Todo va a mejorar, te lo prometo.

Entre sollozos, le pregunté:

— ¿Sigo siendo tu princesa?

Mi padre me apretó con más fuerza y respondió:

—Por supuesto que sí, eres mi princesa y nada cambiará eso. Estoy un poco abrumado, no lo voy a negar, pero si algo tengo claro es que tú sigues siendo mi hija y yo te amo.

—Gracias papá —le dije mientras mi llanto arreciaba en medio de sus brazos.

Él y yo permanecimos abrazados, en silencio, durante algunos minutos. Cuando me sentí un poco más tranquila, le dije:

—No entiendo por qué mi madre dijo todas esas cosas acerca de Victoria y le echó la culpa a ella.

—Yo tampoco, no del todo al menos.

Repasé en mi mente todas sus palabras y entonces...

¡Oh, por Dios! ¿Acaso lo que mi madre quiso decir es que Victoria también es...? Eso no puede ser, ella me lo hubiera dicho...

Me separé de mi padre lo suficiente para verle a los ojos y dije:

—Papá, necesito hablar con Victoria...

— ¿Ahora? —Preguntó mi padre, mientras miraba la hora en su reloj de pulsera—. Es más de medianoche.

—Sí papa, ahora.

Me pareció que mi padre no quería contrariarme más de lo que ya estaba, porque él me respondió:

—En ese caso, me gustaría acompañarte hasta su casa. Este vecindario es seguro, pero es muy tarde, no quiero que vayas caminando tú sola.

—Está bien papá, voy a subir a mi habitación para recoger mis cosas... Perdona, pero no me gustaría amanecer aquí mañana.

—Hija, esta sigue siendo tu casa, hasta tu madre lo reconoció.

—Lo sé, pero soy yo la que no me sentiría a gusto. No creo tener el valor para ver a mi madre mañana... cara a cara.

—Ok. Lamento escuchar eso, pero lo entiendo. Anda, sube a buscar tus cosas. Yo te esperaré aquí.

Mientras caminaba por la calle al lado de mi padre, le envié un mensaje a Victoria para decirle que iba en camino. Ella me respondió enseguida diciéndome que bajaría a esperarme en la puerta; me pidió que no usara el timbre para no despertar a su madre.

Justo al llegar, mi padre extendió su mano y me dio una pequeña bolsa de papel mientras me decía:

—Es un poco de torta de nueces para Victoria, sé que a ella le gusta.

Sonreí y lloré al mismo tiempo mientras lo abrazaba, agradecida por tener un padre tan maravilloso y comprensivo como él.

—Gracias papá, ya veo que tú no tienes nada en contra de ella.

—No tengo razones para algo así. Para mí, sea como sea, pase lo que pase, tú sigues siendo mi hija y Victoria sigue siendo... Victoria.

—Te amo papá.

—Y yo a ti mi princesa. Anda, entra rápido. Creo que va a comenzar a llover de nuevo.

Le di un beso en la mejilla y me acerqué a la puerta, donde anuncié mi llegada con un leve toque.

Victoria me recibió con una sonrisa, mientras saludaba a mi padre con la mano. Él respondió al saludo sonriendo, dio media vuelta e inició su camino de regreso.

En el instante en que Victoria se fijó en mí, en mis ojos humedecidos, me preguntó con evidentes signos de preocupación:

— ¿Qué pasó Shanie? ¿Has estado llorando?

— ¿Podemos subir a tu habitación?

—Por supuesto —respondió ella cerrando la puerta de la casa. Subimos juntas las escaleras hasta su habitación. Cuando entramos, ella cerró la puerta y volvió a preguntarme—. ¿Qué ha pasado?

En ese instante me di cuenta de la ropa que llevaba puesta, su usual camisa de pijama corta y abierta al frente, que tantas veces me ha quitado el aliento, incluso ahora, a pesar de mi turbulento estado de ánimo. Esta vez, no tenía puesto un pantalón corto, lo había sustituido por un pantalón largo de algodón que tampoco disimulaba su hermosa figura. Para intentar concentrarme, la miré a los ojos y respondí:

—Mis padres ya lo saben.

No fue necesario aclarar a qué me refería, Victoria lo entendió de inmediato:

—Y por lo que veo fue un desastre, ¿verdad?

—Con mi madre sí, lo fue.

—Lamento escuchar eso, aunque no es ninguna sorpresa, ¿cierto?

—Así es —respondí.

— ¿Cómo te sientes?

No quería hablar de mí, quería preguntarle lo que me estaba carcomiendo por dentro a raíz de las palabras de mi madre. Tampoco quería andar con rodeos, de modo que le pregunté directamente:

—Mi madre te culpó a ti… de todo. Insinuó muchas cosas que tienen una sola explicación. Victoria, necesito que me digas la verdad. ¿Tú también eres gay?

Ella abrió los ojos, el color se escapó de su cara, pero no pronunció ni una sola palabra. Era evidente que la pregunta le había impactado, lo cual hizo obvio que la respuesta era "sí". De cualquier manera no quise asumir nada, necesitaba escucharlo de sus labios. Volví a decir:

»Dime la verdad.

Victoria aspiró una gran bocanada de aire, me miró a los ojos y respondió:

—Sí, lo soy. Soy lesbiana.

En ese instante muchas preguntas acudieron a mi mente, pero no sólo eso, sentí una especie de vacío dentro de mí, estaba confundida, molesta, decepcionada… *¿Por qué demonios me lo has ocultado? ¿Qué clase de amigas somos entonces?*

— ¿Desde cuándo lo sabes?

—Desde los 8 años.

— ¿QUÉ? —pregunté. Me sentía más que molesta ahora, me sentía indignada, rayando en la furia, la ira.

— ¿Por qué nunca me lo dijiste? ¿Acaso no confías en mí? Cuando yo lo supe, cuando me di cuenta, fuiste la primera en saberlo; en cambio tú, me lo has ocultado durante años. ¿Por qué? —le grité.

Victoria se acercó a mí, intento tocar mis manos pero yo no se lo permití, me aparté y guardé silencio. Necesitaba una respuesta convincente. Victoria comenzó a llorar y de cierta forma eso aplacó un poco mi rabia, jamás me ha gustado verla así. Intenté calmarme para preguntarle otra vez:

» ¿Por qué Vic? ¿Por qué nunca me lo dijiste?

En medio de sus lágrimas, que me impulsaban a abrazarla sin que nada más me importara, ella respondió:

—Porque tenía miedo de perderte.

—No te perdí cuando te lo confesé… ¿Por qué habrías de perderme tú a mí? No lo entiendo.

—Porque estoy enamorada de ti Shannon.

— ¿QUÉ? —pregunté atónita, sin darle crédito todavía a lo que acababa de escuchar.

—Nunca te dije que soy lesbiana porque te amo Shannon. Desde que tenía 12 años te lo he ocultado, mientras yo trataba de ignorarlo e intentaba olvidarte. No podía confesarte algo que podría…, que puede acabar con nuestra amistad. No quiero…, no puedo perderte —respondió Victoria, bajando la cabeza, derrotada, con los ojos llenos de lágrimas.

¡Oh, por Dios! Esa es la razón más convincente que podría haber escuchado. Yo te he ocultado lo mismo… por las mismas razones… ¡Santo cielo! ¿Has sentido esto durante años?... ¡AÑOS! Yo apenas llevo unas cuantas semanas sabiendo que… ¡He sido una idiota!

Ahora, no era sólo ella quien estaba llorando.

No llores Vic, por favor no llores, en este instante lo único que quiero es…

Miré sus labios y me lancé hacia ella como una fiera hambrienta, con tal brío que su espalda chocó contra la pared de la habitación…; entonces todo comenzó a suceder como en cámara lenta. Pasé mis dedos a través de su cabello y atraje su rostro hacia el mío rozando su cuello. Atrapé sus labios con los míos, jugueteé con ellos durante breves instantes como pidiendo permiso para entrar. La escuché gemir justo en el instante en que ella profundizó el beso. Cuando lo hizo un torbellino de sensaciones se apoderó de todo mi ser.

Percibí la suavidad y delicadeza de sus labios, la calidez de su aliento, la manera en que nuestras bocas se acoplaron de manera perfecta. Eran los labios más dulces, más suaves y más divinos que alguna vez había besado…, tan distintos a los de un hombre. Lo que con ellos era sólo una especie de trámite necesario, con Victoria se transformó en una necesidad acuciante, placentera, tentadora. Y en ese momento lo supe, eran esos labios los que siempre deseé besar, los que siempre querré besar. Desde ahora en adelante, besarla sería para mí como encontrar el agua en medio de un desierto, como el abrazo de bienvenida cuando llegas a casa agotado después de un largo día.

En algún momento, Victoria hizo una pausa para encontrarse con mi mirada. Con esos ojos azules, capaces de hipnotizarme si quisiera, ella me hizo mil preguntas. Sus labios temblaban, su cuerpo vibraba junto al mío. Asomé una tímida sonrisa mientras le decía:

—Brian no terminó conmigo por ser gay, lo hizo porque él se dio cuenta que estoy enamorada de ti —Entonces, despejando con mis dedos un rizo de cabello sobre su cara, agregué—. Ahora sé que él tenía razón… Te amo Victoria.

Sus ojos azules brillaron como nunca, su sonrisa iluminó el universo entero y entonces fue ella quien atrapó mis labios. Me besó con una ternura que yo no conocía, me estremecí de tal forma que necesité abrazarla para sostenerme a su lado. Sus brazos alrededor de mi cintura me apretaron con fuerza, al tiempo que ella profundizaba ese beso con el que logró llevarme a un universo paralelo donde pude ver estrellas y lucecitas de colores, aun con los ojos cerrados.

Respondí a ese beso con toda la pasión que comenzaba a quemarme. Ese algo dentro de mí ya no quería conformarse sólo con sus besos, quería más, lo quería todo. Separé mis labios por un instante para mirarla a los ojos. Susurré en su boca, suplicante:

—Quiero estar contigo. No más esperas. No más secretos.

Pude ver el deseo en el brillo de sus ojos mientras ella me regalaba una breve sonrisa que terminó soldándose sobre mi boca. Me besó y entonces trasladó sus labios hasta mi cuello. Me estremecí sin control al tiempo que una ráfaga de excitación atravesaba todo mi cuerpo. Ardiendo como nunca, busqué sus labios e imité sus caricias. Escuché sus jadeos y percibí como su cuerpo vibró y se sacudió justo en el momento en que ella sintió mis manos sobre su piel.

"No más esperas", me repetí a mí misma mientras acariciaba su espalda en un movimiento ascendente. Quería despojarla de esa camiseta, develar el misterio que tantas veces me había robado el aliento. Y no sólo eso, quería desnudarla por completo, admirarla de pies a cabeza. Cuando lo hice, abrí los ojos tanto como pude, quería extasiarme con la visión de su belleza sin máscara. Un suspiro jadeante se escapó de mis labios cuando exclamé, en medio de un susurro:

— ¡Por Dios! ¡Que hermosa eres!

—Tú también —respondió ella, jadeando. Me miró de arriba abajo, aun sobre mi ropa, pero supe que estaba dudando, creo que deseaba imitarme pero algo se lo impedía. Sonreí cuando me di cuenta que, a pesar de toda esta vorágine que amenazaba con quemarnos, ella quería protegernos, incluso de nosotras mismas. En ese momento fui capaz de entender todo lo que hasta ahora ella había sacrificado por mantener intacta la amistad que nos une, entendí sus dudas. Durante años me creyó..., me creí, hetero; salí con chicos y de pronto le digo un día: "soy gay" y al siguiente, "te amo".

Sus dudas eran legítimas, tanto como la convicción que yo sentía ahora.

Decidí desnudarme frente a ella, me quité los zapatos y las medias y me desprendí una a una de todas las capas de mi ropa: suéter, camiseta, sujetador, pantalones vaqueros, bragas. Le di unos segundos para verme; sus ojos brillaron destilando en cada chispa todos y cada uno de sus anhelos.

—No más secretos —le dije, mientras atrapaba sus labios con los míos otra vez. Sin dejar de besarnos, ella colocó sus manos en la parte de atrás de mis piernas y ejerció una sutil presión para levantar mis pies del suelo. Envolví mis brazos alrededor de su cuello, mis piernas alrededor de su cintura. Sentí como mi cuerpo flotaba mientras ella me llevaba al borde de la cama. Con sutiliza me depositó sobre el colchón y se sentó a mi lado.

Percibí una nueva ráfaga de aprensión en su mirada, pero no le di tiempo a dudar otra vez, coloqué mi cuerpo encima de ella. Me sentía como un animal hambriento, quería devorar con mis labios su boca, su cuello, cada centímetro de su piel.

Cuando me disponía a bajar por su cuerpo, ella tocó mis mejillas, me miró a los ojos y expresó, con palabras, la aprensión que había notado en ella:

— ¿Estás segura? —me susurró, con una ternura que logró conmoverme.

—Jamás había estado tan segura de algo en mi vida… Aunque no sé con exactitud cómo hacerlo —reconocí con una sonrisa tímida—. Pero sí Vic, estoy segura.

—Del "cómo" se encargará tu instinto, eso no me preocupa…

—Y del qué me encargo yo —le aseguré—. En verdad quiero esto. Te lo juro.

Ella sonrió, con sus manos atrajo mi rostro hacia su boca y me besó, con tal ternura que de nuevo pude ver estrellitas y luces de todos los colores.

Capítulo Diecisiete

Victoria

Si esto es un sueño juro que no quiero despertar.

Decidí ignorar mis propias dudas, entregarme por completo a los besos y caricias que durante tanto tiempo había deseado en secreto. Quería esto más que ninguna otra cosa en el mundo y ahora era real.

A pesar de su seguridad inicial, noté que esta vez era Shannon quien comenzaba a dudar. Tal vez estaba pensando si podía hacerlo bien, si existía alguna regla que ella no conocía, al fin y al cabo ésta era su primera vez… con una mujer.

Toqué su rostro para encontrarme con sus ojos y le dije, entre jadeos:

—No tienes que hacer nada que no quieras hacer.

Ella me respondió:

—Ese es el punto, lo quiero, como nunca antes pensé que querría.

Sonreí y le dije:

—Siendo así, permite que fluya tu instinto, sólo eso.

Un poco insegura y nerviosa de cómo y dónde tocarme al principio, poco a poco sus manos y sus labios encontraron el camino por mi piel, y allí estaba yo, rendida, convertida en un manojo de terminaciones nerviosas que luchaban entre sí para estremecer y sacudir mi cuerpo sin que yo pudiera ejercer control alguno sobre él. Hubiera querido eternizar este momento pero mis deseos, acumulados durante tanto tiempo, y sus caricias, torpes en un principio pero certeras y precisas al final, me llevaron a un punto de no retorno en cuestión de minutos.

Sintiéndome en la cúspide del placer más exquisito, mi cuerpo claudicó en la única batalla que siempre quiso perder, sacudido por espasmos que no era capaz de alterar. Todavía jadeando busqué con desesperación su boca, quería devorar sus labios, hacerla sentir tan bien como ella me había hecho sentir a mí. Pero a diferencia de la pasión con la que Shannon me había sorprendido, yo quería disfrutar su piel despacio, sin prisas.

Me ubiqué encima de ella, la miré a los ojos y con toda la lentitud de la que fui capaz, acerqué mis labios para comenzar a besar cada pedacito de ella, sus labios, su cuello, sus senos, su estómago, su...

Y así, con cada caricia, con cada beso, escuchando sus gemidos, percibiendo la rigidez de su cuerpo intuí que el final estaba cerca... pero no llegó a él, algo lo impedía. Mis dudas, las que tuve al principio, fueron confirmadas cuando Shannon colocó su mano sobre mi cabeza en un intento por frenarme.

Con la mirada confusa, matizada con temor y cierta dosis de preocupación, ella me dijo:

—Lo lamento. No lo entiendo. Te juro que jamás en mi vida había estado tan excitada, he estado a punto de acabar dos veces, pero...

Me acerqué a su rostro de nuevo, quería tranquilizarla, decirle que todo estaba bien. Mientras lo hacía, ella agregó, casi sollozando:

—¡Mierda! ¿Alguna vez podré saber lo que es un orgasmo?

—¿Nunca has tenido un...

—Nunca Vic, pensé que esta vez sería diferente; solía fingirlo con Brian pero contigo no quiero hacer eso. No sé, quizás no sirvo ni como hetero ni como gay. Tal vez soy una de esas mujeres que... Creo que soy un fiasco.

Me acosté a su lado, la invité con un gesto a que apoyara su cabeza sobre mi hombro, la abracé y le dije en el tono más dulce que pude:

—Calma Shanie, no es para tanto; de hecho, suele ocurrir.

—¿Me estás diciendo que esto es normal?

—Recuerda lo que opino acerca de ese concepto, pero sí. Es más, con tantas cosas que tienes ahora dentro de esa cabecita hubiera sido un verdadero milagro que acabaras a la primera. En parte por eso dudé al principio, no quería que te sintieras mal si no lo lograbas.

— ¿De verdad? ¿Estás hablando en serio? Pensé que el problema era yo.

—Nada de eso, no del modo como lo estás planteando. Por lo general se necesita paciencia, tiempo para conocer a la pareja, saber lo que le gusta, lo que no…

—Pero tú acabaste sin problemas.

—Shanie, hace mucho tiempo superé los conflictos internos que tú, apenas ahora, comienzas a enfrentar, estás intentando adaptarte a una nueva realidad, además, acabas de tener una fuerte discusión con tu madre, tienes demasiadas cosas en tu mente que, de algún modo, impiden que te relajes lo suficiente para obtener plena satisfacción sexual. Ese no es mi caso, si oculté que soy lesbiana sólo fue porque tenía miedo de confesarte mis sentimientos… Estar contigo es algo que… ¡Por Dios!, lo imaginé tantas veces, pero esta vez fue real… Además, ésta no es mi primera vez con una chica.

— ¿QUÉ?

—Cuando comencé en la universidad mi madre me aconsejó que intentara encontrar a una chica para tratar de olvidarte…

— ¿Tu madre sabe que eres lesbiana?, ¿sabe que estás enamorada de mí?

—Ella se dio cuenta de mis sentimientos por ti hace años y siempre me apoyó, desde el principio. Cuando comencé en la universidad intenté seguir su consejo, conocí a una chica con quien tuve mi primera experiencia sexual, aunque al principio yo tampoco…, bueno, ya sabes…

— ¿Tampoco pudiste acabar?

—Exacto. Después de algunos intentos, por fin lo logré. De todas formas la relación no duró mucho, le puse fin cuando comencé a imaginar que estaba contigo y no con ella.

—¡Wow!

—Lo cierto es que no quiero que te preocupes por lo que acaba de pasar, es lo más habitual del mundo. Sí, ya lo sé, en las películas pintan otro panorama, mujeres que lubrican más que un coche de carreras y alcanzan un orgasmo espectacular en cuestión de segundos, pero la realidad es distinta.

—Bueno, con la lubricación no ha habido ningún inconveniente; de hecho, te lo dije, nunca había estado tan excitada en mi vida.

—Lo sé y eso es fundamental. El deseo está allí y, aún más importante, los sentimientos están allí; lo demás vendrá poco a poco.

—¿Estás segura?

—Absolutamente. Déjame eso a mí, me encargaré de ello en persona —agregué con picardía.

—No lo dudo —dijo Shannon, sonriendo del mismo modo.

—¿Te sientes mejor?

—Mucho... Tú sueles tener ese efecto en mí. Eres algo así como mi paz en tiempos de guerra.

—¡Uy, qué bonito! Guarda esa frase para alguno de tus libros.

—Tonta.

—Pero si es cierto. Es una frase muy linda.

—Y más linda porque es verdad.

—Exacto.

—Retomando el tema del orgasmo... De verdad pensé que había algo malo conmigo.

—¡Pamplinas! A diferencia del orgasmo masculino que es, en esencia, eminentemente físico, el orgasmo femenino envuelve cierto misterio, implica la combinación adecuada entre cuerpo, mente y...

—Comienzas a hablar como el maestro *Huevo Zen*.

Me eché a reír y dije:

—Y tú a interrumpirme, igual que su asistente... ¿Cómo es que se llama?

—*Lee Mong Chu Pao*.

—Ese mismo.
— ¿Decía usted entonces, ¡oh!, gran maestro? —preguntó Shannon imitando a *Lee Mong*. Reí otra vez y decidí seguirle el juego, emulando el tono de voz del maestro.
— ¿Qué tal?..., soy maestro *Huevo Zen*. Meditación básica para olvidando cuerpo físico, recordando que no somos sólo este cascarón, somos clara y yema atravesando experiencia física…
— ¡Oh, cielo santo! Es oficial, me enamoré de una loca.
— ¡Callándote *Lee Mong*! Maestro *Huevo Zen* deseando preguntar algo.
—Pregunte lo que desee maestro.
— ¿Te quedarás a dormir… conmigo?
—Por supuesto; además, no quiero regresar a casa por ahora. De hecho, me gustaría pedirte algo.
—Lo que quieras.
— ¿Podríamos regresar antes a Nueva York?... Mañana mismo, si es posible.
Sentí pena por Shannon, yo sabía que su madre, tarde o temprano, aceptaría todo esto, pero también sabía que algo así llevaría tiempo; mientras tanto, Shannon sufriría por ello. En ese momento se me ocurrió una idea.
—Por supuesto que sí, aunque sea en tren si no encontramos cupo por avión. ¿Sabes?, creo que antes de irnos deberíamos hablar con mi madre.
— ¿De qué? —preguntó Shannon, sin disimular su aprensión.
—Relájate Shanie, sólo hablaremos con ella si tú lo apruebas, pero creo que es una buena idea. Ella ha sido mi gran apoyo durante todos estos años, me ayudó muchísimo a aceptarme como soy, a sentirme orgullosa. Es una mujer muy sabia, mucho más que yo. Te hará bien escucharla y sobre todo, te hará bien tener aliados en este proceso…
— ¿A qué te refieres?
—Si se lo pido, ella podría hablar con tu madre.
— ¿QUÉ? ¿Estás loca?

—Lo estoy, pero no en esto. Tú conoces a mi madre, ella tiene esa especie de don que le permite comunicarse con las personas y creo que alguien debe hablar con tu madre, tratar de hacerle comprender.

—No sé, me da vergüenza.

— ¿Qué te da vergüenza? ¿Hablar con mi madre acerca de ti…, de nosotras, o pedirle que hable con tu madre? Si es lo segundo, no te preocupes, eso se lo pediré yo… a solas.

—Un poco de ambas cosas.

—Lo imaginé y es justo por eso que creo te hará bien escucharla. Estoy segura que ella te dará consejos invaluables y que te apoyará…, nos apoyará, cien por ciento. Tú, más que nadie, necesitas ese apoyo ahora. Te hará sentir mejor.

— ¿Estás segura?

—Absolutamente.

—Ok, entonces sí. Hablaremos con tu madre mañana.

—Bien —dije con una sonrisa—. Ahora vamos a dormir…, a menos que *Lee Mong Chu Pao* necesitando una ducha fría.

—De verdad estás loca.

—Sólo un poquito.

—Un poquito bastante Pitufa. Y sí, mejor vamos a dormir, no quiero una ducha fría, quiero dormir contigo y amanecer a tu lado. La verdad es que sueño con eso desde hace tiempo.

— ¿En serio?

—En serio.

—En ese caso, tú y yo durmiendo para amaneciendo muy juntitas mañana.

—Buenas noches maestro *Huevo Zen*.

—Buenas noches *Lee Mong*.

Shannon apoyó su cabeza sobre mi hombro y suspiró. Parecía una mezcla de alivio y alegría; entonces comprobé que era cierto lo que acababa de decir, ella anhelaba estar así, conmigo, a mi lado. Obvio, yo también. Al tiempo que ella enredaba sus dedos en mi cabello, cerré los ojos y suspiré.

Las cosas no sucedieron exactamente como hubiera querido, pero yo sé que con paciencia y en especial, con todo el amor que siento por Shannon, poco a poco, saldremos adelante en esta nueva etapa en nuestras vidas que, justo hoy, estamos comenzando.

Capítulo Dieciocho

Shannon

Cuando desperté a su lado, en la mañana del día siguiente, escuchando el delicado murmullo de su respiración mientras dormía, sintiendo la calidez de su piel desnuda rozando la mía, no necesité abrir los ojos para darme cuenta que quería amanecer así, todos los días, por el resto de vida. Qué importan las etiquetas cuando despiertas al lado de otro ser humano con la certeza de que te has enamorado como nunca creíste que lo harías.

Me preocupaba un poco lo que había sucedido la noche anterior, mejor dicho, lo que no había sucedido, pero yo confío en Victoria, confío en sus sentimientos por mí y en lo que yo siento por ella, lo más probable es que tenga razón, sólo hay que ser pacientes para permitir que todo suceda a su debido tiempo, incluso el desenlace que tanto deseaba pero que se resistió a aparecer. Decidí que no me preocuparía por eso, estaba allí, a su lado, como nunca antes. Lo demás vendría poco a poco, tal como ella había afirmado.

Antes de abrir los ojos, suspiré de puro gozo, apreté mi cuerpo contra el de ella y con delicadeza atravesé con mis dedos su cabello revuelto para acariciar su cabeza. Mientras lo hacía, noté que cambió el ritmo de su respiración. Decidí abrir los ojos, quería verla despertar.

Entonces fue ella quien me miró, sonrió, me dio un beso en la frente, me abrazó con fuerza y suspiró, tal como lo había hecho yo, segundos antes.

Apoyé mi mandíbula sobre su pecho, la observé por unos instantes y le dije sonriendo:

—Vic, eres tan hermosa que estoy segura de una cosa.

— ¿De qué?

—Tu rostro debe haber sido esculpido por un artista.

—¿En serio? —Preguntó con picardía.

—Así es, y quedó tan orgulloso de su obra que se ocupó de estampar su firma sobre ella.

—¿Qué firma?

—Ese pequeño hoyuelo en tu barbilla… ¡Me fascina!

—¿Te refieres a este huequito…, como el de Sandra Bullock? —me preguntó sonriendo mientras lo tocaba con la punta de su dedo.

—Ese mismo —respondí yo, besándolo.

—Unos "buenos días" y ese besito hubieran bastado para hacerme feliz, pero creo que has superado todas mis expectativas.

Me reí con ganas mientras apoyaba mi cabeza sobre su hombro otra vez. Ella apretó el abrazo de nuevo y me preguntó:

—¿Aún deseas que nos marchamos a Nueva York?

—Sí —respondí sin mirarla— No sólo quiero "huir". Después de lo que compartimos anoche quiero cierto tipo de privacidad, algo que sólo podremos lograr regresando al departamento en Nueva York. Ese será nuestro refugio mientras… —hice una pausa antes de seguir, no sabía cómo Victoria tomaría lo que pensaba decir a continuación—. Vic, creo que aún no estoy lista para ser lesbiana en público.

Ella tocó mi mandíbula para verme a los ojos y dijo:

—Estoy orgullosa de lo que soy y, aún más, de lo que somos ahora. No lo voy a negar, quiero dejar de fingir y mostrarme ante el mundo tal como soy, pero sé que tú no has llegado a ese punto todavía. Intentaré ser paciente.

—Gracias —le respondí con una sonrisa que no llegó del todo a mis ojos. En el fondo quería "llegar a ese punto", como lo había llamado Victoria, pero aún no me sentía lista para ello.

—No te preocupes, llegarás —dijo, como si hubiera leído mis pensamientos—. Además, deberías animarte, con todo esto que ha pasado ha quedado resuelto un asunto trascendental.

Con mucha curiosidad, le pregunté:

— ¿Qué asunto?

—Desde ahora nuestra casa vuelve a tener una habitación de huéspedes.

Me encantó como sonó esa frase "nuestra casa", pero lo que dijo Victoria también me hizo reír y sé que esa era su intención. Ambas sabíamos que el asunto de la habitación de huéspedes no era algo "trascendental", ella nunca le dio importancia a eso, lo "trascendental" eran las implicaciones.

Todavía riendo, le dije:

—Cierto, en cuanto lleguemos a Nueva York haremos algunos cambios.

—Supongo que te mudarás a mi habitación, es más grande y cómoda. Además, el cuarto de baño está equipado con lavamanos doble.

—Me parece bien, pero antes tendremos que ordenarla y hacer espacio para mis cosas.

— ¿Insinúas que mi habitación es un desorden? —Preguntó Victoria, con fingida indignación.

Me reí de nuevo y respondí:

—Me prometiste que serías más ordenada y lo has cumplido…, pero sólo en las áreas comunes del departamento.

—Sigo siendo un desastre, ¿verdad?

—Un poquito, pero no te preocupes, después nos ocuparemos de ello, mañana tal vez. Esta noche podríamos dormir en mi habitación.

—Es cierto, lo reconozco, mi habitación está tan desordenada que supongo se te haría más difícil alcanzar tu primer "BOOOOM".

— ¡BOOOOOM! ¿Qué es eso?

—Me refiero al "**Big Oh… Oh… Oh… Orgas… Mo**".

Solté una carcajada y le dije:

—Estás loca. Me prometiste que te encargarás de eso en persona, de modo que por ahora lo único que deseo es llegar a Nueva York.

—Siendo así, voy a apresurarme para tramitar nuestro regreso

—dijo ella riendo mientras tomaba su teléfono móvil de la mesa de noche—, voy a ver si encuentro cupo en algún vuelo.

Unos segundos después, agregó:

»No, no hay. Bueno, siempre quedan los trenes. Voy a revisar.

—Ok.

—El que sale a las 11:00 a.m. tiene cupo. Son las 8:00 a.m. —dijo Victoria mirando su reloj—. Si queremos tomarlo tendremos que darnos prisa.

—Ok, resérvalo por favor.

—Ok, haré la reservación y le pediré a mi madre que nos lleve a la estación… Digo, para que podamos conversar en el camino… Bueno, si aún quieres hablar con ella.

—Sí Vic, deseo hacerlo.

Victoria asintió y efectuó la reservación.

—Listo. Es hora de tomar una ducha. ¿Me acompañas? —terminó diciendo con una sonrisa súper pícara.

Asentí sonriendo, sin embargo, justo antes de levantarme de la cama, mi teléfono móvil repicó. Cuando miré la pantalla me di cuenta que era mi padre. Le dije a Victoria:

—Creo que vamos a tener que diferir nuestra primera ducha juntas. Es mi padre.

—Ok, habla con él mientras me ducho.

—Gracias.

Victoria me dio un beso en la mejilla y se levantó de la cama. A pesar de que tenía que atender la llamada, no pude evitar seguirla con la mirada mientras entraba al cuarto de baño. Ella estaba desnuda y eso me desconcentró. Cuando cerró la puerta, sacudí mi cabeza para enfocarme y me ocupé del teléfono:

—Hola papá.

—Hola hija. Anoche quedé preocupado por ti. ¿Cómo estás?

—Estoy bien papá… Quizás no debería decirte esto por teléfono, pero no veo otra alternativa. Victoria acaba de efectuar una reservación para regresar en tren a Nueva York y debo apresurarme.

—Dime Shannon. ¿De qué se trata?

—Verás, ayer cuando mi madre dijo todas esas cosas acerca de Victoria, acerca del nido de amor y demás, te aseguro que ella y yo no teníamos nada más que una amistad. Sin embargo, la verdadera razón por la que Brian terminó conmigo fue porque él se dio cuenta que yo estaba enamorada de Victoria. Y lo estoy. Anoche, cuando vine a hablar con ella, supe que siempre me ha amado, en secreto, nunca me lo dijo. Lo que quiero decir es que ahora Victoria y yo somos algo más que amigas... ¿Me explico?

Mi padre no respondió de inmediato, asumí que estaba intentando procesar lo que le acababa de decir, todo lo que implicaba aquello. Al fin, él dijo:

—Sí mi princesa, lo entiendo... En realidad, me siento algo abrumado por todo esto pero no te preocupes, lo entiendo.

—Lo siento papá, nunca quise decepcionarlos —dije con tristeza.

—No hija, no me malinterpretes, tú jamás podrías decepcionarme... Tampoco Victoria —aclaró él—. Tan sólo necesito tiempo para procesar todo esto, es decir, para poder hablar con tu madre. Ella será un hueso duro de roer. Ambos la conocemos muy bien. Entiende hija, ahora me siento en medio de un fuego cruzado, pero quiero ayudarte con tu madre, no me agrada que estén distanciadas. ¿Me explico?

Sonreí aliviada antes de responder:

—Sí papá, te entiendo perfectamente.

—Quiero que seas feliz. Si amas a Victoria, si ella te ama a ti, debo entender que tu felicidad está con ella. Así de sencillo... Tienen todo mi apoyo, ahora y siempre. ¿De acuerdo?

—Sí papá. Gracias. Eres mi padre preferido.

—Y tú, mi hija preferida.

Ambos nos reímos, entonces él agregó:

»Anda, ve a prepararte para ese viaje. Te llamaré por teléfono dentro de unos días y volveremos a conversar. ¿Está bien?

—Seguro papá. Un beso.

—Otro para ti. Te deseo buen viaje.

—Gracias. Hasta pronto.

—Hasta pronto mi princesa.

Sonreí mientras colgaba la llamada.

Justo en ese momento Victoria salió del cuarto de baño. Agradecí que lo hizo cubierta con una bata, de lo contrario es posible que perdiéramos ese tren. Quería llegar cuanto antes a Nueva York, deseaba estar a solas con ella, en nuestro nuevo "nido de amor", como lo había llamado mi madre, aunque no en el tono despectivo que ella utilizó al decirlo.

…

Una hora después, Victoria, su madre y yo íbamos de camino hacia Union Station. Sentada en el asiento de copiloto, Victoria giro su cabeza hacia atrás y me hizo una seña en busca de mi aprobación. Ella quería confirmar si podía iniciar la conversación con su madre, la que ambas habíamos previsto la noche anterior. Yo asentí, entonces Victoria le dijo sonriendo:

—Mamá, te tengo dos noticias, una buena y la otra no tanto… Comenzaré por la buena.

—Dime hija.

— ¡Al fin! Shannon y yo estamos juntas… Ya sabes a qué me refiero.

— ¿En serio? —Preguntó Verónica muy entusiasmada, con una sonrisa de oreja a oreja, mientras alternaba su mirada entre su hija y yo, a través del espejo retrovisor—. Te aconsejé que se lo dijeras cuando antes, yo ya suponía el resultado.

Victoria y yo nos miramos atónitas, ella preguntó:

— ¿Qué es lo que suponías?

—Lo que resultaba casi obvio para mí, que tus sentimientos serían correspondidos.

— ¿QUÉ? —preguntamos en coro Victoria y yo.

—Lo sospechaba, eso es todo. Pero lo importante es que al fin lo reconocieron mutuamente. Vic, ya era hora de que te atrevieras a hablarlo con Shannon.

—Bueno, en realidad no fue así. Shannon me dio un empujón

—dijo Victoria con una mirada traviesa.

— ¿De modo que fuiste tú quien sacó el tema Shannon? —preguntó Verónica sonriendo.

—Algo así —respondí yo con una enorme sonrisa en mi cara. En verdad me sentía muy feliz por la reacción de la madre de Victoria. He debido esperarla, tomando en cuenta lo que me había dicho su hija la noche anterior, pero una cosa era escuchárselo decir y otra ver la auténtica alegría que demostraba su madre al enterarse de la "buena noticia", como la había llamado Victoria.

—En verdad me alegro muchísimo por las dos. Deseo de todo corazón que vivan ese amor que se tienen, desde hace tanto tiempo —aclaró Verónica—. Ambas tienen derecho a amarse y a ser felices.

—Gracias mamá, estaba segurísima que te alegrarías por nosotras —dijo Victoria, quien después agregó—. Bueno, y ahora la parte no tan buena... Anoche, cuando Shannon les confesó a sus padres que es lesbiana, su madre enfureció...

—Aunque mi madre no sabe todavía que estoy con Victoria ya que eso sucedió anoche, después que discutimos —aclaré yo—. Ella no acepta mi forma de ser... Creo que nunca lo entenderá.

Verónica dijo:

—Lo hará Shannon, aunque te rechace en un principio, aunque no esté de acuerdo, tu madre te ama. Llegará el momento en que a ella no le importará con quién seas feliz, sino que en verdad lo seas. Cuando tu madre comprenda que tu verdadera felicidad no es la que ella deseaba para ti, sino lo que en verdad te hace feliz, lo entenderá. Pero debes estar consciente que al igual que no ha sido fácil para ti procesar todo esto, tampoco lo es para tus padres...

—Mi padre lo entendió, es mi madre la del problema —aclaré.

—Me alegra escuchar eso. Pero de igual modo, es preciso que comprendas que para tu madre no es fácil asimilar todo esto. Debes darle tiempo. ¿De acuerdo?

—De acuerdo.

—Y tú Shannon, ¿cómo te sientes contigo misma? No me refiero a la reacción de tu madre acerca de esto, me refiero a ti. Es algo que estuviste reprimiendo durante mucho tiempo.

— ¿Cómo lo sabe? —le pregunté.

—Hace poco insinué que yo sabía o sospechaba que los sentimientos de mi hija por ti eran correspondidos, pero también tenía claro que tú no te habías percatado de ello, que te encontrabas en una etapa de negación…

— ¡Mamá! —Exclamó Victoria—. ¿Por qué nunca me hablaste de eso?

—Porque no podía darte falsas esperanzas hija. Existía la posibilidad de que Shannon algún día reconociera lo que es y sus sentimientos por ti, pero, ¿y si no? Te conozco, creo que habrías enfocado tus esperanzas en eso, pero si no ocurría, con esa revelación yo misma te hubiera condenado a la soledad. No hija, no podía decirte nada. Además, sólo era una sospecha, no estaba segura.

— ¡Wow! De modo que la única que no sabía nada de esto era yo —afirmé, casi sorprendida.

—No lo sabías porque estabas en negación Shannon —dijo Verónica—. Y en esa misma negación se encuentra tu madre ahora, o se encontraba. Debes darle tiempo para procesarlo. Esa es mi recomendación. Y con respecto a ti Shannon, con respecto a tu proceso individual, permíteme decirte algo más: esto no es una carrera de velocidad sino de resistencia, pero hay algo que debes entender de una vez, sólo podrás ser feliz siendo tú misma, no te lo prohíbas, no te niegues lo más hermoso y genuino que la vida te dio. No hay un ser humano en el mundo igual a ti, eres única. No le niegues a tu vida esa versión exclusiva e inimitable que eres tú misma. Vive tu vida, la que sea, es sólo tuya y sólo tú puedes vivirla, nadie lo hará por ti. ¿De acuerdo?

—De acuerdo —respondí con una sonrisa sincera—. Gracias Sra. Verónica, en verdad valoro mucho todos sus consejos. Me alegra haber aceptado la sugerencia de Victoria de hablar con usted. Creo que me siento un poco mejor ahora.

—Me alegra escuchar eso, y justo a tiempo porque ya estamos llegando —dijo Verónica.

En el momento en que ella aparcó el coche frente a la estación de trenes, Victoria me dijo:

—Shanie, por favor, adelántate. Necesito hablar algo en privado con mi madre, si no te importa.

Yo asentí, me despedí de Verónica con una sonrisa y un beso en la mejilla y me bajé del auto. Ya conocía la razón de esa solicitud de Victoria; tal como habíamos acordado la noche anterior, ella le pediría en privado que intentara hablar con mi madre. Reconozco que cuando Victoria me lo planteó no tenía muchas esperanzas de que algo así pudiera ser útil, pero después de escuchar a Verónica, pensé que quizás valdría la pena intentarlo.

Capítulo Diecinueve

Sara Leger

Después de cenar, mientras lavaba los platos, las risas de un par de niñas que caminaban por la acera llamaron mi atención. Cuando las perdí de vista me quedé mirando hacia el frente, a ningún lugar en particular, sólo estaba pensando. Esas niñas me recordaron a Shannon cuando ella tenía su edad. Una parte de mí sintió nostalgia al recordarlo, mientras que la otra sintió tristeza. Mi hija ya no es una niña, pero tampoco es la joven que yo hubiera querido que fuera. No del todo por lo menos. Aun así, la echo de menos, hoy hace casi un mes que discutimos y desde esa noche no hemos vuelto a hablar. Tampoco he conversado con Paul al respecto, creo que aún no me siento preparada para eso. No obstante, quise saber de ella.

Mi esposo estaba sentado detrás de mí, frente a la mesa auxiliar de la cocina, leyendo uno de sus libros. Sin girarme para verlo, le pregunté:

— ¿Has hablado con Shannon?

—Sí, varias veces —respondió él.

— ¿Cómo está ella?

—Bien, en sus clases, con sus cosas… ya sabes.

Ambos guardamos silencio, hasta que sentí a Paul acercarse por detrás, él me abrazó y me dijo en un tono dulce:

—Sé que esto ha sido difícil para ti, pero me gustaría que todo se arreglara entre ustedes. Se acerca Navidad, no quiero que Shannon sienta aprensión por volver a casa, que se aleje de nosotros.

Dudé en responder, pero al final reconocí:

—Yo tampoco quiero eso, pero no sé cómo dejar de sentirme así.

—Sé que estás decepcionada, pero Shannon sigue siendo muestra hija, la misma chica noble que un día fue capaz de sacrificar sus sueños para salvarme.

—Lo sé Paul, lo sé. La verdad es que no estoy decepcionada, el término correcto es desilusionada. Soñaba con ver a Shannon caminando a tu lado hacia el altar, verla casarse con un buen chico…, con Brian por ejemplo, me encantaba Brian para ella. Observarla junto a su nuevo esposo brindando y cortando el pastel de bodas. Que formara una familia, que tuviera hijos… En fin, ahora sé que nada de eso que soñé para ella se hará realidad.

—Pero Shannon no podría ser feliz cumpliendo lo que tú soñabas para ella, sólo tendrá la posibilidad de serlo si lucha por realizar sus propios sueños. Es más, ahora que lo pienso, nuestra hija nunca ha sido feliz, no si se ha visto obligada a dejar de ser ella misma para ser, o intentar ser, lo que tú querías que fuera.

Sonreí con cierta ironía antes de decir:

—Algo parecido mencionó Verónica Bettley, hace poco.

—¿Has hablado con la madre de Victoria?

—Sí, hace unos días, ella vino a casa para hablar conmigo.

—¿Cuándo? ¿Por qué no me lo habías comentado?

—Vino a visitarme el día que fuiste a la clínica para hacerte tus exámenes médicos. No te lo había comentado porque creí que aún no estaba lista para hablar de ello.

—¿Y lo estás? —me preguntó Paul asomando una sonrisa.

Asomé tan solo la mitad de una, cuando le respondí:

—Lo intento.

—¿Qué te dijo la madre de Victoria?… Espero que la hayas tratado bien.

—¡Paul!, soy una persona civilizada; además, tengo que reconocerlo, Verónica Bettley no es sólo una mujer elegante, sofisticada e inteligente, también es una persona… imponente, en el buen sentido de la palabra. Es muy educada y amable. Dijo varias cosas que me han puesto a reflexionar… Sabe cómo decirlas.

—¿Cosas como qué?

—Como esa que acabas de mencionar. También me habló de su hija, me dijo que Victoria en verdad ama a Shannon, que sólo desea su bien y su felicidad. Me contó que durante años ella guardó en secreto sus sentimientos porque pensaba que si los confesaba ante Shannon la perdería como amiga, y esa amistad es muy importante para ella. También me dijo que Shannon necesita ser ella misma, aceptarse como es… En fin, habló de muchas cosas que…

»Paul, desde el punto de vista racional yo sé que ella, que tú, tienen la razón, y que soy yo la que debe estar equivocada, pero pasar todas esas ideas y conceptos de lo racional a lo emocional no es fácil para mí… Lo estoy procesando. Creo que necesitaré algo de tiempo.

Con una sonrisa mucho más grande, Paul me tocó ambos hombros para verme a los ojos mientras me decía:

—No tienes idea de cuánto me alegra escucharte decir eso. Es un buen comienzo.

—Supongo que sí.

—Creo que deberías hablar con Shannon.

—No sé qué decirle… todavía.

—Eso mismo que me has dicho a mí, o sea, que lo estás procesando. Somos sus padres Sara. Creo que somos nosotros, los padres, quienes tenemos la obligación de construir puentes para evitar que nuestros hijos se alejen; eventualmente lo harán, esa es la ley de la vida, pero no podemos ser nosotros quienes alejemos a nuestros hijos. ¿No crees? Mucho menos cuando no han hecho nada malo. Shannon no ha hecho nada malo, todo lo contrario, intentó dejar de ser ella misma durante años tan solo para complacernos, para no decepcionarnos.

—Tienes razón, de manera consciente y racional sé que la tienes.

—¿Sabes Sara? A raíz de todo este asunto busqué un poema muy famoso. Fue escrito hace muchos años por Kahlil Gibran. Lo aprendí de memoria, me gustaría que lo escucharas.

—Adelante, recítalo.

—Bien, dice así:

»*"Tus hijos no son tus hijos, son hijos e hijas de la vida, deseosa de sí misma.*

No vienen de ti, sino a través de ti, y aunque estén contigo, no te pertenecen.

Puedes darles tu amor, pero no tus pensamientos, pues ellos tienen sus propios pensamientos.

Puedes abrigar sus cuerpos, pero no sus almas, porque ellas viven en la casa del mañana, que tú no puedes visitar ni siquiera en sueños.

Puedes esforzarte en ser como ellos, pero no procures hacerlos semejantes a ti, porque la vida no retrocede, ni se detiene en el ayer.

Tú eres el arco del cual tus hijos, como flechas vivas son lanzados. Deja que la inclinación en tu mano de arquero sea para la alegría".

»Dime, ¿acaso no es hermoso? —me preguntó él, emocionado, con una enorme sonrisa en su rostro.

—Mucho —respondí—. Tienes razón, voy a hablar con Shannon. Mañana mismo me conectaré por Skype y conversaré un rato con ella. Trataré de comenzar a construir ese puente del que hablas.

—Esa es la mejor noticia que me has dado. Me alegro mucho Sara. Gracias.

—A ti, por hablar de esto conmigo, a pesar de mi resistencia.

Capítulo Veinte

Victoria

Ese viernes en la tarde salí de la universidad "brincando en una pata"…, hablando en cristiano, feliz y contenta. El director de la Escuela de Leyes me citó a su oficina para informarme que había sido seleccionada dentro del grupo final de tres alumnos que, en definitiva, podrían optar por la pasantía en la firma de abogados *"Fletcher, Coleman & McKenzie"*. Aceleré el paso tanto como pude, quería llegar cuanto antes al departamento para darle la noticia a Shannon. Ella me había enviado un mensaje unas horas antes para decirme que saldría temprano de clases e iría a casa a preparar el almuerzo.

En cuanto abrí la puerta del departamento me encaminé hacia la cocina para verificar si Shannon estaba allí. No la encontré, sin embargo, asomé una sonrisa cuando abrí las tapas de los sartenes y ollas y verifiqué que ella había cocinado uno de mis platos preferidos, asado negro, arroz blanco y ensalada verde. También sonreí cuando me percaté que sobre la mesa del comedor y sobre las mesas de centro del salón ella había colocado tres envases con flores naturales, que supuse, había comprado de camino a casa.

Bajé por las escaleras para buscarla en nuestra habitación, pero tampoco estaba allí. Asumí entonces que se encontraba dentro del estudio, aunque en la puerta no estaba colocado el cartel de *Snoopy*. Por ello, decidí tocar para anunciar mi llegada.

Al otro lado, escuché a Shannon decir:

—Pasa mi amor, estoy aquí.

"Mi amor", me fascina cuando me dices así, obvio, no te lo he dicho, de lo contrario te darás cuenta de lo cursi que soy.

En cuanto abrí la puerta vi a Shannon detrás de su escritorio.

Tenía puesta una de mis camisetas de pijama, el mismo modelo que, según me había confesado, le encantaba verme vestir y que, a decir verdad, también me gustaba verle a ella. Shannon apartó la vista de la pantalla del ordenador, sonrió y me dijo:

—Veo que llegaste temprano, mejor así porque tengo hambre. El almuerzo ya está listo, te estaba esperando para comer.

Me acerqué a ella, le di un breve beso en los labios y dije, también con una sonrisa:

—Sí, ya me encargué de investigar lo que preparaste. Uno de mis preferidos. También vi las flores que compraste. Son lindas.

—Me alegro que te gusten. Le dan un toque de hogar al departamento.

—Cierto. Me gusta eso. Voy a la habitación a ponerme cómoda. ¿Nos encontraremos arriba?

—Sí, voy a subir para servir. A propósito, te tengo buenas noticias.

— ¿En serio? Quizás sea una casualidad, porque yo también.

—Te esperaré arriba y hablaremos. ¿De acuerdo?

—Seguro —respondí en el momento en que ambas salíamos del estudio.

Minutos después, cuando ya estábamos sentadas a la mesa, Shannon me dijo:

—Cuéntame, ¿cuál es tu buena noticia?

Le conté lo que me había informado el director de la escuela. Shannon se alegró muchísimo y me preguntó:

— ¿Y bien, qué sigue? Me refiero, ¿qué requisitos deberás completar para que seas la elegida entre esos otros dos alumnos?

—En las dos primeras semanas de enero deberé asistir a una serie de entrevistas, las más importantes tendrán lugar el lunes, martes y miércoles de la segunda semana, cuando me tocará reunirme con los tres socios principales de la firma, un día por cada uno. De acuerdo al resultado de esas entrevistas ellos elegirán el candidato que, a la postre, será contratado para realizar las pasantías.

Posando su mano sobre la mía, Shannon me dijo sonriendo:

—Te deseo lo mejor en las entrevistas, sé cuánto deseas ser seleccionada para esas pasantías. Sería un gran paso para tu carrera.

—Así es. Espero que todo salga bien.

—Estoy segura que sí, eres un genio Victoria Bettley, tengo mucha fe en ti.

—Gracias Shanie… Bueno, y ahora te toca a ti. Dime tu buena noticia.

—Mi madre se comunicó conmigo, hace unos minutos, por Skype.

—¿En serio? —pregunté emocionada—. ¿Qué te dijo?

—Bueno, fue bastante amable. Me dijo que todo esto es difícil para ella pero que lo está procesando. Me pidió que no dejara de ir a casa en Navidad.

—¡Eso es excelente! ¿Te das cuenta? Te lo dije, yo sabía que todo se arreglaría con tu madre.

—Las cosas no se han arreglado de un todo, pero es algo, ¿verdad?

—Por supuesto que lo es. Entonces, ¿cambiaste de opinión?..., quiero decir, ¿viajaremos a D.C. en Navidad?

—Sí, creo que es lo mejor.

—Yo también. Iremos juntas, aunque debo regresar antes para estar en Nueva York…, por el asunto de las entrevistas. Quizás podrías aprovechar esos días para salir a pasear a solas con tu madre.

—Sí, creo que es una buena idea. Necesito limar asperezas con ella, además, necesito que te levante el bloqueo. Sospecho que no podrás ir a mi casa estas navidades, pero no quiero que esa situación se mantenga por más tiempo.

—Shanie, no te preocupes por mí. Lo importante es que tú hagas las paces con tu madre.

—No Vic, para que sean verdaderas, las paces deben ser completas, sin restricciones.

—Estoy de acuerdo contigo, pero los problemas se resuelven de uno en uno. Recuerda eso.

—Lo tomaré en cuenta.

Con toda la picardía posible, le dije mientras acariciaba su mano y la veía con una mirada sexy:

—Tenemos que celebrar.

Shannon tomó la pista de inmediato y me preguntó con la misma picardía:

— ¿Y qué tienes en mente para celebrar? ¿Salir a tomar unas copas o algo parecido?

— ¿Salir? ¡Ni lo sueñes! Somos hetero fuera de estas paredes y quiero celebrar contigo… de otra forma.

Shannon soltó una pequeña carcajada y dijo:

—Ya veo, quieres hacer un nuevo intento, a ver si esta vez por fin alcanzo el "*BOOOOM*".

—La última vez casi lo consigues, pero en esta oportunidad tengo una idea.

— ¿Y se puede saber qué idea es esa? —preguntó Shannon con una voz de lo más sensual.

—Aún no, a su debido tiempo. Además, mientras reposamos la comida tengo que entrar a internet. Debo hacer una investigación acerca de Henry Ford.

—Y yo tengo que terminar lo que estaba haciendo en el ordenador, completar un cuestionario de una de mis clases.

Con una enorme sonrisa, le dije:

—Entonces, mi bella dama, ¿aceptas citarte conmigo más tarde en nuestra habitación?

Shannon volvió a reír y respondió:

—Sí, acepto.

— ¡Bien! —exclamé, mientras alzaba mis brazos para celebrar.

Shannon se levantó de su silla y me dijo mientras comenzaba a alejarse:

—Es una cita entonces. Voy a bajar. Te toca lavar los platos.

Yo me levanté de inmediato, busque su mano para atraerla

hacia mí y le dije mientras la abrazaba:

—No te irás de aquí hasta que me des un beso.

—¿En serio? —preguntó ella mientras sonreía.

—En serio —respondí yo en un susurro, acariciándo sus labios con los míos.

Percibí como nuestros cuerpos se estremecían, al tiempo que Shannon asaltó mi boca para besarme.

Jamás me cansaré de besar esos labios.

Cuando nos vimos a los ojos otra vez, Shannon dijo, en medio de un suspiro:

—Besas divino, ¿lo sabes?

—Tú también. Me fascinan tus besos.

—¿Entonces, hacemos la tarea o adelantamos esa cita?

—Me encantaría adelantar la cita pero no deberíamos. En primer lugar, porque acabamos de comer y en segundo, porque tenemos cosas que hacer.

—Estoy de acuerdo —dijo Shannon, después de darme un beso breve en los labios. Ella se apartó y se dirigió hacia las escaleras. Antes de bajar, se giró, me dedicó una sonrisa y me lanzó un beso que sopló sobre su mano extendida.

Yo de devolví la sonrisa y el beso en el aire. Cuando ella se alejó, me giré y me dispuse a recoger la mesa para lavar los platos.

...

Dos horas después, yo estaba sentada en la cama con mi espalda apoyada en la cabecera y con mi ordenador portátil sobre mis piernas cruzadas, cuando Shannon entró a la habitación con un par de cervezas en sus manos. Al verla, sonreí y le dije:

—Ven acá, siéntate entre mis piernas, deseo mostrarte algo.

Shannon colocó las dos cervezas sobre la mesa de noche, mientras yo apartaba el ordenador portátil para que ella se sentara como le había pedido que lo hiciera. Cuando ella apoyó su espalda sobre mi pecho y yo deposité el ordenador sobre sus piernas, me preguntó:

—¿Qué me vas a enseñar?

Antes de responder, aparté su cabello lo suficiente para acariciar su cuello con mis labios. La reacción de Shannon fue inmediata, ella echó su cabeza hacia atrás y en medio de un gemido, dijo:

— ¿Era eso lo que querías mostrarme…, cómo me derrito cuando me acaricias así?

—No exactamente —respondí, mientras extendí mis brazos para abrazarla desde atrás y apoyaba mi garganta sobre su hombro.

— ¿O sea, que hacerme gemir no era parte de tus planes?

Sonreí en su cuello mientras le decía:

—Es parte de mis planes, pero no todavía. Necesito preguntarte algo.

—Soy toda oídos, en especial ese que tienes tan cerca de tus labios ahora.

—Respóndeme algo, ¿en qué piensas justo cuando sientes que estás a punto de alcanzar un orgasmo?

—Creo que la respuesta es obvia, pienso en llegar al orgasmo…, hago mi mayor esfuerzo pero, aun así, no lo he logrado, no por ahora al menos.

—Me parece que ese es el problema.

— ¿A qué te refieres?

—Quiero mostrarte un vídeo que acabo de ver en *YouTube*, antes de responder a esa pregunta.

— ¿Un vídeo erótico?

—No —respondí riendo—. Eres una mal pensada.

— ¿Mal pensada yo? Pero eres tú la que estás hablando de orgasmos, asumí que se trataba de un vídeo erótico.

—Pues asumiste mal —le dije yo sin dejar de sonreír.

—Ok, muéstramelo.

—Bien, lo haré. Como sabes, estaba investigando en internet a Henry Ford; una cosa me llevó a la otra y encontré esto. Es el vídeo de un comercial que transmitieron hace años, de la *Ford Explorer "Eddie Bauer"*. El vehículo no se muestra en el vídeo, sino a un joven que da un discurso frente a unos estudiantes universitarios el día de su graduación. Quiero que lo veas conmigo. ¿De acuerdo?

—De acuerdo.

Reproduje el vídeo. Shannon y yo prestamos atención para escucharlo, al tiempo que bebíamos las cervezas que ella había traído consigo:

"Me gustaría que cuando estén en ese momento en sus vidas que sienten que tienen todo lo que han soñado, que están tan cómodos como siempre han querido, se pregunten: ¿pudiese tener un trabajo mejor?... ¿Y si hago un esfuerzo?... ¿Y si monto un negocio propio y comienza a crecer? Pídanle a la persona que aman que se case con ustedes, y si ya lo hicieron, vuélvanselo a pedir. Acuérdense de los aniversarios, llévenlos al teatro, háganles el desayuno, cuenten un chiste malo. Sientan vergüenza. Apaguen el aire acondicionado de vez en cuando y dejen de bañarse tres días. Escriban una película, escriban un libro. Aprendan un idioma nuevo. Coman hindú, coman hormigas, coman con las manos. Discutan cuando tengan razón. Aprendan a pedir perdón. Traten bien a quienes los tratan mal. Enseñen con el ejemplo. Cómprense lo que siempre han querido y véndanlo. Váyanse al Roraima y quédense sin aire. Cuestionen todo. No se vayan a dormir sin tener algo en qué soñar. Está prohibido que un día se parezca a otro. Y nunca, pero nunca, piensen que la comodidad se encuentra en un lugar; la comodidad se encuentra en el camino".

—Bonito mensaje —dijo Shannon—, pero a menos que me estés pidiendo que me case contigo, no veo la relación con el tema del orgasmo.

Me reí por su ocurrencia y respondí:

—No te estoy pidiendo que te cases conmigo..., no todavía. Y con respecto al asunto del orgasmo, lo que quiero resaltar es la última frase: *"Y nunca, pero nunca, piensen que la comodidad se encuentra en un lugar; la comodidad se encuentra en el camino".*

—Creo que estás tratando de hacer una analogía, pero me tendrás que dar más pistas.

—En efecto. Si sustituyo la palabra "comodidad" por la palabra "placer" en esa oración, la frase quedaría así: *"Y nunca, pero nunca, piensen que el placer se encuentra en un lugar; el placer se encuentra en el camino"*.

—Pitufa, tú me has dado mucho placer... en el camino; el meollo del asunto es que hasta ahora no he llegado a "ese lugar".

—Cierto y con base a la respuesta que me diste antes, cuando me dijiste que haces el mayor esfuerzo para alcanzar el orgasmo, justo cuando crees que vas a llegar, creo que acabo de descubrir cuál es el inconveniente.

— ¿En serio?

—Así es... Shanie, hay una premisa acerca del orgasmo femenino tan fundamental que creo debería ser transmitida de generación en generación...

— ¡Alerta! ¡Alerta! ¡Maestro *Huevo Zen* se acerca!

Solté una carcajada y después, cuando pude hablar de nuevo, dije:

—Nada de huevos ahora. Te diré esa premisa: El orgasmo femenino es ese algo misterioso que sólo encuentras... cuando dejas de buscarlo.

— ¿O sea, lo que quieres decir es que debo disfrutar del camino sin pensar en el final? Es decir, que sólo llegaré a "ese lugar" si dejo de buscarlo.

—Exacto.

—Interesante.

—Más que interesante diría yo, porque lo que quiero ahora es probar mi teoría... contigo.

Con una sonrisa pícara, Shannon me preguntó:

— ¿Y cómo piensas hacer eso?

Acariciando su cuello con mis labios otra vez, le susurré al oído:

—Para empezar, necesito quitarte esa camiseta de pijama, me

encanta como te queda, pero para probar mi teoría te necesito sin ella.

Shannon abrió la boca exhalando un ligero gemido mientras levantaba sus brazos para permitir que yo la desnudara. Con la respiración agitada, me preguntó:

—¿Y las bragas…, también me necesitas sin ellas?

—No, esas déjalas dónde están.

—Pero…

—Pero nada, confía en mí.

—Siempre lo he hecho. Creo que no te lo he dicho, pero esta posición en la que estamos sentadas es excitante para mí.

—Mejor todavía —le dije al oído, al tiempo que comencé a acariciar la cima de sus senos con ambas manos.

Shannon echó su cabeza hacia atrás apoyándola sobre mi hombro mientras su cuerpo comenzaba a reaccionar. Yo misma percibí un latigazo de excitación que recorrió toda mi piel al sentirla así, rendida por completo, sumisa, ardiendo.

Mientras la acariciaba, comencé a susurrarle al oído:

—Quiero acariciar tus senos con mis manos, tu cuello con mis labios, quiero excitarte sin tocarte directamente, lo haré por encima de tus bragas. Quiero que el deseo de ser acariciada sea tan fuerte, tan abrumador, que cuando al fin decida hacerlo, no tengas forma alguna de pensar en nada más. Disfruta del camino, sólo eso. Quiero enloquecerte con cada caricia, con cada beso…

Presa del deseo, sus caderas comenzaron a moverse buscando la caricia directa que yo le negaba. En medio de sus gemidos, que me enloquecían también a mí, ella logró decir:

—Me estás volviendo loca, necesito que me toques.

—Aún no, esto es sólo el principio.

Continué acariciándola hasta que percibí las reacciones de su cuerpo que yo estaba esperando: el temblor involuntario de sus piernas, los latidos desesperados en su interior, sus gemidos suplicantes; entonces, comencé a acariciarla directamente.

En ese momento las caderas de Shannon se levantaron con

violencia, el temblor de su cuerpo se volvió casi frenético. Supe que ella estaba a punto de invocar a Dios o de decir una serie indefinida de malas palabras.

Es un misterio, pero en circunstancias como estas, las mujeres solemos decir groserías o nos acordamos de Dios y de alguno que otro santo.

— ¡Santo cielo! —bramó Shannon.

Check.

— ¡Oh... Por Dios!

Check.

En medio del gemido final que ella exhaló con la boca abierta, le susurré al oído:

—Te amo.

Y eso fue todo... El temblor de su cuerpo se transformó en una divina sucesión de espasmos. Buscando aire para respirar, ella ladeó su cabeza para mirarme y regalarme una sonrisa impresionante.

Check.

Yo le devolví la sonrisa y la abracé.

Cuando recuperó sus fuerzas, lo suficiente para girar su cuerpo y acostarse encima de mí, ella continuaba sonriendo, entonces le dije:

—Tienes una sonrisa orgásmica.

Shannon rio aún más y me dijo:

— ¿Sabes?, esto lo comprueba, sin lugar a dudas... Soy lesbiana, cien por ciento lesbiana.

—Bienvenida al club Shanie. Bienvenida a *"The L World"*.

—Pensé que era *"The L Word"* y no *"The L World"*, como acabas de decir.

Sonreí antes de responder:

—Para mí ser lesbiana es mucho más que una palabra, mucho más que una etiqueta. Ser lesbiana significa pertenecer a un mundo enigmático, misterioso, un mundo lleno de placer y de pasión, pero también lleno de amor, de miradas, de abrazos, de sonrisas, de ternura.

—Tienes razón. Esto fue… increíble.
—Lo sé.
—Te amo —me dijo. Seguía sonriendo.
—Y yo a ti —le dije yo, justo antes de que ella buscara mis labios para besarme.

Después de comernos a besos durante varios minutos, Shannon se sentó a horcajadas sobre mí. Al tiempo que me observaba con una mirada sensual y seductora, ella comenzó a desnudarme. Mi cuerpo vibró tan sólo de pensar en lo que me esperaba, mientras yo percibía la evidencia de mi creciente excitación. Ella comenzó a acariciar con sus labios mi cuello, mis senos desnudos, y justo antes de continuar bajando por mi cuerpo, me miró a los ojos y me dijo:

—Ahora será tu turno.

Incapaz de controlarme, mis caderas se arquearon cuando ella llegó a su destino y comencé a sentir sus leves aleteos.

—¡Por Dios! —exhalé en un gemido.

Shannon apenas estaba comenzando y yo ya estaba poniéndome religiosa, no era de extrañar, había deseado esto por mucho, muchísimo tiempo y ahora…

—¡Santo…

Capítulo Veintiuno

A la mañana siguiente...

Shannon

—No quiero levantarme de la cama —le dije a Victoria mientras la abrazaba.

—¿En todo el fin de semana?

—Algo así.

—No vamos a convertir esta hermosa amistad que nos une en sólo sexo, ¿verdad?

—No, pero este fin de semana quiero que seamos más que amigas.

—Tiene lógica, más ahora que por fin llegaste a "ese lugar".

—Es comprensible, ¿verdad?

—Absolutamente, y ahora que lo pienso, creo que pasar todo este fin de semana en la cama es una buena idea. Así podrás comenzar a pagarme la enorme deuda que tienes conmigo.

—¿Qué deuda? —pregunté.

—Todavía no la he cuantificado, pero lo haré de inmediato... Veamos, me enamoré de ti a los 12 años y ahora tengo 21... Me debes nueve años de orgasmos.

—¡NUEVE AÑOS DE ORGASMOS! ¡Eso es demasiado!

—Tratándose de orgasmos nunca es demasiado —señaló Victoria alzando las cejas.

—No es justo, yo no sabía que tú estabas enamorada de mí. Deberías condonarme esa deuda.

—¿Condonarte?... Lo lamento, los condones no son aplicables en esta relación, son más inútiles que... cenicero en moto.

Solté una gran carcajada.

—De verdad estás loca Pitufa. Pero bueno, supongamos que

acepto mi deuda; en ese caso tú también me debes unos cuantos, casi un mes.

—Podríamos compensar esa parte.

— ¡Ah no! En este caso no aceptaré la compensación como forma de pago.

— ¿Quieres decir que estás dispuesta a pagar tu deuda por completo?

—Así es, uno por uno —le dije a ella mientras hundía mi rostro en su cuello.

En medio de un gemido, la escuché decir:

—Y por lo que veo, quieres comenzar a pagar justo ahora.

—Así es…

…

Después de varios "*BOOOOM*", de parte y parte, nuestros estómagos vacíos comenzaron a protestar, por tanto, nos vimos obligadas a levantarnos de la cama. Compartimos una ducha y preparamos un suculento *brunch*. Mientras reposábamos la comida, decidimos comunicarnos con Brandon y con Rebeca para saber si podían y querían jugar en línea la continuación de los golpes del videojuego. Ambos estuvieron de acuerdo, de modo que Victoria y yo nos instalamos en nuestras poltronas especiales, nos colocamos los audífonos y comenzamos a jugar.

Por tratarse de una misión de sigilo, elegimos el fusil de francotirador; después, buscamos el vehículo blindado con el *PEM* cargado y nos dirigimos a la sede de los laboratorios. Mientras Brandon y Rebeca se encargaban de los guardias de la entrada, me subí al montículo y despaché al vigilante ubicado en la plataforma. Entonces, le pregunté a Victoria a través de los auriculares:

— ¿Qué te parece si nos ocupamos del conductor del vehículo antes de que arranque?

—Ok, pero tendremos que coordinar nuestros disparos, para matar al guardia que está a su lado al mismo tiempo.

—Bien, acércate a mí, sobre el montículo.

—Lista.

Apuntamos a nuestros objetivos e inicié la cuenta regresiva:

—3, 2, 1… Ya.

Lo hicimos tan bien que ella y yo nos vimos a los ojos y chocamos las palmas para celebrar.

Y así, pasamos varias horas jugando. Cuando culminamos con éxito la misión final de ese golpe, le dije a Brandon y a Rebeca a través de los auriculares:

—Bueno amigos, me parece que por hoy ya nos divertimos bastante. Victoria y yo tenemos asuntos pendientes.

Victoria me miró intrigada, yo le sonreí mientras le guiñaba un ojo. Ella tomó la pista y me devolvió la sonrisa.

— ¿Qué asuntos pendientes? —Preguntó Brandon—. Aún es temprano, podríamos jugar un rato más, ¿no creen?

—Brandon —dijo Rebeca—, Victoria y Shannon están en Nueva York, hoy es sábado. En esa ciudad deben tener miles de cosas que pueden hacer.

—Para ser honesta —acoté yo—, no es fuera de este departamento que tenemos asuntos pendientes.

Victoria me miró de nuevo, con los ojos muy abiertos, yo le sonreí. Decidí que ya era hora de comenzar a revelar algunas cosas, al menos con nuestros viejos amigos de la preparatoria.

— ¿Entonces? —Preguntó Brandon—. ¿De qué se trata?

—Brandon, Rebeca —dije en tono solemne—, serán los primeros en saberlo… Victoria y yo estamos juntas.

Miré a Victoria cuando terminé la frase, sus ojos estaban más abiertos ahora.

—Obvio que están juntas —dijo Brandon—. Viven en el mismo departamento desde hace meses.

—Que tonto eres —dijo Rebeca riendo—. Shannon se refiere a otro tipo de… conjunción.

Durante unos segundos, todos hicimos silencio, hasta que Brandon lo rompió con una exclamación:

— ¡Lesbianas!... ¿Lesbianas?... ¿En serio?

Victoria decidió hablar:

—Supongo que no tienes problema con eso, ¿verdad Brandon?
—Por supuesto que no, es más, me parece sexy. Lo lamento por el bando masculino, tratándose de ustedes dos es una gran pérdida para el gremio. Menos mal que no me enamoré de ninguna… Me hubiera llevado un chasco —respondió Brandon, riendo.

Los cuatro nos reímos, hasta que Victoria preguntó:
— ¿Y tú Rebeca? ¿Qué dices?
— ¿Qué digo? —preguntó ella—. Pues sólo puedo agregar esto: ¡Por fin! ¡Ya era hora!

Victoria y yo preguntamos al mismo tiempo:
— ¿QUÉ?

Rebeca respondió:
—De ti Shannon, no lo sabía, no con certeza; pero en el caso de Victoria… Demasiado obvio.
— ¿Obvio qué? —preguntó Victoria.
—Que Shannon te movía el piso, tonta. Mientras estudiábamos en la preparatoria te delató tu forma de mirarla, algunas cosas que decías sin querer. Después de graduarnos me cansé de invitarte a Boston, pero tú siempre encontrabas una excusa para irte a D.C.; la única vez que viniste a visitarme lo hiciste porque Shannon te acompañó. Nunca te conocimos un novio… ¡Por favor!, más obvio no podía ser.

Victoria me miró a los ojos y sonrió, al tiempo que Rebeca continuó diciendo:
»De verdad me alegro por las dos.
—Yo también —dijo Brandon—. Espero que nos inviten a la boda.
—Gracias chicos —dijo Victoria—. Los invitaremos a la boda… cuando sea que ésta ocurra. ¿Verdad Shannon?

Aunque sabía que aún faltaba tiempo para algo así, la sola idea de casarme algún día con Victoria me emocionó muchísimo, de modo que respondí:
—Así será.
—Bueno Brandon —dijo Rebeca—, no le robemos más tiempo

a este par de enamoradas. ¿Te parece?

—De acuerdo. Volveremos a jugar pronto, ¿verdad?

—Sí Brandon —respondí yo—. Antes de Navidad, cuando terminen las clases.

Una vez que nos despedimos, Victoria y yo apagamos las consolas y nos fuimos a nuestra habitación. Yo, por mi parte, no podía estar más contenta, me encantó la forma en que Brandon y Rebeca habían tomado la noticia, más aún, cuando recordé las palabras de Victoria: *"Ninguno de nuestros actuales amigos te rechazará por ser gay"*. Tuvo razón… como siempre.

Capítulo Veintidós

Victoria

Durante los días siguientes, Shannon y yo no dejamos de "invocar a Dios"… Al regresar de clases, antes de dormir, mientras nos duchábamos, incluso, algunas veces no salimos a trotar, por supuesto, no dejamos de ejercitarnos, tan solo usamos… métodos diferentes.

Era de esperarse, somos dos chicas de 21 años, con las hormonas a millón, llenas de pasión, de deseos acumulados, impacientes por descubrir nuevas formas de dar y recibir placer.

No obstante, a riesgo de parecer cursi, debo admitirlo: de un modo casi imperceptible, a medida que han transcurrido estos días maravillosos a su lado, la pasión y el deseo le están abriendo paso a algo mucho más profundo, algo que no es físico. No sé cómo expresarlo con exactitud, lo único que sé es que ya no sólo tenemos sexo, creo que en algún momento comenzamos a hacer el amor.

Los besos impacientes, las caricias ardientes, las miradas seductoras siguen allí, provocando una explosión de sensaciones en todo mi cuerpo que me hacen sentir viva, pero ahora, también hay miradas llenas de ternura, abrazos que no quiero que terminen, caricias impregnadas de sentimientos, besos colmados de paciencia que logran estremecer algo muy dentro de mí, que me hacen feliz, como nunca antes lo fui.

Hasta el momento no he me atrevido a indagar si Shannon ha experimentado lo mismo que yo, no quiero presionarla o hacerla sentir que no estamos en la misma página, supongo que en parte me acostumbré a no revelar mis sentimientos, o quizás temo que no sean correspondidos del mismo modo.

Lo que no me imaginé es que ella, esa misma noche, haría desaparecer todas y cada una de mis dudas…

Después de regalarme uno de los orgasmos más apoteósicos que recuerdo, Shannon se acercó a mi rostro sonriendo. Mientras jugueteaba, besando y acariciando mis labios con los suyos, me vio a los ojos con una mirada traviesa y dijo:

—Creo que mi madre tenía razón, soy lesbiana por tu culpa.

— ¿Por mi culpa? ¿Y eso por qué?

— ¿Acaso no te has visto frente a un espejo?... Vic, eres hermosa... demasiado. Me vuelves loca; un poquito más, cada día.

— ¿O sea, que sólo soy un pedazo de carne para ti? —pregunté bromeando.

—Tú sabes que no.

—No, no lo sé.

—Claro que sí, lo sabes, tonta.

Negué con la cabeza sin dejar de sonreír.

Ella acercó su boca a mi oído y me dijo en voz baja, como si se tratara de un secreto:

—Me vuelves loca Vic, pero no sólo porque eres demasiado hermosa, la verdad es que me vuelves loca porque te amo, como nunca creí que podría ser capaz de enamorarme de otro ser humano.

Sentí como se alborotaba algo dentro de mí al tiempo que mi corazón hacía lo que mejor sabe hacer, latir como un loco. Quería verla a los ojos, y cuando lo hice, lo que vi en su mirada me terminó de estremecer, era una especie de "te amo" silencioso que confirmaba cada una de las palabras que ella acababa de decir.

Para coronar ese momento único y maravilloso, Shannon acercó sus labios a los míos con una lentitud alucinante. Nos besamos con tal grado de ternura que percibí por segunda vez las mismas sensaciones que habían provocado sus palabras y la hermosa mirada que ella me había dedicado.

Fue en ese instante cuando supe que Shannon estaba sintiendo lo mismo que yo, que mis sentimientos eran correspondidos, que no tenía razones para temer lo contrario. Y por si fuera poco, lo que ella me dijo a continuación, me reafirmó todo eso por tercera vez esa noche.

— ¿Sabes? Estos momentos, mientras estamos así, sin hacer nada en especial, acurrucadas muy juntas en la cama o en el sofá, hablando de cualquier cosa o sin decir nada, viendo la tele o mirándonos a los ojos… en fin, tú me entiendes…

—Sí, sé a qué te refieres.

—Bueno, lo que quiero decir es que me encanta estar así contigo, es justo en momentos como estos cuando me doy cuenta que nunca había sido tan feliz como lo soy ahora.

—Me alegra muchísimo escucharte decir eso porque lo mismo me pasa a mí.

—En parte, esa felicidad se debe a que por primera vez soy yo misma, pero también es así porque ahora estoy a tu lado, sin ocultar lo que soy o lo que siento… Vic, nunca me había sentido así, con nadie, tú eres mi primer amor, el único que he tenido y el único que quiero tener, ¿lo sabes, verdad?

—Sí, lo sé, ahora más que nunca, lo sé —respondí, mientras me sentía como si estuviera flotando sobre las nubes.

No sé con exactitud la razón, supongo que fue porque ella mencionó que yo era su primer amor, pero en ese momento recordé sus cuadernos de preparatoria. Cuando los revisé después, con más tiempo, me di cuenta que los dibujos garabateados con mi nombre, al lado de un montón de corazones, aparecían en dos cuadernos más. Todos eran de séptimo grado. Me animé a mencionarlos:

» ¿Recuerdas los cuadernos de preparatoria, los que te pedí que me regalaras el día de tu cumpleaños?

—Sí, los recuerdo.

—Ya vengo, voy a buscarlos. Quiero mostrarte algo.

—Ok, pero apresúrate. Mis días de echarte de menos se acabaron.

—Exagerada, sólo será un minuto. Ya regreso.

Cuando volví a la cama, me acosté al lado de Shannon y le di los tres cuadernos, mientras le decía:

—Mira las páginas marcadas. Yo las marqué después que me los regalaste.

Shannon miró con cierta especie de fascinación sus propios trazos, levantó la cabeza para mirarme y dijo:

—¡Wow! No recordaba esto.

—Creo que esto prueba que yo soy tu primer amor. ¿Cierto?

—¡Wow! ¡Es impresionante! ¿Sólo encontraste estos dibujos en mis cuadernos de séptimo grado?

—Sí, en los demás no hay nada, sólo apuntes.

—Eso significa que después de séptimo grado encontré el modo de bloquear lo que sentía por ti, lo que siempre he sentido por ti Vic.

—Supongo que sí. Mientras tú te encargabas de bloquearlo, yo me ocupaba de ocultarlo. Aunque tal parece que no lo hice muy bien; mi madre lo supo, Rebeca lo suponía y estoy casi segura que tu madre lo sabía. Creo que ella siempre lo sospechó… Me refiero a lo que soy y a mis sentimientos por ti. Supongo que fue por eso que nunca le simpaticé.

—Ahora que lo dices tiene sentido. Todo encaja.

—Obvio, nunca comenté eso contigo. No podía hacerlo si quería seguir manteniendo mis sentimientos en secreto.

—Por más que lo pienso, aún no sé cómo pudiste mantener ese secreto durante tanto tiempo. Debe haber sido muy duro para ti verme en plan de novia con otros chicos, pensando que tus sentimientos por mí nunca serían correspondidos.

—Fue duro, lo reconozco, pero creo que aprendí a aceptarlo. Tenía tu amistad y eso hizo que valiera la pena.

—Te amo Victoria.

Me estremecí de nuevo, es algo que no puedo evitar.

—Y yo a ti... ¿Lo ves?... Valió la pena. Además ahora puedes compensarme, ¿cierto?

—¿Cómo?

—Hace rato me moviste el piso. Ahora, lo acabas de hacer de nuevo. Cada vez que me dices cosas como esas me llenas el alma.

Además, estas honrando tu deuda —agregué con picardía.

—Loca, te refieres a los orgasmos que te debo, ¿cierto?

—Obvio.

Shannon soltó una gran carcajada, cuando pudo hablar de nuevo, dijo:

—Siempre me has hecho reír con tus bromas. Eres muy ingeniosa para eso. Pero ahora que lo pienso, creo que intentabas ocultar una parte de ti detrás de esas bromas. Me refiero a tus verdaderos sentimientos por mí y a lo duro que era para ti creer que te habías enamorado sola, ¿cierto?

—Creo que sí, supongo que era mejor reírme de mí misma que sentarme a llorar en un rincón y convertirme en una auténtica reina del drama.

—Y te sirvió para algo más. Tu sentido del humor, tus bromas, tus locuras son parte de las razones por las cuales me enamoré de ti.

— ¿En serio? ¡Vaya! Eso significa que aunque ya no tenga nada que esconder, tendré que seguir bromeando y continuar con mis locuras. ¡Cáspita! Y yo que pensaba que podía comenzar a enseriarme.

—Tú nunca te vas a enseriar. Eres una loca…, mi loca, para ser exactos.

—Y tú "Pitufa", aunque dejé de ser una enana hace años.

—Exacto.

— ¿Sabes? Creo que deberíamos prepararnos para dormir. Nuestro vuelo a D.C. partirá muy temprano mañana.

—Tienes razón —dijo Shannon mientras se acostaba a mi lado, apoyando su mejilla sobre mi pecho. Ella extendió su brazo izquierdo para alborotar mi cabello como solía hacer, al tiempo que yo acariciaba su espalda, atrayéndola hacia mí.

Con un tono de voz casi infantil, Shannon dijo:

—Te voy a echar de menos en estos días de Navidad. Ya sé que vamos juntas, pero con todo este asunto del "bloqueo" que impuso mi madre creo que las cosas no serán iguales, no como yo quisiera al menos.

—No te preocupes por eso, sólo serán unos días, además, no podré entrar a tu casa pero eso no te impedirá a ti salir de ella. Iremos a pasear juntas, te escaparás, como siempre lo has hecho, después de Navidad y de Año Nuevo. Por otra parte, recuérdalo, este viaje en particular tiene una finalidad, intentar arreglar las cosas con tu madre. Tenle un poco de paciencia, esto no es fácil para ella y lo sabes.

—Tienes razón pero, aun así, sé que te voy a extrañar. No será lo mismo... Tú y yo viviendo como antes, tú en tu casa y yo en la mía. No podremos abrazarnos para ir a dormir, justo como lo hacemos ahora, no despertaré a tu lado, no cocinaremos juntas. Y ya sé, debes pensar que estoy exagerando, pero el asunto es: hasta que esto no se arregle, será así cada vez que vayamos a visitar a nuestros padres... y yo no quiero eso.

—Yo tampoco, pero debemos ser pacientes.

— ¿Más? ¿No te parece que ya hemos tenido suficiente paciencia? Tú, en especial.

—Exacto, yo en especial he aprendido que la paciencia sirve de algo y también servirá en el caso de tu madre. Confía en mí.

—Lo haré Vic. Tú casi nunca te equivocas.

—Y creo que esta vez tampoco lo haré.

Shannon sonrió y me dio un beso en la mejilla mientras me decía:

—Buenas noches Pitufa.

—Buenas noches Shanie —respondí yo, apretando el abrazo.

Al poco rato, ambas nos quedamos dormidas.

Capítulo Veintitrés

Shannon

Durante la semana de Navidad y Año Nuevo las cosas sucedieron más o menos como lo había vaticinado Victoria. Mi padre se notaba más que feliz por tenerme en casa; en cuanto a mi madre, lo reconozco, ella hizo su mejor esfuerzo para mostrar una actitud cordial. Obvio, el tema "tabú" no se mencionó ni una sola vez. Creo que fue mejor así, era evidente que todos en esa casa estábamos haciendo un esfuerzo silente por hacer que las cosas funcionaran de nuevo y que cada quien tenía su forma individual y única de procesar el asunto.

En el transcurso de esos días, Victoria y yo salimos a pasear varias veces. Ella hizo su mejor esfuerzo para evitar, en la medida de lo posible, cualquier manifestación de afecto en público, aunque hubo momentos en que resultó casi imposible. A veces me sentí un poco tonta por intentar ocultar lo que era más que evidente, creo que cualquier persona que se fijara con atención en nosotras se daría cuenta del vínculo real que nos une. Aunque evitáramos besarnos o abrazarnos en público, tan solo la forma de mirarnos nos delataba y eso si es verdad que no se podía evitar. El sentimiento estaba allí, como lo mencionó Victoria un día, visible ante los ojos de cualquiera que pusiera un poquito de atención.

A riesgo de exponerme a un reproche tácito o expreso de mi madre, que por fortuna no ocurrió, decidí pasar en casa de Victoria la última noche, antes de que ella se marchara a Nueva York para asistir a las entrevistas en la firma de abogados. Casi cuando estábamos terminando de cenar, Verónica le dijo a su hija:

—Vic, hay un tema algo delicado que quisiera conversar antes de que te marches a esas entrevistas.

—Dime mamá, ¿de qué se trata? —preguntó Victoria mientras se pasaba una servilleta por la boca.

—Conozco en persona a los tres socios de esa firma de abogados, uno de ellos, Richard McKenzie, es un hombre muy conservador, de ideas bastante cerradas. Estoy casi segura que él, o cualquiera de sus socios, te preguntará acerca de tus inclinaciones sexuales.

— ¡Mamá! —Exclamó Victoria—. ¿Tú crees que ellos incluyan ese asunto en las entrevistas?

—Estoy casi segura que sí, en especial McKenzie.

Temiendo las consecuencias de algo como eso, yo intervine en la conversación para preguntar:

— ¿Sí Victoria se ve obligada a revelar sus inclinaciones sexuales en cualquiera de esas entrevistas, corre el riesgo de no ser admitida para realizar las pasantías?

—Es una posibilidad —respondió Verónica.

— ¿Y qué pasaría si miente? Quiero decir, ¿no sería mejor que lo haga?... Dadas las circunstancias —aclaré.

— ¿Mentir? —Exclamó Victoria con los ojos muy abiertos.

—Esa no es una posibilidad —señaló Verónica—. Todas las firmas de abogados cuentan con su propio *staff* de investigadores privados, si Victoria miente ellos lo sabrán, tarde o temprano; eso sería peor.

Busqué los ojos de Victoria y lo que vi en su mirada me sacudió, ella estaba dudando, estaba dudando entre mentir o decir la verdad. Sentí que el piso se me partía en dos. Su duda era más que razonable, si decía la verdad, si admitía que era lesbiana, podría perder todo aquello por lo que había luchado hasta ahora… Y yo no iba a permitir eso. Percibí que algo se desgarraba dentro de mí en ese instante, aun así, supe lo que tenía que hacer.

—Victoria y yo nos hemos cuidado de no hacer manifestaciones de afecto en público, en consecuencia, no creo que los investigadores tengan nada… hasta ahora —dije mirando a Verónica. Después enfoque mi vista en Victoria y le dije a ella—. Aún tienes tiempo de mentir… y creo que deberías hacerlo.

— ¿QUÉ? ¿Te volviste loca? —Exclamó Victoria—. Si miento y soy contratada por esa firma de abogados, tú y yo no podríamos seguir juntas...

—Lo sé —dije, intentando no llorar.

— ¡NO! ¡Eso no!

Tomé sus manos entre las mías y le dije:

—Te amo Victoria, no seré yo, justo yo, quien me convierta en tu mayor obstáculo para que logres lo que siempre has soñado. Tienes un futuro brillante como abogada, no puedes, no debes renunciar a eso.

—No Shannon —dijo Victoria, casi suplicante—. No reflejes en mí tus propias dudas. No es justo.

—No es eso.

—Sí lo es y tú lo sabes.

—Sea como sea, eso ya no importa. No puedo permitirlo —dije, mientras me levantaba de la mesa—. Se acabó Victoria, fue hermoso mientras duró, pero he debido saberlo, todo esto fue sólo un sueño, un sueño bonito, pero la realidad es otra... y hoy nos pegó en la cara.

Me encaminé hacia la puerta, tenía que salir de allí lo antes posible. Logré poner una mano sobre la manilla, pero Victoria me agarró por el otro brazo y me haló hacia ella.

A punto de llorar, con evidentes signos de desesperación en sus gestos, en su mirada, en su lenguaje corporal, ella me dijo:

—No lo hagas Shannon, por favor, no te vayas así.

—Te amo Vic, por eso estoy haciendo esto —dije llorando, justo antes de abrir la puerta y salir de la casa.

Eché a correr sin mirar atrás, me sentía miserable, desolada, como si hubiera dejado atrás un pedazo de mí, supongo que así era, Victoria siempre había sido parte de mí, de mi vida, de todo lo bonito que podía recordar. Me partía el alma saber que desde ahora ella sería sólo eso para mí, un montón de recuerdos bonitos, de tristes recuerdos bonitos.

Cuando entré a mi casa, mi madre estaba en el salón, no quería que me viera así, me dirigí hacia las escaleras y subí a mi habitación. Me tiré sobre la cama y comencé a llorar, ahora sí, con toda la intensidad del inmenso dolor que sentía dentro de mí.

Unos minutos después escuché a alguien tocando la puerta de mi habitación y aunque estaba a oscuras recordé que había olvidado pasar el cerrojo. Quería estar a solas, pero no supe cómo exigirlo. Decidí girar mi rostro, de espaldas a la puerta, y dije:

—Adelante.

Era mi madre.

—¿Estás bien?

—Sí —mentí.

—Sólo quería decirte que esta mañana las vi a ustedes dos saliendo de una cafetería. No iban tomadas de la mano ni abrazadas, lo cual me extrañó, pero pude distinguir sus miradas y me di cuenta de lo feliz que estás ahora... Lo que quiero decir es que Victoria puede venir a esta casa cuando quiera.

—Gracias mamá, pero eso ya no importa —dije, llorando de nuevo.

Mi madre se sentó a mi lado, me tocó la espalda y me preguntó, preocupada:

—¿Qué te ocurre hija?, ¿por qué estás llorando?

Giré mi cuerpo para responder; no dejaba de ser irónico que fuera mi madre, justo ella, la primera persona en enterarse que todo había acabado entre Victoria y yo; que todo había terminado porque, en adelante, Victoria se vería obligada a ocultar una parte de sí misma para encajar en ese medio mundo que pretendimos ignorar, tal como lo había hecho yo durante tantos años.

—Mamá —le dije, casi resignada—, te juro que hice todo lo posible por evitarlo, no pude, por desgracia no pude, pero lo intenté. Hoy lo confirmé otra vez, ser gay apesta.

—¿Por qué dices eso?

La ironía de la situación alcanzó un nuevo nivel cuando, sin poder evitarlo, me refugié en su regazo, la rodee con mis brazos y llorando, como una niña, comencé a contarle todo lo que acababa de suceder.

Ella guardó silencio mientras yo hablaba. Cuando terminé de contarle, intentó animarme. Yo sólo lloraba. No me di cuenta del momento exacto en que me quedé dormida.

Capítulo Veinticuatro

Victoria

"*Ser gay apesta*", *esa fue la frase que te escuché decir el día que me confesaste que lo eras; quizás sea verdad, pero me niego a aceptar que esa frase se convierta en una sentencia en mi vida, en la tuya o el futuro que podemos tener juntas...*

Salí de mis pensamientos cuando el taxi se detuvo al frente del edificio. Peter me saludó como acostumbraba y abrió la puerta para permitir mi entrada. Respondí a su saludo con un gesto y tomé el ascensor para subir a mi departamento. En cuanto abrí la puerta experimenté la misma sensación desagradable que me había invadido en los últimos días. La luz del día penetraba por todas las ventanas del departamento, sin embargo, éste se percibía oscuro, vacío, sin vida. La ausencia de Shannon se notaba incluso al respirar, su esencia se percibía en todas partes, en cada rincón. Era impresionante, había vivido a su lado sólo por unos cuantos meses, pero ella se las había arreglado para hacer de esta casa un hogar.

¡Por Dios, Shanie! ¡Cuánto te echo de menos!

Sequé con ambas manos las lágrimas que bloqueaban mi visión, bajé las escaleras y me dirigí a mi habitación. Me desprendí de la ropa elegante que había usado para asistir a mi penúltima entrevista en la firma de abogados y me vestí con algo más cómodo. Ya sólo me faltaba reunirme al día siguiente con Richard McKenzie, sólo me faltaba ir a esa entrevista para jugar mi última carta; tenía que hacerlo, tenía que intentar acabar, de una vez y para siempre, con toda esta maldita pesadilla.

El miércoles, antes de irme al aeropuerto para regresar a Nueva York, fui a casa de Shannon para intentar hablarle. Su padre fue quien abrió la puerta, esperé allí mientras él subió a buscarla, pero ella se negó a hablar conmigo. La he llamado a su teléfono decenas de veces, al principio colgaba la llamada pero después, todas y cada una de las veces que la he llamado, me cae la contestadora, es obvio que decidió apagar su teléfono. Aun así no he dejado de intentarlo.

¡No voy a renunciar a ti Shannon! ¡Ni lo sueñes! ¡Paciencia Victoria, paciencia! ¡Tú puedes! ¡Vas a lograrlo! ¡Por supuesto que sí!

Esa semana había vuelto a mis antiguos y nada sanos hábitos alimenticios; la verdad no quería ni entrar a la cocina, cada vez que lo hacía echaba de menos a Shannon…. *Bueno, ¿para qué engañarme? La echo de menos en todos lados.*

¡Basta Victoria! Concéntrate en algo tan elemental como llamar por teléfono y encargar una pizza. ¿De acuerdo?

Lo hice, efectúe el pedido. Algunos minutos después escuché el timbre del intercomunicador. Me dio la impresión que esta vez la pizza había llegado antes de lo habitual pero, de igual forma, me paré del sofá para atender la llamada. Cuando respondí, escuché la voz de Peter, quien me dijo:

—Buenas tardes Srta. Bettley. En la recepción se encuentra una persona que desea subir a visitarla. No está en mi lista, por eso la estoy llamando ¿Desea que permita su entrada? Se trata de la Sra. Sara Leger.

¿Qué hace aquí la madre de Shannon?... Bueno, me imagino que voy a averiguarlo.

—Sí Peter, por favor, dile que suba.

—Lo haré Srta. Bettley. Buenas tardes.

—Buenas tardes Peter. Gracias.

—Siempre a su orden Srta. Bettley.

Me miré de arriba a abajo para verificar si estaba presentable. Supuse que sí, llevaba una camiseta ancha con unos pantalones largos de algodón que completaban el conjunto.

Abrí la puerta en cuanto escuché el timbre. Y allí estaba frente a mí, la Sra. Sara Leger… Intenté leer su lenguaje corporal, no tenía ni la más remota idea de qué motivo la había impulsado a visitarme, pero quería saberlo cuanto antes. Quizás venía a pedirme en persona que no insistiera más con su hija, que dejara las cosas como están. Sin embargo, al observarla, me dio la impresión que venía en son de paz, no percibí esa expresión intimidante con la que a veces ella me veía. Confiando en mi instinto, intenté sonreír y dije:

—Buenas tardes Sra. Sara. ¿Qué la trae por aquí?

—Buenas tardes Victoria. Disculpa que haya venido sin avisar, pero en verdad me gustaría hablar contigo.

—No se preocupe. Pase adelante, por favor —le dije, mientras estiraba mi mano para corroborar mi invitación.

Mientras cerraba la puerta, me di cuenta que ella estaba observando el departamento, al menos lo que podía distinguirse desde el vestíbulo. Se giró para decirme:

—Tienes un departamento muy lindo.

Y es mucho más lindo cuando su hija está aquí, se lo aseguro. No sólo porque ella es más ordenada que yo... No importa si allá afuera hay un sol radiante, no importa si está nevando o si llueve a cántaros, sea de noche o de día, si hija es capaz de iluminar con su presencia todo lo que le rodea..., me ilumina a mí.

—Gracias. Pero pase, por favor, vamos a salón para conversar. ¿De acuerdo?

—Seguro —respondió ella mientras bajaba los escalones de la entrada.

La escolté hasta el salón, con un gesto la invité a sentarse y le pregunté:

— ¿Desea tomar algo?

—Un vaso con agua sería perfecto —dijo mientras se sentaba.

—Ok, ya se lo traigo.

—Gracias.

Me serví uno para mí también, coloqué ambos vasos sobre la mesa de centro y me acerqué al sofá para sentarme frente a ella. Sin embargo, escuché el timbre del departamento otra vez. Me disculpé ante ella diciéndole que se trataba de la comida que había encargado. Ella asintió y yo fui hasta la puerta a recogerla. Después de colocar la pizza sobre la península de la cocina, me senté y dije:

—Dígame Sra. Sara, ¿qué desea hablar conmigo?
—Es acerca de Shannon.
Eso es obvio, el asuntó es de qué.
—La escucho.
—Shannon me contó lo que ocurrió entre ustedes y estoy muy preocupada por ella. Lleva varios días sin salir de su habitación, lo único que hace es llorar. Me parte el alma verla así. No debería entrometerme pero no puedo evitarlo.

Me partió el alma a mí también escuchar eso. Imaginé que Shannon se encontraba tan mal como yo por todo este asunto, pero escuchar de su propia madre que ella no paraba de llorar fue horrible para mí. Yo quise decir algo, pero Sara hizo un gesto para indicarme que deseaba continuar. Me dio la impresión que se había armado de valor para decir lo que quería decir y que yo no debía interrumpirla. Decidí callar y escuchar:

»Victoria, siempre supe que amabas a mi hija, siempre supe que ella te amaba a ti, pero me negué a admitirlo, y con mi actitud presioné a Shannon para que no lo admitiera tampoco. De cierta forma, siento que todo esto que ha pasado es por mi culpa, por lo menos en parte. Es mi culpa que ella no se haya aceptado a sí misma desde el principio, que no haya aceptado lo que sentía por ti. Mi hija fue miserable durante años y en gran parte fue por mi culpa.

—Sra. Sara, no sea tan dura consigo misma.

—Es lo que es Victoria, es lo que es. Pero no estoy aquí para darme golpes de pecho por los errores que cometí, estoy aquí para tratar de enmendarlos, si se puede, estoy aquí para pedirte que no incurras en un error parecido al que yo cometí. Sé que tu carrera está en juego, pero…

Ella hizo una pausa, como si quisiera encontrar las palabras adecuadas para continuar. Yo no la interrumpí, guardé silencio.

»Ser padres no viene con un manual, los padres somos tan susceptibles de cometer errores como lo son nuestros hijos, y siento que con todo esto que ha pasado mi hija me ha dado una gran lección. Es curioso, traje conmigo uno de sus libros preferidos: *"Ningún lugar está lejos"*, de Richard Bach. Lo traje porque deseo entregártelo antes de marcharme. Shannon siempre ha dicho que es uno de sus preferidos porque es un libro que puede leerse en quince minutos pero entenderlo puede llevarse toda una vida. Cuando venía en el tren, de camino hacia acá, lo releí… dos veces. Estoy segura que podrás encontrar en él una lección para ti, como yo la encontré para mí. Por eso quiero dejártelo. En lo que a mí respecta hay una parte que me impactó, que me tocó directamente. Dice algo así como: *"No eres la hija de las personas a quienes llamas madre y padre, sino su compañera de aventuras en una luminosa jornada para comprender las cosas que son"*…

»Y yo lo entendí, me tomó años, pero al fin lo entendí. Ahora, sentada frente a ti, quiero, necesito pedirte que pienses muy bien lo que vas a responder en esas entrevistas, que antes de hacerlo seas capaz de comprender las cosas que son, como dice el libro preferido de Shannon.

Me sentí conmovida por sus palabras, entendí a la perfección lo que ella quería decirme con ellas, pero lo que en verdad me conmovió fue escuchárselas decir, justo a ella, a la madre de la mujer que amo, la persona que se había empeñado en no aceptar lo que ahora estaba admitiendo frente a mí, con una humildad y sinceridad impresionantes.

Me pareció que había llegado mi turno de hablar, así que dije:

—Sra. Sara, me alegra muchísimo escucharle decir todo lo que ha dicho, estoy impresionada. Ahora que está aquí, pienso que quizás usted podría ayudarme… si decide confiar en mí. Dígame, ¿puede confiar en mí?

—Sí, confío en ti.

—¡Gracias! —exclame con una sonrisa y agregué— Siendo así, me gustaría pedirle un favor…

—Sí Vic, lo que quieras… ¿Puedo llamarte Vic? —preguntó ella asomando una pequeña sonrisa, casi imperceptible.

—Por supuesto, usted es la única persona de la familia Leger que no me había llamado así. ¿Qué le parece si continuamos hablando mientras comemos juntas esa pizza que acaba de llegar? ¿Desea acompañarme?

—Seguro —respondió Sara mientras sonreía. Esta vez era una sonrisa amplia, sincera y honesta; todo un acontecimiento tratándose de ella.

Capítulo Veinticinco

Shannon

"Despecho"…, siempre me había parecido una de las palabras más cursis y dramáticas del diccionario, pero ahora, después de casi dos semanas, mientras permanezco en mi habitación, con las cortinas cerradas, acostada en mi cama, ahora entiendo el verdadero significado de esa palabra.

El vacío que solía acompañarme después de despedirme de Victoria en el aeropuerto o en la estación de trenes se ha transformado en un gran agujero, profundo y oscuro. "Despecho"…, sí, así es, eso es lo que siento, como si me hubieran arrancado a la fuerza, con violencia, un pedazo en medio de mi pecho dejando un hueco con las paredes desgarradas, sangrantes, que duele, arde, quema…

Es impresionante, durante años la amistad de Victoria me había dado miles de motivos para sonreír, me había dado fuerzas cuando lo necesitaba, me había acompañado siempre, incluso cuando ella no estaba tan cerca como yo hubiera querido. En las últimas semanas esa amistad, transformada en algo más, me llevó a experimentar sensaciones que nunca antes había sentido, el deseo, la pasión, el placer, pero más que eso, supe por primera vez lo que es estar enamorada, nunca fui tan feliz como lo fui durante esas semanas… Y ahora, lejos de ella, incapaz de regresar, estoy experimentando por primera vez un dolor intenso, agobiante, que no sé cómo quitarme, un dolor que se intensificó dos días atrás.

Hasta hace dos días ella intentó hablar conmigo, vino a casa, me llamó por teléfono, me dejó decenas de mensajes cuando decidí apagarlo. Yo lo encendía de vez en cuando, sólo para asegurarme que ella seguía allí, me conformaba con escuchar su voz, pidiéndome, suplicándome que la llamara. No lo hice, no debía hacerlo. Pero desde hace dos días, sus llamadas cesaron, no hubo más mensajes.

Ese silencio sólo puede significar una cosa, ella decidió mentir en su última entrevista; las cartas están echadas, todo terminó entre nosotras. Intentar retomar nuestra amistad no me parece una opción, sería demasiado doloroso para ambas. Este es el fin, el final que ella misma vaticinó tiempo atrás, el día que me ofreció aquel regalo de cumpleaños, el fin que yo nunca me había atrevido siquiera a considerar.

En este momento no sólo tengo un dolor inmenso dentro de mí, también tengo miedo, porque justo ahora siento que no me importa nada, no me importan mis estudios, la carrera que siempre soñé, no quiero hablar con nadie, ni escuchar a nadie. Mi padre lo ha intentado varias veces, lo he escuchado sólo porque se trata de él, pero nada de lo que dice logra consolarme. Mi madre, por su parte, no ha tratado de hacerlo, quizás no sabe cómo, pero sé que ella está tan o más preocupada que mi padre, lo sé por su forma de actuar, por su manera de mirarme cada vez que viene a mi habitación para traerme algo de comer.

Sé que estoy siendo melodramática, que me he convertido en la auténtica "reina del drama", usando el término que Victoria mencionó una vez, pero no me importa, no me importa nada ahora.

Supongo que de algún modo encontraré la forma de reponerme a todo esto, la fuerza para levantarme de esta cama, salir de esta habitación y comenzar la dura tarea de recomenzar una vida sin ella..., por primera vez, desde que la conozco, pero justo ahora no deseo hacer nada, me voy a quedar aquí, a oscuras en esta habitación, con las cortinas cerradas para olvidarme que el sol existe, quiero cerrar los ojos e imaginar que Victoria está a mi lado, que ella besa mis labios como si el mundo se estuviera acabando... De hecho, sé que una parte de mi mundo se acabó...

He perdido a la persona que amo, he perdido a mi mejor amiga... y en este momento, mientras empapo por enésima vez la almohada con mis lágrimas, no estoy en capacidad de saber cuál de las dos cosas me duele más.

...

Como un vampiro que huye del sol para evitar que sus rayos lo aniquilen, antepuse mis brazos sobre mi rostro cuando la luz del día inundó mi habitación. Pude distinguir la silueta de mi madre abriendo las cortinas antes de hundir mi cabeza bajo la almohada, al tiempo que reclamé molesta, contrariada:

— ¡Qué demonios! ¡Cierra esas cortinas y déjame sola!

— ¡Ya basta! —Exclamó mi madre en un tono firme—. He sido paciente contigo, pero se acabó, es hora de que saques el culo de esa cama.

—Por favor mamá, déjame sola —repetí, sin abandonar mi posición bajo la almohada.

Ella se sentó a mi lado y me dijo, en un tono mucho más dulce que el anterior:

—Hija, tus clases comenzarán dentro de poco. No debes perderlas.

—No me importa.

El tono dulce duró poco, mi madre replicó con fuerza:

—Pues a mí sí, a mí sí me importa. Tus clases comenzarán dentro de dos días y yo he encontrado, a través de la amiga de una amiga, una habitación en Nueva York donde podrás mudarte. No queda tan cerca de la universidad como me hubiera gustado, pero es económica y sé que servirá. Eso sí, por ser económica y por lo difícil que resulta encontrar un lugar así en Nueva York, la amiga de mi amiga sólo va a esperar hasta hoy por nosotras. Debemos apresurarnos.

—Pero...

—Nada de peros. Tal vez en este momento sientas que nada te importa como dices, pero te importará, si pierdes clases o pierdes el semestre por no asistir, te aseguro que te importará. Tienes que reaccionar Shannon, no puedes seguir encerrada en esta habitación por más tiempo. ¡Levántate! Tenemos sólo una hora para llegar a Union Station. ¡Anda!

Muy a mi pesar, sabía que mi madre tenía razón, no me quedó

más remedio que obedecerle. Con desgano me levanté de la cama, tomé una ducha, la primera en varios días, y me vestí con lo primero que saqué de mi armario, un suéter grueso con capucha por encima de una camiseta manga larga de algodón, un vaquero raído y unos zapatos deportivos tan desgastados como el pantalón.

Mi padre nos llevó en coche hasta la estación. El no habló casi nada durante el trayecto, tampoco mi madre; sin embargo, mientras yo tenía la vista fija en el horizonte, viendo todo sin mirar nada en realidad, noté de reojo que él me miró varias veces a través del espejo retrovisor, supongo que continuaba preocupado por mí, un poco menos quizás porque al fin había salido de mi habitación. No obstante, cuando me despedí de él con un beso, antes de bajarme del coche, noté un brillo en su mirada que no fui capaz de descifrar.

Mi madre y yo tomamos el tren con destino a Nueva York. Miré la hora que marcaba mi reloj, eran las 2:30 p.m. En un día normal de clases, esa era la hora en que solía llegar al departamento al salir de la universidad, la hora en que comenzaba a preparar el almuerzo para recibir a Victoria... No quería seguir recordando, tampoco quería hablar con mi madre, no había nada que decir, me coloqué los audífonos y cerré los ojos.

Casi una hora después sentí sueño, de modo que apagué el dispositivo y me quedé dormida por un rato. Al despertar, miré la hora en mi reloj otra vez, eran las 5:50 p.m. Nos encontrábamos muy cerca de Nueva York. La cercanía con Penn Station me hizo recordarla... Ella no estaría allí, esperando por mí como lo hizo tantas veces. Sentí ese dolor intenso en medio de mi pecho de nuevo, ese maldito dolor que no sabía cómo quitarme.

Aunque afuera estaba nevando y el cielo estaba nublado, bajé las gafas de sol de mi cabeza y me las coloqué para ocultar mis ojos detrás de ellas. Comencé a llorar en silencio, intentando pasar desapercibida. Mi madre, sentada a mi lado, no me dijo nada, tan solo colocó su mano sobre la mía y me ofreció una servilleta.

El tren se detuvo frente a la estación. Antes de bajar, mi madre efectuó una llamada con su teléfono móvil. La escuché cuando decía:

—Acabamos de llegar. ¿Dónde te encuentras? —Hubo una pausa y agregó—. Ok, espera por nosotras, vamos en camino.

Yo guardé silencio pero, por mi forma de verla, creo que mi madre me leyó la pregunta en la mirada. Entonces me dijo:

—Estaba hablando con la amiga de mi amiga. Nos está esperando arriba. La llamé para saber dónde nos encontraríamos.

Asentí en silencio.

Como un borrego que avanza hacia un destino desconocido, empujado por la manada que lo rodea, caminé al lado de mi madre hacia las escaleras. Antes de subir, ella tomó mi brazo, me apartó del tránsito de gente y me dijo sin soltarme, mirándome a los ojos:

—Shannon, necesito que me escuches con atención. No es la amiga de una amiga quien está esperando por nosotras…, por ti en realidad…, es Victoria.

— ¿QUÉ? —Exclamé.

Ni siquiera había terminado de procesar lo que acababa de decirme mi madre, cuando sin pensarlo, casi de manera involuntaria, levanté la cabeza y comencé a buscar a Victoria mirando en todas direcciones, hasta que me di cuenta que no la encontraría allí, sino arriba, en el lugar de siempre.

— ¿Victoria está esperando por nosotras arriba en el pasillo, al lado de *"Penn Sushi"*, cierto?

—Sí, eso fue lo que me dijo.

Intenté soltarme, pero mi madre no lo permitió. Llamó mi atención de nuevo y me dijo:

— ¿A dónde vas? Es preciso que la escuches. Por eso te traje conmigo.

No estaba segura si este plan descabellado, que evidentemente habían orquestado mi madre y Victoria, daría algún resultado, lo único que sí sabía, con absoluta certeza, es que necesitaba verla, necesitaba abrazarla, besarla…, aunque fuera por última vez; poco me importaba en ese instante si tendría que hacerlo rodeada de gente, lo único que quería era encontrarme con ella.

—Quiero escucharla mamá... Lo necesito.

—Entonces anda, ve por ella. Yo las alcanzaré después —dijo mi madre soltando mi brazo.

Como si mi vida dependiera de ello, subí corriendo por las escaleras abriéndome paso entre la multitud. Las manos me sudaban, mi corazón latía atropellado dentro de mi pecho. Cuando llegué arriba seguí corriendo y entonces... la vi. Me detuve por un segundo para admirarla. Se veía hermosa, elegante... Llevaba maquillaje y tenía el cabello recogido en un moño tras su cabeza. Debajo de su abrigo vestía un conjunto de líneas sofisticadas compuesto por una blusa de seda blanca, una chaqueta y una falda ceñida color negro, capaz de quitarle el hipo a cualquiera. Y para completar su atuendo, unas zapatillas altas que enaltecían aún más su preciosa figura. Por algún motivo recordé a Verónica, su hija se veía tan sofisticada y elegante como ella.

Victoria me sorprendió mirándola. Cuando nuestros ojos se encontraron, no pude evitarlo, sonreí como una tonta. Victoria me devolvió la sonrisa y abrió sus brazos para recibirme con ellos. Por un instante olvidé todo, dónde estaba, lo que nos había separado, lo que podía unirnos, arranqué a correr y cuando estuve cerca lo suficiente tomé impulso y me abalancé sobre ella. Victoria me abrazó levantándome del suelo, yo me sostuve arriba, envolviendo mis brazos alrededor de su cuello y mis piernas alrededor de su cintura, igual que aquella primera vez. Me estremecí cuando percibí su cálido aliento cerca de mi cuello, cuando me susurró al oído:

—Tenemos que hablar... mi amor.

Yo cerré los ojos, sonreí de nuevo y apreté el abrazo. Esa frase, la manera en que la había pronunciado, no era terminal, no parecía la sentencia de algo que estaba a punto de acabar, todo lo contrario, parecía un comienzo. Quise besarla, pero me contuve, no por la multitud que nos rodeaba, sino porque necesitaba escucharla primero, saber con certeza si en verdad podíamos tener una segunda oportunidad.

Puse mis pies sobre el suelo, literal y figurativamente. Sin dejar de mirarla a los ojos, le pregunté:

— ¿Qué pasó en esas entrevistas? ¿Te preguntaron lo que tanto temíamos?

—Sí, lo hicieron… Respondí con la verdad.

—Victoria, pero…

Ella colocó un dedo sobre mis labios y dijo:

—La última entrevista la tuve hoy, se retrasó dos días. Richard McKenzie no pudo recibirme antes. En efecto, él me preguntó si soy gay. Respondí que sí, y no sólo eso, dije que estoy enamorada como una loca de mi mejor amiga y que ella me corresponde.

Su respuesta me alivió pero al mismo tiempo me llenó de ansiedad:

— ¿Por qué lo hiciste? Pusiste en riesgo tu carrera.

— ¿Que por qué lo hice? —dijo—. Lo hice porque no hay nada en el mundo que me importe más que ser fiel a lo que soy y a lo que siento. No trabajaré en ningún sitio, no aceptaré estar en ningún lugar donde me vea obligada a dejar de ser quien soy, donde me vea obligada a ignorar mis sentimientos, donde me vea obligada a separarme de ti. Eso no es vida Shannie, sería un parapeto y yo no quiero eso, nunca lo he querido.

—Pero tú dudaste aquel día, cuando tú madre habló con nosotras acerca de todo esto.

—Sí Shanie, dudé. Soy humana y ese fue mi error, no dudé por mucho tiempo, por instantes quizás, pero lo hice, tú lo notaste y tus propias dudas surgieron de nuevo. Lo lamento. Eso no volverá a pasar nunca más.

— ¿Estás segura?

—Absolutamente. Jamás he estado tan segura de algo en toda mi vida como lo estoy ahora. Shanie, es preciso que entiendas esto muy bien. Te quiero a mi lado… siempre lo he querido y siempre lo querré, pero aunque no fuera así, soy lo que soy y estoy orgullosa de ello… Soy lesbiana, siempre lo seré; de modo que si en esa firma de abogados, o en donde sea, no me aceptan, será por ser lo que soy, no por ti, no por tu causa y mucho menos por tu culpa. ¿Está claro?

—Sí, está claro —respondí, sintiendo un alivio inmenso. Victoria estaba logrando con su presencia, con su actitud, con la seguridad que imprimía en sus palabras comenzar a devolverme ese pedazo que habían arrancado dentro de mí. De nuevo, estaba llenando aquel inmenso vacío, ese agujero negro que sentí cuando creí que la había perdido. Mis ganas de besarla seguían allí, pero no quise interrumpirla, necesitaba escuchar todo lo que ella quería decirme.

—Fui a tu casa para decirte esto, te llamé por teléfono, te dejé mensajes, pero después que tu madre me visitó en el departamento para tratar de convencerme que hiciera lo correcto y yo le comuniqué la decisión que había tomado, mi decisión de decir la verdad, ella me recomendó que esperara a salir de la última entrevista para decírtelo en persona, cara a cara, como estamos ahora. Me dijo que si lo hacía de ese modo mi decisión de decir la verdad no sería una promesa, sino un hecho. Y hoy, después de hablar con McKenzie, lo es.

— ¿Mi madre vino a Nueva York a visitarte? —pregunté sorprendida.

—Así es. Ella estaba muy preocupada por ti, por nosotras, por tus estudios. Quería asegurarse que yo no metería la pata en esas entrevistas, me dijo unas palabras muy lindas y aún sin saber que yo había tomado la decisión de decir la verdad, me dio un empujón adicional. No lo esperaba, menos de parte de ella, pero así fue…

— ¡Wow! Por lo que veo mi madre no cambia, siempre haciendo las veces de cupido. Me alegro que esta vez haya apuntado sus flechas a la persona correcta…, hacia ti, quiero decir —dije sonriendo.

Victoria me devolvió una hermosa sonrisa y dijo:

—Ese día ella me regaló un ejemplar de uno de tus libros preferidos…

— ¿Cuál, *"Ningún lugar está lejos"*?

—Ese mismo. Me dijo que quizás leyéndolo encontraría la respuesta que yo necesitaba. Como te acabo de explicar, ella lo ignoraba en ese momento, no sabía que yo ya había tomado la decisión de responder con la verdad. Aun así, me llevé el libro conmigo de camino a la entrevista, lo leí en el taxi. Lo tengo aquí, dentro del maletín. Por supuesto, todavía no estoy lista para entender o asimilar uno de los mensajes de esa obra, me refiero a esa parte donde dice que no necesitas la presencia de las personas que amas para sentirlas a tu lado, yo no he llegado a eso todavía, todavía me siento partida por la mitad cuando no te tengo a mi lado, te necesito conmigo, junto a mí; no obstante, hay frase que me encantó, me refiero a la parte donde dice que las únicas cosas que importan son las que están hechas de verdad y alegría y no de latón y vidrio. ¿La recuerdas, verdad?

—Sí, por supuesto, me fascina esa parte del libro.

—Pues bien, te diré esto, cualquier cosa que yo pueda lograr ejerciendo mi carrera: dinero, cargos, posición económica, reconocimientos…, lo que sea, siempre serán de latón y vidrio; pero mi verdad es lo que soy, lo que siempre fui, lo que siempre seré… Y tú Shanie, tú eres mi alegría…, mi mayor alegría. Eso es lo que importa.

¡Por Dios, Vic! Es en serio, me estás comenzando a derretir con esas cosas tan hermosas que dices.

»Shanie, al igual que tu padre, uno de los aspectos de tu personalidad que más admiro es la nobleza que hay dentro de ti, ese don que te da la fuerza para sacrificarte por las personas que amas, tal como lo hiciste por tu padre cuando él enfermó, tal como lo quisiste hacer ahora por mí, para no poner en riesgo mi futuro como abogada. Pero te aseguro que ese sacrificio no será necesario, no en mi caso, ¿sabes por qué?

—¿Por qué?

—Es cierto, seguir los pasos de mi madre es uno de mis sueños, pero, ¿te has preguntado alguna vez por qué convertí eso en uno de mis sueños?... Te lo confesaré ahora. Casi salí huyendo de D.C., me mudé a Nueva York y me enfoqué en mis sueños de carrera para intentar olvidarte, para tener algo en mi vida que pudiera llenar en parte lo que tú no podías llenar.

»Lo creí imposible, pero ya no lo es, tú me amas, yo siempre te he amado. A pesar de mi confusión momentánea, es imposible que yo sacrifique lo que más me importa por el latón y el vidrio que podría otorgarme mi carrera.

»El mensaje en ese libro me ratificó lo que yo ya sabía, lo que olvidé sólo por un instante: Mi verdad es lo que soy. Mi alegría eres tú. Por favor, dejemos atrás todo este asunto y vuelve a mi lado... Por favor.

¡Ya está! No puedo resistir más tiempo, necesito...

—Quiero besarte.

Victoria sonrió, atónita. Miró en todas direcciones y dijo:

—Yo también, pero estamos rodeadas de...

No aguanté más, ni siquiera la dejé terminar esa frase, igual que aquella primera vez, miré sus labios y me lancé hacia ellos con fuerza. Atrapé su boca para besarla con desesperación, como un viajero sediento que ha pasado días sin beber una sola gota de agua. Volví a ver, con mis ojos cerrados, estrellitas y luces de todos los colores. Quería besar esos labios cien veces al día, todos los días, toda mi vida.

Ella tenía razón, por fortuna era yo la equivocada, no renunciaría... nunca más.

No más secretos...

Cuando nos miramos a los ojos otra vez, ella me regaló otra de sus impactantes sonrisas y me dijo, con absoluta picardía:

—Estoy detectando un poquito de orgullo gay en esa mirada... y en ese beso que acabas de darme.

Me reí con ganas. Ella lo había hecho de nuevo, sólo Victoria es capaz de hacerme reír de esa manera.

—Así es —respondí todavía riendo—. ¡Al diablo con el mundo! Creo que si algo bueno salió de todo este enredo es que al fin lo entendí.

— ¿Eso quiere decir que te has convertido en un buen guerrero..., al estilo Coelho? —preguntó Victoria sin dejar de sonreír.

—Eso mismo.

—Lo sabía, sabía que lo lograrías. Eso sí, como diría algún astronauta en apuros: "Houston, tenemos un problema".

Sospechando que se avecinaba otra de sus ocurrencias, pregunté:

— ¿Qué problema es ese?

Victoria acercó sus labios a mi oído y respondió con un tono que rebosaba sensualidad:

—Por mucho orgullo que sientas, por muy buen guerrero en que te hayas convertido, lo que quiero hacer ahora contigo requiere absoluta privacidad.

Un escalofrío recorrió mi espalda al tiempo que sus palabras lograban el efecto que ella buscaba; ardiendo al rojo blanco, suspiré antes de decir:

—*Touché*.

—Entonces, vamos a casa, ¿sí?

Por encima del deseo, algo dentro de mí se estremeció al escuchar esa frase, ese "vamos a casa".

—Claro que sí —respondí—. Pero tenemos otro problema.

— ¿Cuál?

—Mi madre…, está aquí, en algún lugar —respondí mientras miraba a todos lados para ver si la encontraba.

—Tu madre no será un problema, no esta vez —aclaró ella—. Tomará un tren dentro de poco. Vamos a buscarla para despedirnos.

—Ok, ¿pero dónde está ahora?

—Déjame ver, creo que me envió un mensaje hace poco —dijo Victoria mientras consultaba su teléfono móvil—. En efecto, es de ella. Dice que se encuentra en la sala de espera de *AMTRAK*.

—Mi madre y tú, confabuladas… ¿Quién lo hubiera imaginado? Planificaron todo esto juntas, hasta el más mínimo detalle.

—Por supuesto, tu madre y yo aprovechamos su visita al máximo. ¡Ah!, y debo acotar que como cupido es excelente —señaló Victoria sonriendo con picardía.

Me reí de nuevo mientras ella tomaba mi mano para caminar juntas hacia el lugar donde nos esperaba mi madre. Cuando ella nos vio, se levantó de su silla. Lo que más me impresionó fue la sonrisa de oreja a oreja que se asomó en su rostro al darse cuenta que veníamos tomadas de la mano.

De igual forma solté a Victoria, no por vergüenza, sino porque quise salvar la distancia que me separaba de mi madre, quería abrazarla y darle las gracias. Gran parte de la felicidad que sentía ahora se la debía a ella no sólo por sus labores de cupido, sino por lo que todo esto significaba; mi madre por fin me aceptaba como soy, aceptaba a Victoria en mi vida. No podía sentirme más feliz.

Mientras nos abrazábamos, le dije:

—Gracias mamá, esto que has hecho significa mucho para mí.

—Para mí también hija. Sé feliz, eso es lo que importa.

Otra de las cosas que importan...

Cuando nos separamos, mi madre hizo algo más que logró conmoverme. Miró a Victoria y abrió sus brazos para recibirla. Ella no lo pensó dos veces, se acercó a mi madre y ambas se abrazaron.

Creo que me equivoqué de nuevo... Si podía sentirme más feliz.

Ellas se separaron un poco, lo suficiente para invitarme a un abrazo grupal.

Me uní a ellas y me sorprendí otra vez, en el momento en que mi madre dijo:

—Gracias Vic, gracias por hacer feliz a mi hija.

¿Escuché mal o mi madre acaba de llamarla "Vic"? ¡Wow! En verdad aprovecharon el tiempo en esa visita.

—Su hija es quien me hace feliz a mí, Sra. Sara.

—Bueno —dijo mi madre—, ahora que todas somos felices, voy a tomar ese tren. A estas alturas Paul no debe tener ni una sola uña. Debe habérselas comido todas mientras esperaba el desenlace de esta historia.

— ¿Mi padre también lo sabía? —pregunté con asombro.

—Sí Shannon, pero estaba tan nervioso como nosotras. Contábamos con el poder de convencimiento de tu novia.

"Mi novia"... ¡Sí! ¡Victoria es mi novia!... ¡Un momento!... ¿La felicidad tiene límites?... Creo que no.

Las tres nos abrazamos otra vez, antes de que mi madre comenzara a alejarse en dirección al andén. El tren que la llevaría de vuelta a D.C. estaba a punto de partir.

Al tiempo que Victoria y yo salíamos de la estación hacia la avenida, la tomé por el brazo como había hecho mi madre, la aparté del tráfico de personas, la abracé y mirándola a los ojos le pregunté:

—Vic, ¿quieres ser mi novia?

Sonriendo de oreja a oreja, ella me respondió:

— ¡Cáspita! Me ganaste en velocidad. Cuando tu madre lo mencionó se me ocurrió preguntarte lo mismo. Por supuesto que quiero ser tu novia.

Sonriendo, nos besamos otra vez. Después continuamos nuestra marcha hacia la calle. Ambas queríamos llegar a casa cuanto antes…

"Llegar a casa"… Es definitivo, la felicidad no tiene límites.

Capítulo Veintiséis

Sara Leger

En el mismo instante en que el tren partió de la estación, tomé mi teléfono para llamar a Paul. Creo que él lo tenía en la mano porque su móvil no repicó ni una sola vez. Me respondió enseguida:

—Por favor Sara, dime que tienes buenas noticias.

—Las tengo, tranquilízate por favor.

Mi esposo suspiró aliviado y dijo:

—Muy bien, cuéntame los detalles.

—Paul, fue impresionante... Nuestra hija prácticamente no habló durante las casi tres horas y media que duró el trayecto en tren y aunque llevaba gafas oscuras me di cuenta que ella estaba llorando; varias veces vi cómo se secaba las lágrimas que se escurrían por el borde inferior de sus gafas, me partió el corazón verla así y después... Su transformación fue impactante, tenías que haberla visto, como le cambió la expresión, la mirada, a medida que Victoria intentaba convencerla de regresar. Por supuesto, yo no escuché lo que decían, me alejé lo suficiente para darles la privacidad que necesitaban, pero me mantuve cerca, lo suficiente para verlas y asegurarme que todo estaba bien. Después me alejé y me ubiqué en el lugar donde le informé a Victoria que las esperaría. Cuando ambas se acercaron para despedirse de mí en la estación, Shannon sonreía, su mirada brillaba... Tengo que reconocerlo, Victoria hace feliz a nuestra hija; en verdad se aman, no me cabe la menor duda.

—Así es Sara, además, me consta, Victoria es una chica excelente, de muy buen corazón.

—Lo sé Paul, en el fondo siempre lo supe, sólo que me negué a admitirlo, tal como me negué a admitir todo lo demás.

—Fue un hermoso gesto de tu parte lo que hiciste por Shannon, llevarla a Nueva York para encontrarse con Victoria.

—Es lo mínimo que podía hacer. El día que fui a visitarla, Victoria me pidió ayuda, me dijo que necesitaba hablar con Shannon en persona, pero que ella se había negado, ni siquiera respondía a sus mensajes. Victoria estaba dispuesta a viajar a D.C. si era necesario, pero yo le dije que no lo hiciera, porque Shannon debía viajar a Nueva York para comenzar sus clases. Le recomendé que no intentara contactarla por teléfono; no tenía sentido, ya sabes lo testaruda que pude ser nuestra hija cuando toma una decisión. Le dije que acudiera a su última entrevista y que me avisara, para encargarme en persona de llevar a Shannon a Nueva York, aunque fuera a rastras. Y así fue.

—Bueno Cupido, te felicito, tu plan funcionó. Y yo estoy feliz. Sé que tú también.

—Así es Paul.

—Creo que ha llegado la hora de dar un paso más.

—¿De qué hablas?

—Me refiero a construir nuevos puentes...

—¿Qué puentes? Últimamente pareces más un ingeniero que un bombero.

Paul se rio y dijo:

—Pues claro, ahora eres tú quien se dedica a apagar fuegos; por lo tanto, cambié mi profesión, ahora construyo puentes.

Me reí también:

—Vamos a ver, ¿qué puentes son esos que quieres construir ahora?

—Me gustaría comenzar a unir ambas familias, la de Victoria, que no es tan grande, y la nuestra, que tampoco lo es... Y tengo una idea.

—Tú dirás.

—Mi cumpleaños será dentro de dos semanas y, si mal no recuerdo, Verónica cumple un día antes o un día después que yo. ¿Qué te parece si invitamos a Shannon y a Victoria para que vengan de visita ese fin de semana y celebramos una fiesta de cumpleaños doble, el domingo?

—¡Vaya! Como constructor de puentes te estás convirtiendo en todo un experto.

—Eso parece. ¿Entonces, estás de acuerdo?

—Si Paul, me parece una buena idea. Llama a Shannon un día de estos y le cuentas tus planes, para que sean ellas quienes coordinen el viaje a casa y la invitación a la madre de Victoria.

— ¡Perfecto! ¿Por dónde vas? ¿Cuánto te falta para llegar?

—Casi acabo de salir, calcula unas tres horas a partir de ahora.

—Ok, te iré a buscar a la estación.

—Bien, nos veremos allá. Hasta dentro de un rato.

—Intenta descansar.

—No creo que pueda dormir, pero me relajaré. La pesadilla ya acabó.

— ¡Bien! Un beso.

—Igual.

Shannon

El tráfico de tantos coches, en un Manhattan matizado de nieve, nos retrasó bastante, sin embargo, a pesar de que ambas estábamos ansiosas por llegar al departamento, el trayecto dentro del taxi no fue un tiempo perdido. Una vez que nos montamos en el asiento trasero, Victoria buscó mi mirada, me sonrió y, pasando su brazo por encima de mis hombros, me atrajo hacia ella y me abrazó.

Yo me refugié en su pecho, cerré los ojos y suspiré; me pegué a su cuerpo tanto como pude y no, no lo hice porque tuviera frío, lo hice porque justo en ese momento tomé plena conciencia de lo que significaba ese abrazo. No había perdido a la persona que amo, no había perdido a mi mejor amiga, ambas, resumidas en un solo ser, estaban ahora a mi lado, brindándome calor, besando mi frente, diciéndome "te amo" sin necesidad de hablar, sin tener siquiera que mirarme a los ojos para hacerlo.

No se me ocurre una palabra capaz de describir, por sí sola, lo que sentí en ese instante…, paz, alivio, regocijo, felicidad…, era una mezcla maravillosa de todas ellas. Sonreí, cuando me di cuenta que ya no tendría que cerrar los ojos para imaginar que Victoria besaba mis labios, solo tenía que levantar la cabeza, mirarla y…

Allí están, las estoy viendo otra vez, estrellitas y luces… de todos los colores.

Cuando la vi a los ojos de nuevo, me quedé inmóvil, mirándola, no quería dejar de hacerlo, quería convencerme a mí misma que ella estaba a mi lado y que nunca más estaríamos separadas.

Con sus dedos, Victoria acarició mi mejilla y mi cuello, con tal grado de ternura que logró estremecerme por dentro; no sólo fue una sensación física, fue mucho más que eso. Posó un breve beso sobre mis labios y me preguntó:

— ¿Por qué tienes esa carita? ¿Qué quieres decirme con esa mirada?

—Vic —susurré—, eres el amor de mi vida, eres mi mejor amiga. No puedo pasar por esto otra vez…, no puedo perderte.

Con una mirada que logró estremecerme otra vez, ella me dijo:

—No pasaremos por esto nunca más. Yo no dudaré, fue sólo por un instante, pero no dudaré más y no permitiré que tú lo hagas tampoco. Jamás me perderás.

— ¿Me lo prometes?

—Te lo prometo mi amor.

La abracé tan fuerte como pude; ella hizo lo mismo.

Victoria

¡Por *Dios, Shanie!* ¡*Eres adorable!* *Y yo…, yo te adoro mi amor. ¡En serio!*

Lo que más deseo ahora es llegar a casa, te quiero comer a besos, quiero abrazarte tan fuerte como lo estoy haciendo ahora, pero sintiendo tu piel junto a la mía; quiero compensar con besos, con caricias, con abrazos, todas y cada una de las lágrimas que derramaste durante estos días tan duros. Quiero hacerte el amor no sólo para darte placer, sino para demostrarte que nunca más pasaremos por algo así, que no me perderás. Quiero llenar cada pedacito tuyo con todo el amor que siento por ti, este amor inmenso que, justo ahora, tú alborotaste dentro de mí, con tus palabras, con tu mirada.

¡Está bien, lo admito! ¡Soy cursi…, súper cursi!... Pero ¡te amo! ¡Juro por Dios que te amo!

Capítulo Veintisiete (final)

Victoria

Dos semanas han transcurrido desde aquel emotivo reencuentro en Penn Station.

Lo que ambas sufrimos durante esos días que estuvimos separadas, las lágrimas que derramamos, el miedo que sentimos de haber perdido lo que más amamos, actúo en nuestra relación como una especie de catalizador; de algún modo nos hizo madurar, nos hizo comprender el valor de lo que tenemos, el valor de las cosas que importan.

No sólo en el caso de Shannon, quien ya no se preocupa por ocultar o disimular lo que es o lo que siente, también en mi caso; aún no me han llamado de la firma de abogados y aunque todavía hay tiempo para que lo hagan, sólo deseo recibir esa llamada si ellos aceptan mi vida tal cual es, algo contrario a eso no es ni será negociable, bajo ningún concepto.

En estas dos semanas, Shannon y yo hemos vuelto a nuestra maravillosa rutina, comenzamos un nuevo semestre en la universidad, salimos a trotar juntas todas las mañanas, nos turnamos para preparar el almuerzo que compartimos al regresar de clases y, por supuesto, hacemos el amor… Debo enfatizar estas palabras porque de verdad, sin lugar a dudas, sin excepciones, así es: hacemos el amor…, con todas sus letras, con todo lo que significa.

Ese sábado en la mañana amanecí a su lado, quería disfrutar sus ligeros ronquidos antes de despertarla; era hora de viajar a D.C. para celebrar el cumpleaños de nuestros padres.

No hizo falta, la razón de mis alegrías abrió los ojos por su cuenta, me abrazó más fuerte y dijo:

—Buenos días Pitufa, es hora de levantarnos, ¿verdad?

—Así es mi amor, es hora.

...

Llegamos directo desde el aeropuerto a saludar a mi madre; después, Shannon y yo fuimos a casa de sus padres. Ambos nos recibieron con los brazos abiertos, sonriendo de oreja a oreja. Las cosas habían cambiado para bien, no hay duda en eso. Nos sentamos a la mesa y compartimos momentos muy agradables mientras almorzamos.

Un rato después, Shannon y yo nos instalamos en la sala de estar. El Sr. Paul se había ocupado en persona de colocar en el salón los dos televisores, para que pudiéramos conectarnos y jugar en línea las misiones finales del videojuego, usando las consolas de PS4 que habíamos traído con nosotras. Mi novia se lo había pedido así; nos faltaba muy poco para alcanzar con éxito lo que habíamos iniciado el día de su cumpleaños, varios meses atrás.

Nos conectamos con Brandon y con Rebeca, nos pusimos nuestros auriculares y comenzamos a jugar.

Sara Leger

Mientras me encontraba en la cocina, preparando el pastel de cumpleaños, Paul se me acercó por detrás, me abrazó y me dijo con orgullo:

—Estoy impresionado, puedo jurar que jamás había visto a nuestra hija tan feliz como hoy.

—Estoy de acuerdo. Sé que la vida no da garantías, nadie puede asegurarnos que Shannon y Victoria lleguen a ser "felices para siempre"... como en los cuentos, que formen una familia, que compartan una vida, pero lo que sí puedo garantizar, después de todo lo aprendido, es que nuestra hija no tendría esa posibilidad si se hubiera negado a ser ella misma, si se hubiera empeñado en ignorar sus verdaderos sentimientos. A pesar de todo, a pesar de mí, lo hizo y estoy orgullosa de ella.

—Eres una excelente madre, has criado a una joven fuerte e independiente, que piensa por sí misma y está bien preparada para tomar decisiones importantes. Shannon es una persona extraordinaria… igual que su mamá.

—Me vas a hacer sonrojar —dije sonriendo—. No todo el mérito es mío y lo sabes. Tú eres un padre excepcional, y tengo que reconocerlo, no sólo hemos sido nosotros dos, la propia Victoria y su madre ayudaron a hacer de nuestra hija lo que es ahora.

—Es cierto.

—Quiero decirte un pequeño secreto.

—¿Cuál?

—Justo cuando te acercaste, hace unos minutos, estaba pensando en un pastel de bodas.

Paul se rio con ganas y dijo:

—¿En serio Cupido? Te habías demorado.

Me reí con él y agregué:

—En realidad no es muy diferente al que siempre me imaginé, lo único que cambió es el tope, en la cima de ese pastel ahora no veo a un chico en traje al lado de una joven, sino a dos chicas sonrientes vestidas con trajes de novia.

Paul terminó soltando una gran carcajada. Después de reír, dijo:

—Me encanta esa imagen mental… A propósito, ¿dónde están ellas?

—Después de saltar y saltar para celebrar…, parece que llegaron con éxito al final del juego ese, ambas subieron a la habitación de Shannon. Mencionaron algo relacionado con una deuda; no entendí, cosas de ellas, supongo.

—Sí, supongo que sí. Dime, ¿quieres que te ayude con ese pastel?

—Te habías demorado en preguntar. Anda, sí, ayúdame con el relleno.

—Seguro, ya regreso, voy a lavarme las manos.

Shannon

—¡Por Dios! —Exclamé, mientras sentía las últimas ráfagas

del placer más exquisito recorriendo todo mi cuerpo.

Victoria se acercó a mi rostro sonriendo con picardía y se rindió en mi pecho, mientras me decía:

—Eso estuvo muy bien, ¿verdad?

—Sí Vic, cada día te superas a ti misma con esos "*BOOOOM*"...; tanto, que necesito preguntarte algo.

— ¿Qué?

— ¿Estás segura que no naciste con un sexto dedo?

Victoria se rio a carcajadas; cuando por fin pudo hablar, respondió:

—Estoy segura. Acabas de comprobar que no hace falta. Además, también poseo cualidades lingüísticas.

Esta vez fui yo quien se rio a carcajadas. Mientras lo hacía, Victoria se pegó más a mi cuerpo y me dijo:

—Y ahora abrázame. Necesito uno de tus abrazos.

La envolví con fuerza, cerré los ojos y suspiré. Más allá de las bromas, de las risas, estos momentos siguen siendo los más especiales para mí.

Guardamos silencio hasta que ella dijo, sin moverse ni un poquito:

— ¿Sabes?, me acabo de dar cuenta de algo.

— ¿De qué? —pregunté, mientras besaba su frente.

—Siempre he considerado el departamento en Nueva York como nuestra casa, pero no estamos allí ahora y, aun así, me siento en casa.

— ¿Qué quieres decir?

—Que mi hogar eres tú. Mi hogar está donde tú me abraces.

Sintiendo una emoción inmensa que invadió todo mi ser, le dije:

—Esa es una de las frases más hermosas que he escuchado en toda mi vida. Me vas a hacer llorar.

—No llores tontuela, sólo abrázame, ¿quieres?

Lo hice, la abracé todavía con más fuerza pero no pude evitarlo, un par de lágrimas de pura felicidad resbalaron por mi rostro mientras repetía en mi mente lo que me había dicho Victoria:

"Mi hogar eres tú. Mi hogar está donde tú me abraces"… Es cierto, esa es la verdad…, siempre lo fue…, no sólo para ella, también para mí.

No más vacíos…

No más secretos…

Palabras finales

Miki

Mil gracias por haber llegado hasta aquí, les aseguro que es un verdadero honor para mí contar con ustedes en cada uno de los retos que implica escribir y publicar una nueva historia.

Supongo que este es el momento de pedir sus opiniones y reseñas. Es obvio que también las agradezco, sin embargo, no es por ellas que escribo estas líneas; deseo invitarlos a mi portal blog en WordPress, quiero aprovechar los recursos multimedia que ofrece esa plataforma para compartir con ustedes el "detrás del teclado" de "Las cosas que importan", contarles qué me llevó a escribirla, en qué me inspiré…; en resumen, deseo ahondar un poco en el porqué de esta historia, ya que no sólo trata de personajes o sucesos imaginarios, también tiene un poquito de mi propia historia personal.

En todo caso espero que sigan acompañándome, leyendo cada una de las muchas historias que deseo escribir para ustedes.

Un abrazo y hasta la próxima…

Miki T. Robbinson

PD. Por cierto, aunque no mencioné el nombre del videojuego que se cita en la historia, quien lo conozca sabe que se trata de GTA V Online. Mi nombre de usuario en PlayStation Network es **yejd**, lo es en PS3 y lo será en PS4… cuando adquiera una nueva consola ;)

Redes Sociales:
Página Web: https://mikitrobbinson.wordpress.com/
Facebook: https://www.facebook.com/miki.t.robbinson
Twitter: https://twitter.com/mikitrobbinson
Pinterest: https://www.pinterest.com/mikitrob/

52257599R00163

Made in the USA
San Bernardino, CA
25 August 2017